Villa des Quatre Vents

Tome 1

Aux Éditions du Palémon

Les enquêtes de Mary Lester

1. Les bruines de Lanester
2. Les diamants de l'Archiduc
3. La mort au bord de l'étang
4. Marée blanche
   Prix Fondation Paul Ricard - 1995
5. Le manoir écarlate
6. Boucaille sur Douarnenez
   Association des Écrivains de l'Ouest ;
   Grand Prix de la Ville de Rennes - 1995
7. L'homme aux doigts bleus
8. La cité des dogues
9. On a volé la Belle Étoile !
10. Brume sous le grand pont
11. Mort d'une rombière
12. Aller simple pour l'enfer
13. Roulette russe pour Mary Lester
14. À l'aube du troisième jour
15. Les gens de la rivière
16. La bougresse
17. La régate du St-Philibert
18. Le testament Duchien
19. L'or du Louvre
20. Forces noires
21. Couleur Canari

22-23. Le renard des grèves

24. Les fautes de Lammé-Bouret
25. La Variée était en noir
26. Rien qu'une histoire d'amour
27. Ça ira mieux demain
28. Bouboule est mort
29. Le passager de la Toussaint
    Prix Culture&Création Produit en Bretagne 2007

30-31. Te souviens-tu de Souliko'o ?

32. Sans verser de larmes

33-34. Il vous suffira de mourir

35. Casa del Amor
36. Le 3e œil (du professeur Margerie)

37-38. Villa des Quatre Vents

Les aventures de Filosec et Biscoto (jeunesse)

1. Les naufragés de l'Ile sans Nom
   Prix des Embouquineurs / Brest 1999
   Prix Loustig / Pont-l'Abbé 1999
2. Le manoir des hommes perdus
3. Les passagers du Sirocco - T1
4. Les passagers du Sirocco - T2
5. Monnaie de singe
   (avec Jean-Luc Le Pogam)

Mammig (romans historiques)

T1 : Les temps héroïques
T2 : Le temps des malamoks
T3 : Pêcheurs de haute mer
Disponible en coffret

Théâtre

Authentique Histoire de Bélise... (Prix des Écrivains Bretons 1998)
Le Festin des Gueux (Éditions Les Mandarines)

Nouvelles

Le gros lot
L'homme que je n'ai pas tué

Jean FAILLER

Villa des Quatre Vents

Tome 1

ÉDITIONS DU PALÉMON
ZA DE TROYALAC'H - 10 RUE ANDRÉ MICHELIN - 29170 ST-ÉVARZEC

À mes amis

Yves Prigent
René Girer
Jean-Michel Le Guillou
Annaïk Renault
Jean-Louis Kernoa
Jean-Paul Boëlle
Pierre Petton
Joël Le Roi
Gérard Rinaldi

Remerciements à

Anne Boëlle
Jean-Claude Colrat
Marie-Laure Duhamel
Delphine Hamon
Stéphanie Haute
Martine Henry
Lucette Labboz
Isabelle Stéphant

CE LIVRE EST UN ROMAN.
Toute ressemblance avec des personnes, des noms propres, des lieux privés, des noms de firmes, des situations existant ou ayant existé, ne saurait être que le fait du hasard.

Aux termes du Code de la propriété intellectuelle, toute reproduction ou représentation, intégrale ou partielle de la présente publication, faite par quelque procédé que ce soit (reprographie, micro filmage, scannérisation, numérisation…) sans le consentement de l'auteur ou de ses ayants droit ou ayants cause est illicite et constitue une contrefaçon sanctionnée par les articles L 335 2 et suivants du Code de la propriété intellectuelle. L'autorisation d'effectuer des reproductions par reprographie doit être obtenue auprès du Centre Français d'Exploitation du droit de Copie (CFC) - 20, rue des Grands Augustins - 75 006 PARIS - Tél.: 01 44 07 47 70 / Fax: 01 46 34 67 19. - © 2012 - Éditions du Palémon.

Chapitre 1

Une fourgonnette jaune du service des postes roulait allègrement sur une route de campagne entourée à perte de vue de champs d'artichauts et de choux-fleurs, ces légumes qui prospèrent si bien en terre léonarde.

Bientôt viendrait le temps de la récolte et de gros tracteurs traînant d'énormes remorques encombreraient ces routes trop étroites, pour livrer artichauts et choux-fleurs à la coopérative légumière de Kerpol.

Comme d'habitude le marché ne pourrait absorber cette abondance soudaine et on verrait encore des tombereaux de légumes déversés devant la sous-préfecture, des blocus de routes, des feux de palettes aux carrefours, la routine, quoi... Et, comme d'habitude, les journaux feraient leurs gros titres sur la mévente de ces productions.

Oui, la routine, pensait Auguste Lannurien, le facteur, en sifflotant. Pour le moment la route était libre, point encore recouverte de cette terre grasse que laissent les grosses roues crantées des tracteurs sur le bitume, rendant la chaussée glissante et dangereuse par temps de pluie. Mais là, s'il faisait doux, il ne pleuvait pas.

Auguste Lannurien avait donc toutes les raisons du monde d'être heureux, d'autant qu'il arrivait au sommet d'une petite côte d'où l'on apercevait la mer brillant sous un timide soleil d'hiver. Dans le ciel d'un bleu pâle, de petits nuages roses passaient sans se presser, spectacle enchanteur dont le facteur ne se lassait jamais.

Auguste Lannurien prit sur sa droite un chemin qu'il n'empruntait pas souvent. Il menait à une propriété qui, de loin, ressemblait à une île posée sur une mer verte.

Il se demandait souvent ce qui avait pu pousser le propriétaire à s'en aller bâtir cette grande baraque au milieu des champs. Lui, Auguste Lannurien, né natif du bourg de Kerpol, n'aurait pour rien au monde échangé sa petite maison du bourg contre cette somptueuse demeure.

Enfin, se dit-il philosophiquement, il en faut pour tous les goûts... Si le type qui s'était payé cette fantaisie avait du fric à balancer par les fenêtres, c'était son affaire, n'est-ce pas ?

Au physique, Auguste Lannurien était un petit homme d'une cinquantaine d'années, maigre, au visage chafouin, qui passait à juste titre pour être l'individu le mieux renseigné du bourg et de ses alentours ; il n'avait guère de véritables amis car ses voisins s'en méfiaient avec quelque raison, pas plus qu'il n'avait d'ennemis affichés. Chacun savait que son pouvoir de nuisance était grand et les gens sages préféraient tirer au large quand ils le croisaient.

D'aucuns murmuraient qu'il aurait dû être flic et, de fait, il avait peut-être raté sa vocation. Pour le moment il n'était que facteur rural, et, bénévolement, responsable de la bibliothèque du bourg à laquelle il apportait tous ses soins. Un homme de lettres dans tous les sens du terme.

Le dimanche, en bon Léonard, il assistait à la messe et, pour les cantiques en breton, sa voix de baryton faisait merveille.

Il se piquait de connaître, à travers leurs abonnements journalistiques, les opinions de tous les habitants de la commune et donc de prédire, avec une assez grande exactitude, les résultats des consultations électorales.

Bien sûr, Auguste officiait *pro deo*, c'est-à-dire sans en tirer d'avantages pécuniaires ce qui, pour un Léonard, est totalement impensable sauf lorsqu'on touche aux choses de la religion.

Auguste avait étendu ses largesses à la culture, mais le titre de responsable de la bibliothèque municipale, tout honorifique qu'il fût, vous posait son homme.

Il avait d'ailleurs comme assistantes quatre paroissiennes, dont deux d'âge canonique mais aussi deux enfants de Marie tout à fait charmantes à contempler. Pour le moment, il en était resté au stade contemplatif.

Ce n'était pas souvent qu'il avait l'occasion d'approcher la *Villa des Quatre Vents*, nom sous lequel que la bâtisse était connue.

Or il avait une grosse enveloppe recommandée à remettre à une certaine Charlène Tilleux, dont il n'avait jamais entendu parler mais qui devait habiter la villa puisqu'elle s'y faisait adresser du courrier.

Auguste Lannurien savait, par une indiscrétion habilement soutirée à la secrétaire de l'agence immobilière (qui n'était pas insensible à son bel organe de *breizh crooner*), que la villa était louée par le comité d'entreprise d'une société parisienne et, qu'en réalité, c'était Louis Sayze, le patron de cette boîte, qui y résidait le plus souvent.

Mais ça, se disait Lannurien, ce ne sont pas mes oignons. Et si ledit patron se faisait épingler par le fisc pour abus de biens sociaux, il l'aurait bien mérité.

En attendant, le facteur avait un recommandé à remettre à une dame, il le remettrait à cette dame comme son devoir le lui commandait.

« Crabe chef »[1] dans la gendarmerie maritime, présentement retraité, Auguste Lannurien avait conservé de son passage sous les drapeaux un sens aigu du devoir.

La villa, cossue, était entourée d'une rangée de pins qui la bordaient sur ses quatre côtés. La barrière de bois peinte en bleu était ouverte sur une cour sablée dans laquelle stationnait une grosse voiture noire. Auguste nota que c'était un 4 X 4 BMW immatriculé dans la région parisienne.

Muni du pli recommandé et du document d'émargement, il descendit prestement de sa voiture jaune et appuya sur le bouton de sonnerie, agrémenté d'une vidéo, encastré dans un des piliers de pierre qui délimitaient l'entrée.

Comme personne ne répondait, le facteur regarda de droite et de gauche, mais il ne vit âme qui vive dans le jardin.

Il réitéra sa pression sur le bouton de sonnette, ce qui n'eut pas plus d'effet que la première fois. Perplexe, il se demanda s'il fallait insister ou si, sans plus attendre, il allait glisser dans la boîte aux lettres un avis de passage, priant cette dame Tilleux de se

---

1. *Quartier maître chef en argot de la Marine.*

présenter au bureau de poste de Kerpol pour retirer son pli.

Puis il se dit que la sonnette ne fonctionnait peut-être pas. Ça n'aurait rien eu d'étonnant, car avec l'air salé qui venait de la mer, les connexions s'oxydaient à la vitesse grand V, ce qui nuisait grandement au bon fonctionnement des installations électriques. Cependant, la présence du 4 X 4 semblait indiquer une présence au logis.

Si les locataires de la maison étaient partis se promener, pensa Auguste, ils auraient pris leur voiture pour aller jusqu'au bord de la mer car, à son avis, une balade au milieu des champs d'artichauts et de choux-fleurs manquait singulièrement d'intérêt.

Et puis, pour une fois que Lannurien avait l'occasion d'entrer dans une des rares maisons qu'il ne connaissait pas sur la commune, il n'allait pas la laisser passer.

Il poussa donc la barrière de bois, qui n'était pas fermée, et s'avança dans la cour en beuglant :

— Il y a quelqu'un ?

Il n'entendit que la brise dans les pins et le gazouillis des quelques oiseaux qui commençaient à sentir le printemps venir.

La tête penchée en avant, l'œil inquisiteur, Lannurien s'aventura sur la terrasse dallée de pierres, vers une véranda dont l'une des portes coulissantes était ouverte. Il glissa la tête dans la véranda et clama de nouveau :

— Il y a quelqu'un ?

Un silence intense lui répondit.

Le facteur, balançant sur ce qu'il convenait de faire, estima qu'il fallait être plutôt inconséquent pour laisser grande ouverte une propriété dans laquelle n'importe qui pouvait entrer comme dans un moulin.

À quelques kilomètres de là, une « mission évangélique » de quelques dizaines de caravanes s'était installée sur la dune de Keremma en toute illégalité (et en toute impunité).

Cette opération « portes ouvertes » ressemblait fort à de la provocation, à une invitation à se servir.

Ainsi pensait Auguste Lannurien, fervent défenseur de la religion et de la culture, mais aussi - et il n'estimait pas cela incompatible - du respect de l'ordre et de la propriété privée.

Il se promit d'en faire la remarque à ce monsieur Louis Sayze qui ne devait pas être bien loin, mais qui n'entendait pas ses appels, peut-être parce qu'il s'était enfermé dans la salle de bains.

Ce sont là des choses qui arrivent.

Lannurien entra dans la véranda, tendit l'oreille mais ne perçut aucun bruit d'eau. Il régnait dans la maison un silence de tombeau.

La curiosité poussa le facteur à s'aventurer plus avant dans la maison. Une pièce contenait un lit défait dans un ameublement classique, mais il n'y avait pas de vêtements traînant sur la chaise proche du lit.

Il s'avança jusqu'à la porte suivante, la poussa doucement et eut un mouvement de recul car, dans un lit, un homme et une femme dont le bas du corps était partiellement caché par le drap du lit, sommeillaient, le torse nu.

Les yeux lui sortant de la tête, Lannurien n'arrivait pas à détacher son regard des dormeurs. La femme devait être très belle, la courbe de ses épaules et la belle tenue de ses seins opulents révélaient sa jeunesse.

Troublé, s'avisant que son apparition n'avait suscité aucune réaction chez les deux dormeurs, Lannurien ne put résister à la fascination de cette paire de seins, il en avait la gorge sèche. De ce côté, sa légitime épouse laissait franchement à désirer d'autant que, confite dans la dévotion, elle ne concevait l'acte de chair que comme une nécessité reproductrice dont elle n'avait plus l'âge depuis la naissance de son unique enfant qui allait sur ses quarante ans.

Fasciné, Auguste Lannurien s'avança, d'un pas hésitant, vers cette proie offerte à ses regards éblouis, envahi d'un émoi qu'il n'avait pas ressenti depuis bien longtemps.

Cependant il sentait bien qu'il y avait là quelque chose d'anormal; un frisson courut le long de son échine et des ardeurs dont il avait oublié l'impétuosité se manifestèrent soudain avec une véhémence qui le laissa pantois. Cette superbe femme nue offerte... C'en était trop!

Mais son début de redressement ne tarda pas à s'affaisser en voyant le gracieux visage de la donzelle arborer un œil bleu qui regardait devant elle avec une fixité singulière. La bouche, ouverte, ne bougeait pas.

Le facteur victime de sa curiosité sentit soudain les jambes lui manquer, une sueur froide lui couvrir le corps et il dit sourdement: « Ma Doué![1] »

Les deux malheureux qui gisaient là ne goûteraient plus jamais aux délices de la chair, ni à d'autres félicités en ce bas monde...

Ils étaient morts.

---

1. Mon Dieu!

Lannurien dut faire un effort pour s'arracher à l'attraction malsaine de ce funèbre spectacle, puis le tumulte s'installa dans son esprit. Fallait-il les toucher pour voir si ces gens étaient réellement morts?

Les jambes trémulantes, il s'approcha et vit que l'homme et la femme avaient un trou sous le sein gauche, un vilain trou noir d'où quelques gouttes d'un sang rouge perlaient. Leur vie s'en était allée par ce petit trou, probablement produit par le projectile d'une arme à feu.

Glacé, il tendit l'oreille: et si l'assassin était encore dans la maison? N'entendant toujours rien, il recula avec précaution, sortit de la maison par où il était entré et courut vers la grille. Il sauta dans sa camionnette comme s'il avait le diable aux trousses et fila vers la grand-route. Ayant mis une distance respectable entre la *Villa des Quatre Vents* et sa petite personne, il s'arrêta enfin.

Il prit son portable et forma le numéro de la gendarmerie.

oOo

Bien entendu, Auguste Lannurien connaissait tous les gendarmes du canton. Il savait aussi que pour les problèmes urgents, il convenait de former le 17, ce qu'il fit d'un doigt si tremblant qu'il dut s'y reprendre à trois fois avant d'obtenir son numéro.

Puis il s'exprima si mal que son correspondant ne comprit pas ce qu'il voulait lui dire.

— Qui êtes-vous? demanda une voix rude.

— La… La… Lannurien, le facteur.

La voix se radoucit, devint presque cordiale:

— Ah, c'est toi Auguste? Qu'est-ce qu'y t'arrive? Tu as encore trouvé un macchabée?

Lannurien avait un jour découvert un noyé sur la grève. Depuis, on le charriait volontiers à ce propos.

— Non, bégaya le malheureux facteur, non…

— Alors, qu'est-ce qui te met dans cet état?

On le savait sobre et il ne pouvait être soupçonné d'être en état d'ivresse, surtout à cette heure matinale.

— Deux, bredouilla-t-il, il y en a deux…

— Deux quoi?

— Deux macchabées!

— Deux macchabées sur la grève?

Lannurien s'impatienta. Cet imbécile ne comprenait donc rien?

Il s'impatienta:

— Qui te parle de la grève?

Et il articula, en détachant les syllabes comme s'il s'adressait à un attardé mental ou à un débile:

— Non, deux macchabées à la *Villa des Quatre Vents*…

— Qu'est-ce que c'est que cette histoire, grommela le gendarme. On n'est pas le premier avril, Auguste!

— Parbleu, je le sais bien! s'emporta le facteur.

Le gendarme continua dans le registre de la plaisanterie:

— Et ce n'est pas parce que tu t'appelles Auguste que tu es tenu de faire le clown.

Ce n'était pas la première fois qu'on la lui servait, celle-là! Il s'emporta:

— Il faut venir, tout de suite!

Le gendarme ne se troubla pas:

— Où es-tu?

— Pas loin de la villa!

— Tu n'as vu personne?

— À part les deux macchabées, non.

Le gendarme Tréguer se gratta la tête avec son crayon. La nouvelle l'avait pris au dépourvu. Il commanda au facteur:

— Donne-moi ton numéro de portable.

Auguste s'exécuta et le gendarme ajouta:

— Tu ne bouges pas. Je préviens le chef, il va sûrement te rappeler.

Dans un cas comme ça, pas d'initiative intempestive.

Mieux valait ouvrir le parapluie et laisser l'initiative à l'adjudant Autret car l'adjudant Autret était très jaloux de ses prérogatives de chef de brigade et pas du genre à plaisanter dans le boulot (ni en dehors, d'ailleurs).

Pris d'un doute, il précisa d'une voix sévère:

— J'espère que ce n'est pas une connerie, Auguste, parce que si c'est une connerie...

Auguste le coupa d'une voix aiguë:

— Puisque je te dis qu'ils sont là, tous les deux, un homme et une femme, dans un lit, avec une balle dans le cœur...

Le gendarme s'étonna:

— Comment que tu as vu tout ça, toi?

Auguste regimba:

— J'ai vu tout ça parce que j'ai des yeux et que je ne suis pas aveugle! Alors, tu te grouilles ou quoi?

— Ça va! grogna le gendarme. Je préviens le chef!

Satisfait d'avoir arrêté une position inattaquable, il répéta:

— En attendant, tu ne bouges pas!

— Et mon courrier? geignit Auguste qui avait une

haute idée de sa mission. C'est que je vais me faire engueuler, moi, si je suis en retard!

En réalité, il avait surtout hâte d'aller colporter la nouvelle. La réponse du gendarme doucha son impatience:

— Cas de force majeure, mon vieux. Ton courrier attendra et surtout, ne parle de cela à personne, tu m'entends? À personne!

La communication fut coupée et Auguste Lannurien resta comme deux ronds de flan, le téléphone à la main. On lui avait gâché le plaisir: s'il parlait de l'affaire, la gendarmerie saurait d'où venait la fuite. Et Lannurien n'était pas homme à se mettre la gendarmerie à dos.

Pendant ce temps, le gendarme Tréguer appelait son chef, l'adjudant Autret.

— Mon adjudant, je viens d'avoir un appel du facteur qui prétend avoir trouvé deux macchabées à la *Villa des Quatre Vents*.

— Quel facteur?

— Auguste Lannurien.

— Ah, dit l'adjudant, Gus?

Autret était depuis assez longtemps en poste à Kerpol pour savoir que c'était sous ce diminutif que le facteur était connu.

— Ben oui, dit Tréguer, à ma connaissance il n'y en a pas d'autre.

— Pff! fit l'adjudant. Si c'est une plaisanterie, Tréguer, elle n'est pas de très bon goût.

— Je ne crois pas, dit le jeune gendarme. Auguste avait l'air troublé, il bredouillait tant que j'ai à peine compris ce qu'il disait. Alors j'ai relevé son numéro et je lui ai dit que vous alliez le rappeler.

— Je le fais immédiatement, assura l'adjudant Autret. Et si c'est une mauvaise blague, il va m'entendre!

oOo

Ce n'était pas une mauvaise blague, sauf pour les deux macchabées qui avaient vu leur partie de jambes en l'air écourtée assez brutalement.

Conduit par le facteur à qui l'arrivée des gendarmes avait redonné de l'aplomb, l'adjudant Autret, les poings sur les hanches, contemplait le funèbre spectacle et tout ce qu'il trouva à dire fut:

— Ben merde alors…

Maintenant que le soleil éclairait la chambre, Auguste voyait mieux les victimes. Soudain il serra les mâchoires: ce type, il l'avait déjà vu quelque part, mais où?

L'adjudant lui demanda:

— Tu les connais?

Le facteur secoua la tête négativement:

— Non… J'crois pas…

L'adjudant Autret haussa les épaules:

— Sortez tous! Les gars du labo vont arriver, ils ont l'habitude, ils prendront les mesures qui s'imposent.

Le sous-officier subodorait une histoire peu ordinaire qui ne lui vaudrait que des emmerdements s'il ne se couvrait pas. À quelques mois de la retraite, il n'avait plus l'ambition de se faire mousser et surtout pas envie de prendre des initiatives qui ne pourraient que se retourner contre lui.

Ils restèrent donc dans la cour de la villa, dans l'attente de la brigade scientifique.

L'adjudant Autret profita de ce temps mort pour redemander au facteur d'un air soupçonneux :

— Tu es sûr que tu ne les avais jamais vus auparavant ?

— Pourquoi vous me demandez ça ? demanda Auguste sur la défensive.

— Parce que tu connais tout le monde ici, dit l'adjudant, et aussi parce que rien ne t'échappe. Je me trompe ?

Le facteur protesta, mal à l'aise :

— Je ne peux pas être partout ! Et puis, ces gens ne sont pas d'ici, leur voiture est immatriculée à Paris ! Je ne sais même pas quand ils sont arrivés. Cette villa est en location à la petite semaine, vous comprenez ?

Le gendarme hocha la tête :

— Je comprends, oui, mais ce que je ne comprends pas, c'est ce recommandé…

— Pourquoi ? demanda le facteur troublé.

Des plis recommandés il en voyait tous les jours. Qu'y avait-il d'anormal à cela ?

Le gendarme le regarda avec commisération :

— Ne me dis pas que les gens qui viennent là en vacances pour quelques jours prennent la peine de faire suivre leur courrier.

Lannurien réfléchit. Il y avait du vrai dans ce que disait l'adjudant Autret.

— Ça, c'est vrai, mon adjudant, admit-il.

Il réfléchit encore et ajouta :

— C'est même jamais arrivé.

L'adjudant Autret hocha la tête, satisfait de sa déduction. C'était un homme long et mince, toujours impeccable dans son uniforme et que ses hommes ne voyaient pas souvent rire. La diplomatie n'était pas son fort, pas plus que la périphrase. Il s'exprimait de la même façon abrupte avec les délinquants ou les plaignants.

Il braqua un regard accusateur sur le facteur :

— La maison était donc ouverte à tous les vents ?

— On ne peut pas dire ça, fit Auguste, la barrière du jardin était simplement tirée, le loquet n'était pas mis.

— Donc tu es passé par la véranda ?

— Ben oui, par où nous sommes entrés.

— Tu as regardé si la porte d'entrée était verrouillée ?

— Non, dit Gus en faisant un pas vers la solide porte de bois plein, mais on peut voir…

L'adjudant prévint son geste :

— On ne touche à rien !

— Ah oui, c'est vrai, balbutia le facteur confus, les empreintes…

Il n'avait même pas pensé aux empreintes qu'auraient pu laisser le ou les criminels.

Un crissement de pneus se fit entendre et une voiture s'arrêta près du véhicule des gendarmes, sur le chemin. Un officier de gendarmerie en descendit, suivi de trois civils qui entreprirent immédiatement de sortir des valises de matériel du coffre.

Autret s'empressa de saluer :

— Mon capitaine…

— Qu'est-ce qu'y se passe ici, adjudant ? demanda l'officier en lui rendant son salut.

— Il y a deux morts dans la maison, dit Autret, en baissant instinctivement la voix, un homme d'une bonne cinquantaine d'années et une femme nettement plus jeune. Tués par balles…

Et il ajouta, ne voulant sans doute pas paraître trop catégorique :

— À ce qu'il m'a semblé.

L'officier demanda :

— Qui est-ce qui a donné l'alerte ?

— C'est monsieur, dit Autret en montrant Auguste qui se faisait tout petit.

— Apparemment vous êtes le facteur ? fit l'officier en se retournant vers l'homme qu'on lui désignait.

Auguste hocha la tête affirmativement.

— Oui monsieur.

L'officier précisa :

— Je suis le capitaine Charpin...

— Oui, mon capitaine, dit Auguste intimidé.

Pour un peu il se serait mis au garde-à-vous et il aurait salué.

— Et qu'est-ce qui vous a amené à pénétrer dans cette maison ?

Ça y est, pensa Auguste, ça va être ma fête !

— Un recommandé, dit-il. Il fallait que je fasse signer le registre. J'ai vu que la voiture était là, j'ai pensé que les gens n'étaient pas loin et comme la porte était ouverte, j'ai appelé... Ça m'a paru bizarre que personne ne réponde, alors je me suis avancé et c'est là que j'ai vu...

Il grimaça douloureusement.

— J'ai immédiatement appelé la gendarmerie.

— Vous n'avez touché à rien ?

— À rien, mon capitaine.

— Bien, dit l'officier à ses hommes, allons-y.

Il précisa, à l'intention du facteur :

— Et vous, attendez-nous là !

Il pouvait compter sur Auguste pour ne pas s'en aller juste au moment où ça devenait intéressant. Par la porte-fenêtre dont les rideaux avaient été tirés, on voyait tout ce qui se passait dans la chambre. Les hommes de la brigade scientifique avaient revêtu des combinaisons de léger plastique blanc par-dessus leurs uniformes.

L'un d'entre eux photographiait au flash la scène du crime, tandis qu'un autre étalait de la poudre avec un pinceau sur les meubles et les poignées de portes.

— Ils cherchent des empreintes! se dit Auguste fier de sa perspicacité.

Le capitaine montra du menton les chambranles de la porte de communication avec la terrasse.

— N'oubliez pas ça...

L'officier ne se faisait pourtant pas d'illusions: ce n'était pas un crime d'amateur. Celui qui tenait l'arme n'était pas un débutant. Les deux balles avaient été tirées à la volée, avec une belle précision, si bien que la seconde victime n'avait même pas eu le temps d'esquisser un geste de protection avant d'être mortellement frappée à son tour. La posture des corps le prouvait.

Comme ses hommes, le capitaine Charpin avait enfilé une paire de gants très fins, en latex.

Il demanda à l'adjudant Autret:

— Vous n'avez pas visité le reste de la maison?

— Non mon capitaine, j'ai pensé qu'il valait mieux attendre la brigade scientifique.

Le capitaine approuva en hochant la tête.

— Vous avez bien fait!

Il suivit le couloir pour regarder les pièces attenantes, histoire de se faire une idée de la distribution des lieux. Dans l'une d'elles, un lit défait laissait penser que d'autres visiteurs avaient passé la nuit là. Il revint dire un mot à ce sujet à ses hommes et poursuivit sa visite en poussant une porte vitrée, à deux battants, qui donnait sur une salle de séjour de belles dimensions, avec, devant une vaste cheminée de granit, une table basse et de confortables canapés recouverts de cuir fauve. Une bouteille de champagne vide et quatre flûtes étaient posées sur la table, les cendriers n'avaient pas été vidés.

Le capitaine examina les mégots sans y toucher. Il y avait deux bouts de cigares et des restes de cigarettes blondes à bout filtre. Autant d'éléments intéressants que les enquêteurs serreraient précieusement dans de petites pochettes de plastique à fin d'analyse.

L'adjudant Autret avait regagné la voiture de gendarmerie et s'activait sur son ordinateur. Personne ne faisant plus attention à lui, Auguste s'approcha de la porte-fenêtre d'où jaillissaient les éclairs du flash.

Il eut un mouvement de recul instinctif en s'apercevant que le gendarme avait totalement dénudé les corps et qu'il les photographiait maintenant sous divers angles pour relever leur position exacte.

Aux yeux du pauvre facteur, ces formalités judiciaires semblaient terriblement indécentes, surtout à cause des formes opulentes de la femme qui s'étalaient dans l'abandon le plus total.

L'un des enquêteurs avait mis la main sur le portefeuille de l'homme et sur le sac de la femme. Il lut à voix haute :

— Sayze, Louis, né à Paris, soixante-deux ans, gérant de société. Charlène Tilleux, née à La Rochelle, vingt-cinq ans, comédienne...

Il ricana :

— Comédienne... Ça couvre pas mal de choses, ça, comédienne...

L'autre gendarme maugréa :

— Une gamine de vingt-cinq ans en partie fine avec un gros plein d'oseille qui a l'âge d'être son père, j'appelle pas ça une comédienne, moi...

Et l'autre, plein d'astuce remarqua finement :

— Elle devait quand même lui jouer une drôle de comédie pour lui en donner pour son pognon...

Le capitaine Charpin entra :

— Des empreintes ?

L'homme au pinceau acquiesça :

— C'est pas ça qui manque, mon capitaine. Il y en a beaucoup, et superposées.

Évidemment ce n'était pas fait pour faciliter les choses.

Le capitaine soupira :

— Relevez donc aussi celles qui sont sur la porte-fenêtre de la chambre voisine. Celle-là a été utilisée, mais visiblement pas pour dormir.

Le photographe, un quadragénaire au type méditerranéen très marqué, baissa un instant son appareil et demanda au capitaine :

— Vous pensez à une partouze, capitaine ?

— On ne peut pas l'exclure, dit l'officier. Le vol pourrait-il être le mobile du crime ?

— Je ne sais pas, dit le gendarme. Le portefeuille du type ne contenait pas d'espèces, mais ça ne prouve rien. Maintenant que les gens paient tout par carte de crédit...

— Et le sac de la fille ?

— De la petite monnaie, un billet de cinq euros...

— Et leurs cartes de crédit n'ont pas été volées ?

— Non... Cependant, on ne sait jamais combien les gens en ont.

— C'est vrai, reconnut le capitaine, mais s'il y avait eu vol, tant qu'à en piquer une autant les piquer toutes. De tout cela il ressort que si on ne peut pas affirmer que le vol est le mobile du crime, on ne peut pas l'exclure non plus.

Auguste souffla: le calme des enquêteurs l'impressionnait. Ils évoquaient des possibilités impensables avec une sérénité totale.

— Une partie fine qui aurait mal tourné? suggéra le photographe distraitement en réglant son appareil.

— Ça se pourrait, laissa tomber négligemment le capitaine. Passez donc au peigne fin les deux salles de bains et recueillez soigneusement poils et cheveux dans les lavabos et les cuvettes des sanitaires. Ça pourra peut-être servir.

Les deux techniciens se regardèrent d'un air entendu. On n'avait pas besoin de leur faire de telles recommandations. Ils connaissaient leur métier.

Le capitaine, le regard dans le vague, s'avisa soudain que le facteur était là, figé, les yeux exorbités devant le cadavre dénudé de la fille.

— Qu'est-ce que vous foutez là? demanda-t-il sans aménité. Vous croyez que c'est le moment de se rincer l'œil?

Le visage pâle du chantre de la paroisse s'empourpra et il tenta de se justifier:

— Mais je… Mais je…

Le capitaine le regardait avec exaspération:

— Qu'est-ce qui m'a foutu un corniaud pareil? tonna-t-il.

Auguste en fut blessé. Qui les avait prévenus, ces foutus pandores? Il bégaya:

— Bé… Bé… et mon recommandé?

Il brandissait la grosse enveloppe.

— Qu'est-ce que j'en fais?

Le capitaine tendit la main:

— Donnez-le moi! ordonna le capitaine avec brusquerie.

— C'est que... dit le facteur en serrant l'enveloppe contre lui.

— C'est que quoi? gronda le capitaine.

— Ben, mon capitaine... Madame Tilleux ne peut plus signer le document d'émargement!

La naïveté du facteur fit s'esclaffer les trois gendarmes:

— Elle ne pourra même pas signer son avis de décès, fit le photographe.

— Eh bien, je le signerai, moi, dit le capitaine.

D'autorité il prit le carnet du facteur et apposa sa signature et sa qualité sur le feuillet. En échange, Auguste consentit, mais à regret, à lui confier l'enveloppe. Celle-ci avait été postée le trois février précédent à Genève et le bordereau de recommandé indiquait comme expéditeur une Société Genevoise d'Information.

Après l'avoir soupesée, puis retournée dans tous les sens, le gendarme fronça les sourcils:

— Bizarre qu'on ait adressé un recommandé à cette charmante personne...

Il haussa les épaules. On verrait ça plus tard.

Auguste eut un mouvement pour tendre la main à l'officier, mais celui-ci ignora superbement l'offrande et congédia le malheureux facteur d'un signe fort explicite et précisant d'un ton très administratif:

— Vous serez convoqué pour votre déposition.

Auguste Lannurien faillit lui faire remarquer qu'il

leur avait déjà dit tout ce qu'il savait, mais il se retint prudemment.

La voix du gendarme le figea comme il montait dans sa voiture :

— Et surtout, monsieur Lannurien, pas un mot de ce que vous avez vu dans cette maison. Sinon vous aurez affaire à moi!

Le ton était rien moins qu'aimable.

Auguste hocha la tête affirmativement en le traitant *in petto* de sale nazi - ce qui était tout de même excessif - et, la rage au cœur, la crainte aussi, fila sans demander son reste.

Avec la Police, c'est bien connu, on n'a jamais le dernier mot.

Chapitre 2

Après le départ du bonhomme, le capitaine Charpin entreprit des investigations plus approfondies en explorant le contenu des meubles.

C'est ainsi qu'il mit la main sur le double du contrat de location de la villa. Celui-ci avait été établi par une agence immobilière de Roscoff au profit de la SA GEEK, Gestion Études Évaluations Konseils.

— Konseils avec un K, se dit le capitaine en regardant la lettre qu'il avait toujours en main. C'est quoi ce binz ?

Il ne l'avait pas encore ouverte, se réservant prudemment de solliciter l'autorisation auprès du juge qui instruirait l'affaire.

Certains de ces magistrats étaient en effet d'une susceptibilité maladive dès que l'on touchait à leurs prérogatives. L'ouverture d'un courrier - recommandé de surcroît - par un militaire qui n'en était pas le destinataire pouvait générer des tensions et ce n'était pas la peine de courir au-devant d'une guéguerre avec la justice.

Il sortit néanmoins son téléphone portable et forma le numéro de l'agence. Ce fut une voix de femme qui lui répondit :

— *Agence des Îles*, j'écoute...

— Je voudrais parler au responsable de l'agence, dit le militaire sans s'embarrasser de formules de politesse.

Ceci ne troubla pas sa correspondante qui répondit aimablement :

— Monsieur Le Corre est absent en ce moment. Qui le demande ?

— Le capitaine Charpin, de la gendarmerie nationale.

— Ah, fit la dame surprise, en quoi puis-je vous être utile, capitaine ?

— Je vais vous le dire, fit Charpin d'une voix radoucie. Il s'agit de la villa les Quatre Vents... Vous avez loué cette maison à la SA GEEK, une boîte de Paris.

— En effet, monsieur. C'est moi-même qui ai suivi ce dossier et établi ce contrat.

— À qui appartient-elle ?

— À monsieur Kergloff, un serriste de Guissény.

Le capitaine tiqua :

— Un quoi ?

Il n'était pas en poste depuis longtemps dans le secteur et il y avait encore des termes locaux qui lui échappaient. Obligeante, la secrétaire précisa :

— Un serriste, c'est-à-dire un cultivateur qui a des serres. Monsieur Kergloff est spécialisé dans la fleur coupée. Il a racheté cette villa voici une dizaine d'années et il nous en a confié la gestion.

— Parfait ! dit le capitaine d'une voix sèche. Pouvez-vous me dire qui représentait cette SA GEEK lors de la signature du contrat ?

La voix de la dame trahit son embarras :

— Pardonnez-moi, monsieur, mais il n'est pas d'usage de donner ce genre de renseignement par téléphone...

— Je comprends, dit Charpin. Dans ce cas, je vous serais reconnaissant de venir incessamment à la villa...

— Que se passe-t-il? Vous êtes donc sur place?

— En effet, madame. Et pour un motif sérieux, croyez-moi.

Il y eut un silence puis la dame, de plus en plus inquiète, demanda:

— La villa a été cambriolée?

— Je ne donne pas ce genre de renseignement par téléphone, persifla Charpin, mais je vous engage à m'y rejoindre tout de suite.

— C'est que je suis seule, je ne puis fermer l'agence... Et puis, je n'ai pas de voiture!

— Vous voulez que je vous fasse prendre par une voiture de gendarmerie?

— Mais monsieur... Est-ce bien nécessaire?

Visiblement, la dame n'avait pas envie d'être embarquée par la maréchaussée.

— Ça ne sera pas nécessaire si vous répondez à mes questions. Je suppose que les gens qui viennent séjourner à la *Villa des Quatre Vents* retirent les clés dans votre agence?

— En effet.

— Alors, dites-moi, depuis quand les locataires actuels sont-ils dans les lieux?

— Depuis deux jours.

— Combien sont-ils?

— Je ne sais pas...

— Comment, vous ne savez pas?

— Je ne pose pas ce genre de question, monsieur. Cette villa est prévue pour loger huit personnes. En général, il n'y a qu'une personne qui vient retirer les clés.

— Je réitère ma question : avec qui avez-vous traité lors de la signature du contrat ?

Il entendit la dame soupirer au téléphone.

— Mais je n'ai vu personne, monsieur !

— Comment ça, s'étonna Charpin.

— Ça s'est fait par Internet, monsieur, comme se font quatre-vingt-dix pour cent de ces locations.

« Manquait plus que ça » pensa Charpin.

La dame ajouta :

— Le comité d'entreprise de cette firme loue cette villa à l'année et je n'ai pas à tenir le compte des gens qui y passent ! Nous sommes convenus que les gens qui peuvent prétendre à occuper cette maison sont pourvus, par ce comité d'entreprise, d'une lettre d'introduction contre laquelle je leur délivre les clés. Un monsieur Sayze s'est présenté voici deux jours avec cette lettre. Je lui ai donc remis les clés, voilà tout !

— Voilà tout, vraiment ?

— Que voulez-vous que je vous dise d'autre ?

La secrétaire commençait sérieusement à s'inquiéter.

Elle parut se rappeler soudain d'autre chose :

— Ah ! si, mais je ne sais pas si ça va vous servir, quelques heures après ce monsieur, un couple s'est présenté et m'a demandé comment on accédait à la *Villa des Quatre Vents* où ils devaient retrouver leurs amis Sayze.

— Eh bien nous y voilà ! s'exclama Charpin. Décrivez-moi ce deuxième couple s'il vous plaît.

La dame objecta :

— Je n'ai vu que le monsieur. Mais, puisque vous êtes à la villa, monsieur Sayze pourra sûrement vous le décrire mieux que moi !

— Ne vous inquiétez pas de ça, je vous demande de me donner ces signalements tout de suite, et avec le plus de précisions possible.

— Je vous le répète, je n'ai vu que le monsieur, un homme d'une bonne cinquantaine d'années, de taille moyenne...

— C'est tout ? s'impatienta le capitaine Charpin.

— Ben oui...

— Et la femme ?

— Je n'ai fait que l'apercevoir à travers les vitres de la voiture. Elle n'est pas descendue.

— Quel type de voiture ?

— Une voiture grise, genre voiture de sport, très basse. Quand ils sont repartis, j'ai vu qu'elle avait une plaque blanche avec des chiffres noirs et comme des écussons dans des cercles.

— Une immatriculation allemande ?

— Ah, fit la dame, comme si elle était touchée par une révélation, ça se pourrait bien car j'ai remarqué que le monsieur avait un accent allemand assez prononcé.

— Bien, dit Charpin, je vous remercie madame. Pour le moment, ce sera tout.

— Vous ne pouvez pas me dire ce qu'il se passe ? demanda la dame inquiète.

Trop tard, le capitaine Charpin avait raccroché et il formait déjà un autre numéro.

— Allô, la brigade routière ? Capitaine Charpin. Il faudrait immédiatement diffuser un avis de recherche concernant un Allemand voyageant avec une femme à bord d'une voiture de sport grise. Ils ont dû quitter le nord-Finistère au cours de la nuit dernière. En cas de découverte, les retenir et me prévenir immédiatement. Ils sont les témoins principaux dans une affaire de double meurtre qui a eu lieu à Kerpol la nuit dernière.

Tandis que la machine judiciaire se déployait sur toute la France, le médecin légiste arrivait pour se livrer aux premières constatations.

Pendant ce temps, Auguste Lannurien avait repris sa tournée et essuyé les remarques désobligeantes de quelques retraités contrariés de n'avoir pas reçu leur journal à l'heure.

Auguste, mortifié, se mordait les joues pour ne pas leur balancer la nouvelle qui lui brûlait la langue. Mais il entendait encore la voix impérieuse du capitaine Charpin : « Pas un mot à quiconque, monsieur Lannurien, sinon vous aurez affaire à moi ! »

Et ça avait été dit sur un ton qui ne prêtait pas à équivoque. Le capitaine Charpin ne rigolait pas.

Auguste Lannurien, renfrogné, repensait sans cesse aux deux morts et, si l'image de la femme dénudée le hantait encore, c'est à son compagnon qu'il revenait sans cesse, ce sexagénaire au front dégarni, à la poitrine couverte d'une toison grisonnante avec ce point rouge et noir juste sous le téton gauche, dont le regard mort fixait le néant avec une expression à la fois surprise et atterrée.

Et, soudain, ça lui revint comme un trait de lumière. Bien sûr qu'il l'avait déjà vu, ce type ! Et pas loin d'ici encore, chez cette Angélique Gouin, une femme originaire de Kerpol qui avait disparu du paysage au temps de sa jeunesse à la suite d'un scandale littéraire qu'elle avait provoqué en publiant un roman sur sa famille et les habitants de la région.

Maintenant, toute sa parentèle était morte et elle était revenue dans la maison familiale pour y résider à l'année.

Madame Gouin, ou plutôt Jeanne Albert de son nom de plume, ne fréquentait guère les indigènes et passait le plus clair de son temps à noircir du papier dans sa maison du bourg. Le facteur savait que l'écrivaine recevait régulièrement des courriers d'une maison d'édition connue de Paris.

Peut-être travaillait-elle à un nouveau roman?

Une belle femme qu'Auguste eût volontiers courtisée s'il avait su s'y prendre. Mais voilà, pouvait-on prétendre aux faveurs d'une intellectuelle venue de la capitale lorsqu'on est un simple facteur rural?

Le macchabée, ce Louis Sayze, avait eu semble-t-il plus de chance. Il est vrai qu'il débarquait chez la dame dans un 4 X 4 BMW et non dans une bagnole jaune de la poste. Et puis, peut-être s'étaient-ils connus avant, dans la capitale, et qu'elle n'était revenue au pays que pour filer le parfait amour loin de ses relations parisiennes?

Ça gambergeait sec sous la casquette d'Auguste Lannurien. Question scénarios, il se posait là, le facteur!

Et si c'était le mari ou l'amant (car on ne savait pas si elle était mariée) d'Angélique qui avait descendu le couple à la *Villa des Quatre Vents*?

Quant à ce Sayze, que venait-il faire à Kerpol? Était-il amoureux de l'écrivaine? Comment y croire? S'il avait eu une aventure avec cette femme, cela semblait être terminé puisqu'il couchait avec une superbe fille de trente ans sa cadette. Il fallait le reconnaître, si avenante que fût encore Angélique Gouin, son charme ne pesait plus lourd devant la jeunesse éclatante de la nouvelle maîtresse de Louis Sayze.

Auguste, qui savait qu'il ne connaîtrait jamais une telle créature, se serait bien consolé dans les bras d'Angélique, mais il n'y était pas encore. Néanmoins, il avait peut-être un moyen de pression.

Chapitre 3

En cette fin de matinée de lundi, la réunion des officiers de Police se terminait au commissariat de Quimper. Le commissaire divisionnaire Fabien avait fait le point sur les affaires en cours et attribué les tâches à chacun, sauf… à Mary Lester.

Elle l'avait regardé, surprise, mais sans faire de commentaires, et il avait discrètement levé l'index à son intention pour lui signifier qu'il désirait lui parler en particulier.

Lorsqu'elle s'était approchée de lui, il lui avait glissé:
— Chez moi dans un quart d'heure!

L'air mystérieux qu'il avait pris pour prononcer cette phrase et son ton avaient intrigué Mary. Aussi, quinze minutes plus tard, elle frappait à la porte du patron.

Il vint lui-même lui ouvrir et lui offrit un siège avant de retourner s'asseoir derrière son bureau. Elle s'assit docilement, sans mot dire, rejouant une petite scène qui, elle le savait bien, agaçait prodigieusement le commissaire Fabien. Il finit par prononcer, en tapotant d'un air mystérieux un dossier cartonné de bleu:
— « On » a requis vos services…
— Ah… fit-elle sans manifester plus d'intérêt.

Il y eut un silence, chacun attendant que l'autre s'exprime. Le commissaire céda le premier.

— Vous ne me demandez pas qui?

— Pourquoi vous le demanderais-je? Vous me le direz bien, quand vous serez décidé.

— Vous n'êtes pas curieuse.

— Mais si! Sans cela je ne ferais pas ce métier!

— Il s'agit du ministère des Affaires étrangères.

Elle ne put retenir sa surprise:

— Rien que ça?

Le commissaire Fabien parut ravi:

— Ça vous la coupe, hein!

— Comme vous dites. Où allez-vous m'expédier, cette fois? Tahiti, les Antilles, Bora Bora?

Il doucha son enthousiasme:

— Roscoff!

Elle fit la grimace:

— C'est moins exotique.

— Quoique... fit Fabien d'un ton badin, il y a là-bas, sur une île, un jardin extraordinaire qui laisse à penser qu'on est sous les tropiques.

— Ouais, dit-elle, sur l'île de Batz.

Le patron eut l'air déçu:

— Ah... Vous connaissez?

— Comme tout le monde, patron!

— Moi je ne connaissais pas, marmonna Fabien.

— Il n'est pas trop tard pour y aller, dit Mary. Vous devriez y inviter votre épouse. Je suis sûre qu'elle serait ravie.

— Ouais, fit Fabien, lugubre.

Visiblement, il n'entrait pas dans ses plans de faire du tourisme avec madame Fabien. Bof, après tout, c'était son problème. Elle demanda:

— Et qu'est-ce qui requiert ma présence en ces lieux enchanteurs?

Le patron prit un air mystérieux :
— Devinez.

Mary ressentit un picotement dans le nez :
— Encore une intervention politique?
— Je le crains.
— Qu'est-ce qui amène les Affaires étrangères à s'intéresser à un crime commis dans le fin fond du Finistère?

Il joua l'étonnement :
— Ah, parce que vous savez qu'il y a eu un double meurtre là-bas?

Elle considéra son patron avec réprobation :
— Vous me prenez pour une nunuche? Je lis les journaux, tout de même!

Le commissaire se frotta les mains :
— Parfait!

Les choux-fleurs et les artichauts prenaient soudain la place des palmiers et des orchidées. Elle fit la moue et dit, résignée :
— Eh bien, allez-y! N'a-t-on pas parlé d'une partie fine qui aurait mal tourné?
— C'est ce qu'on croyait, dit le commissaire, enfin, c'est ce que les gendarmes croyaient...
— À ma connaissance, la gendarmerie avait deux suspects dans le collimateur.
— Elle avait, oui. Elle n'a plus.
— Ah, fit Mary avec intérêt, racontez-moi ça!

Le commissaire Fabien appliqua ses deux mains l'une contre l'autre comme s'il se mettait en prière.
— Voilà, dit-il après s'être concentré, le lundi 7 février dernier, au cours de sa tournée, le facteur de

Kerpol découvre, dans une propriété isolée du bourg, les cadavres d'un homme et d'une femme tués par balles. Tout laisse à penser que les victimes connaissaient le meurtrier car il n'y pas de trace d'effraction, pas de trace de lutte non plus. À l'examen et vue l'extrême précision des impacts, il semble que l'on soit en présence d'un excellent tireur.

— Un professionnel ?

— Vraisemblablement. Les balles, du neuf millimètres, auraient été tirées par un revolver car aucune douille n'a été retrouvée sur place.

Mary écoutait attentivement. Le commissaire poursuivit :

— Les investigations menées dans la maison ont rapidement révélé qu'outre les deux victimes, deux autres personnes avaient séjourné dans cette maison la nuit précédant le crime. Ce couple était donc en première ligne pour faire d'excellents suspects.

Mary ne réagissant pas, le commissaire poursuivit :

— Comme cette maison est extrêmement isolée, il n'a pas été possible d'obtenir d'autres témoignages. Cependant, en interrogeant les gestionnaires de l'agence chargée de la location, les gendarmes ont pu déterminer qu'un homme était venu, la veille du drame, demander par où on se rendait à la *Villa des Quatre Vents*. Cet homme s'exprimait dans un français tout à fait correct, mais avec un accent germanique très prononcé. De plus, il voyageait dans une voiture basse, grise, pourvue d'une plaque d'immatriculation blanche avec des lettres noires et des écussons cerclés. Les gendarmes ont immédiatement lancé un avis de recherche concernant un coupé sport immatriculé en Allemagne ou en Suisse. Et là, bingo, deux motards interceptent dans la soirée une

Porsche grise entre Fougères et Alençon. Les occupants, Hilde Müller, 32 ans et Heinrich Stoffel 48 ans, citoyens allemands dont les papiers étaient en règle, furent illico ramenés à Morlaix. Heinrich Stoffel prit les gendarmes de haut, exigea qu'on avise son consulat et refusa tout net de répondre aux questions qui lui étaient posées. Sa compagne, Hilde Müller, plus coopérative, indiqua que Stoffel et elle-même étaient venus rendre visite à une relation de Heinrich, Louis Sayze, un homme d'affaires de Paris en vacances à Kerpol avec son amie. Ils avaient passé la soirée ensemble avant de reprendre la route vers deux heures du matin. Ce détail attira l'attention de l'officier qui menait l'interrogatoire. Pour le capitaine Charpin, ce départ nocturne ressemblait à une fuite. Hilde Müller indiqua alors que son ami préférait rouler la nuit. Le capitaine Charpin nota que les passagers de la Porsche, s'ils paraissaient surpris d'être ainsi interpellés, ne semblaient pas autrement émus. Ils avaient cru qu'on les interceptait pour quelque infraction au code de la route, un excès de vitesse probablement, ce qui ne semblait pas inquiéter Stoffel outre mesure. Cependant, après avoir pesé le pour et le contre, le capitaine Charpin décida de les placer en garde à vue.

— Et alors? demanda Mary.

— Alors, le gros pataquès s'est déclenché. Figurez-vous que le sieur Heinrich Stoffel n'est autre que le patron d'une très grosse banque allemande. Cette arrestation, que la presse internationale a montée en épingle, la qualifiant même d'arbitraire, a provoqué un tollé diplomatique entre la France et l'Allemagne.

— Une affaire d'État, en quelque sorte.

— Presque. Je crains que le malheureux capitaine Charpin se soit précipité sur ce qui paraissait évident, et qu'il ait eu la malchance de tomber sur un personnage intouchable. Par la suite, l'enquête a révélé qu'à l'heure de la mort des deux victimes, Heinrich Stoffel faisait le plein de sa Porsche aux portes de Rennes, soit à plus de deux cents kilomètres des lieux du crime. Sa carte de crédit en fait foi.

— Ce qui, évidemment, le disculpe totalement, fit remarquer Mary.

Le commissaire approuva:

— Indubitablement…

Elle le regarda:

— Alors qui?

— C'est toute la question, soupira Fabien.

Certes, pensa Mary, mais peut-être faudrait-il aussi se demander « pourquoi? ».

Elle ne fit pas part de cette dernière réflexion, mais elle proposa:

— Je peux emporter le dossier pour l'étudier?

— Il n'est là que pour vous, ma chère, dit Fabien en se levant.

Elle se leva à son tour en demandant:

— Les gendarmes sont toujours en charge de l'enquête?

— Oui, mais je crois que le capitaine Charpin a été mis sur la touche. Actuellement, son remplaçant dirigerait leurs recherches vers des faits ayant trait à l'espionnage industriel.

— Ah, fit Mary étonnée, qu'est-ce qui les a menés vers cette voie?

— La personnalité de la victime, Louis Sayze. Un drôle de type, ce Sayze: père instituteur, il se dirige d'abord vers les sciences.

Mary siffla entre ses dents, admirative:

— Mâtin! Fallait tout de même être un peu gonflé pour prénommer son fils Louis quand on s'appelle Sayze! Était-ce une tradition familiale, ou il ne s'appelait pas comme son père?

Le commissaire la regarda, ahuri:

— Comment avez-vous su...

Ce fut au tour de Mary d'afficher sa stupéfaction:

— Su quoi?

— Le prénom de son père!

— Mais je ne le connais pas, le prénom de cet hurluberlu!

— Mais si, vous venez de me le dire!

— Qu'est-ce que j'ai dit?

Le commissaire s'impatienta:

— Je ne suis pas fou! Vous m'avez bien dit: « il s'appelait Pacôme, son père ».

— Oui, et alors?

— Eh bien, son père s'appelait Pacôme, justement!

Mary secoua la tête:

— J'ai l'impression de discuter avec Devos!

Le commissaire voulut avoir le dernier mot:

— Eh bien, lui au moins ne s'appelait pas Pacôme! Et d'ailleurs, il est mort. Ce n'est pas comme Pacôme qui lui, vit encore.

— Pff! fit-elle, accablée.

Le commissaire, tout fier d'avoir eu le dernier mot, ce qui ne lui arrivait pas souvent avec Mary Lester, poursuivit:

— Il était même docteur en biologie marine, votre Louis Sayze, précisa le commissaire. Vous ne vous y attendiez pas, n'est-ce pas?

— Non, avec un nom pareil, j'aurais plutôt cru qu'il était serrurier.

Le commissaire ouvrit de grands yeux :

— Serrurier ? Pourquoi serrurier ?

— Pour rien ! J'ai dit ça comme j'aurais dit homme de pêne...

Le commissaire fronça les sourcils et haussa les épaules. Il sentait que quelque chose lui échappait. Il préféra poursuivre sans relever l'intention maligne, le front plissé :

— Dans les années quatre-vingt, il fait des recherches à la station biologique de Roscoff. Il découvre alors l'informatique qui en est encore à ses balbutiements. C'est pour lui une révélation et il va se passionner pour cette science au point d'en faire son métier. Il épouse alors Linda Martin dont le père est expert comptable à Paris et abandonne la recherche halieutique pour développer, sous l'égide de son beau-père, une petite société qui deviendra la GEEK, Gestion Études Évaluations Konseils. Aujourd'hui, cette société qui emploie plus de cent personnes occupe une place prépondérante sur les marchés de l'audit. Louis Sayze roule en carrosse, ce qui est bien le moins quand on est affublé d'un pareil patronyme, mais cela interpelle tout de même les gens du métier. Or, lorsqu'on établit un audit, les enquêteurs mandatés ont évidemment accès à tous les comptes, à toutes les activités de l'entreprise.

— Et même aux plus secrètes, j'ai compris, dit Mary. D'où une complicité éventuelle avec un important financier allemand.

— C'est du moins ce que les gendarmes supposent.

Il eut une mimique dubitative :

— Quant à le prouver... Cependant, les soupçons qui continuent de peser sur un de leurs gros financiers agacent prodigieusement le gouvernement de Berlin qui voudrait que leur banquier soit lavé de tout soupçon. C'est là que vous intervenez...

Mary s'exclama :

— Moi ? Mais je n'y connais rien en matière de finances !

— Il ne s'agit pas de finances, mais si vous trouviez une autre piste...

— Mais quelle piste ?

— Je ne sais pas, moi, crapuleuse, par exemple.

— Crapuleuse ?

— Ou autre chose... Ça arrangerait bien les relations entre Berlin et Paris.

— Mais même pour faire plaisir à notre Président et à la Chancelière, je ne peux pas inventer une piste crapuleuse !

— Bof, fit le commissaire, on ne vous demande pas d'inventer, mais de faire semblant de chercher. Dans un mois le soufflé sera retombé. On dira que l'enquête se poursuit, et tout le monde sera content.

Elle se leva, prit le dossier sous le bras et grommela :

— Surtout l'assassin !

Elle fixa le patron :

— Car il y a bien un assassin, tout de même, il y a bien quelqu'un qui a pressé la détente de l'arme !

— Assurément, Mary, assurément ! Mais visiblement, c'est un pro...

— Qu'est-ce qui vous fait dire ça ?

— Le calibre de l'arme d'abord. Du 9 mm, c'est le calibre militaire par excellence. La précision du tir ensuite...

— Et puis ?

— Et puis il semble que rien n'ait été volé.
— Il semble ? releva Mary.
— Oui, les cartes de crédit des deux victimes ont été retrouvées.
— Pas les espèces ?
— On ignore s'il y avait des espèces. En tout cas, la petite monnaie n'a pas été prélevée dans le sac de la dame. Et puis, on n'a retrouvé ni l'arme ni les douilles, ni la moindre trace permettant de mettre les enquêteurs sur une piste... Je vous le dis, ça sent le contrat...

Elle eut une moue sceptique :

— Un tueur professionnel qui serait venu au milieu des champs d'artichauts tuer ce pauvre homme ? Je n'y crois pas, patron !

Et elle pesta :

— Vous ne me faites pas de cadeau !
— Ce n'est pas moi, protesta Fabien, c'est encore un coup de votre copain Mervent.
— Mervent ? Il est aux Affaires étrangères maintenant ?
— Non, il est à l'Élysée.
— Sans blague, dit-elle, admirative, et à quoi occupe-t-il son temps ?
— Il est un des conseillers les plus écoutés du Président de la République.
— Pff... fit Mary faussement admirative en pensant « Pas étonnant que tout aille mal dans ce pays ! » mais elle garda prudemment son irrévérencieuse réflexion pour elle.
— Il paraît, poursuivit Fabien, que le Président, très contrarié par cet accès de fièvre diplomatique, aurait chargé Mervent de « faire quelque chose ».

— Et Mervent a fait quelque chose? demanda-t-elle.
— Évidemment!

Il lui sourit, ravi :

— Il a confié le problème à un chef de cabinet nommé...

— Il faut aussi que je connaisse le nom du chef de cabinet?

— Ça pourrait vous intéresser...

Mary regarda le patron, intriguée. Qu'est-ce qu'il allait encore lui sortir?

— Martin-Levesque, ça vous dit quelque chose?

Mary fit la moue :

— Ça devrait?

— Je ne sais pas, dit Fabien qui buvait du petit lait. Cependant, si je vous dis que ce chef de cabinet se prénomme Marion...

Mary mit sa main devant sa bouche :

— C'est pas vrai! Marion Bélier?

— Vous y voilà enfin, triompha le commissaire. Dites-moi, vous n'avez pas l'esprit vif, ce matin! Marion Bélier porte désormais le nom de son mari, Maître Martin-Levesque, sénateur, et désormais membre de la commission de la Défense nationale.

Mary eut une moue admirative :

— Dites donc, elle a fait son chemin, celle-là, depuis que je lui ai passé les pinces[1]!

— Vous croyez qu'elle s'en souvient? demanda Fabien.

— Je n'ai aucun doute à ce sujet, affirma Mary.

Elle ricana :

— Elle risque fort de me garder une dent, voire plusieurs, pour cette affaire de menottes...

---

1. *Voir :* Couleur Canari *et* Casa del Amor.

— Vous croyez? demanda benoîtement le commissaire.

Elle hocha la tête:

— Ça a de la rancune, ces bêtes-là!

Elle pensait surtout à la manière dont elle avait conseillé Marie-Ange Marescot, la sympathique veuve morganatique de Jules Marescot, afin d'empêcher Marion Bélier de mettre la main sur la propriété familiale de la Moineaudière. Rien que pour ça, elle n'aurait pas été étonnée que la nouvelle chef de cabinet du ministère des Affaires étrangères lui gardât un chien de sa chienne.

— Pensez-vous, dit Fabien, cette dame semble vous avoir à la bonne.

Mary s'étonna:

— Vraiment?

Elle n'en croyait pas un mot. Si la petite-fille tenait de la grand-mère, ça allait être quelque chose!

— Vous savez ce qu'elle a dit à Mervent?

Mary secoua la tête négativement.

— Comment le saurais-je?

Elle aurait dit:

— « Envoyez donc Mary Lester! »

Une double raison pour m'en méfier, pensa Mary en saisissant le dossier sur le bureau du patron.

— Je regarde ça, dit-elle, et, après examen, je vous dirai ce que j'en pense.

— C'est ça, dit Fabien.

Elle regagnait déjà la porte, son dossier sous le bras et, avant de sortir, elle glissa:

— Et comme d'habitude, je vous tiens au courant!

Chapitre 4

Mary revint, soucieuse, vers le bureau qu'elle partageait avec le lieutenant Fortin qui leva les yeux lorsqu'elle entra :

— Alors, de quoi as-tu hérité ? demanda-t-il. Ça n'a pas l'air de t'amuser follement.

Elle jeta le dossier sur la table, s'assit, et soupira :

— Une affaire où il y a plus de mauvais coups que de bons à recevoir, je le crains.

— Pff... fit Fortin, c'est notre lot ! Moi, il faut que j'aille m'occuper du squat de la rue de la Palestine.

Elle ricana :

— La rue de la merde de chien ? Je suis passée par là l'autre jour, dis donc, il y a intérêt à regarder où on met les pieds ! Qu'est-ce que tu vas faire ?

Le grand lieutenant soupira :

— Demande plutôt ce qu'on me laissera faire ! Il y a une douzaine de branleurs qui ont forcé la porte d'un immeuble en vente et qui s'y sont installés avec une meute de chiens. Autant te dire que les riverains sont ravis ! Le préfet ne veut pas se mouiller, le maire ne veut pas le savoir, les services sociaux sont aux petits soins et pourvoient aux besoins de tout ce petit monde. Résultat, ça se saoule la gueule, ça se drogue, ça fout le bordel. Si on me laissait faire...

Il soupira de nouveau.

Elle demanda :

— Tu aurais une solution, toi ?

— Et comment ! dit le grand avec conviction. Je prends trois gardiens avec moi, je vire tout le monde, je fais murer les entrées et la cause est entendue.

— Ça serait radical, en effet, admit Mary.

— Trop simple, soupira le grand. Et ça ne coûterait que trois douzaines de parpaings et une journée de maçon.

— Seulement, objecta Mary, on n'aurait pas fini d'entendre gémir les professionnels de la compassion…

— C'est ça, dit Fortin, les bonnes âmes qui cautionnent ces comportements « incivils », à condition que ça se passe loin de chez elles !

— C'est pas gagné, soupira Mary.

— Attends, dit le grand, un de ces jours ils vont foutre le feu à la baraque et s'il y en a deux ou trois qui crament là-dedans, il faudra bien qu'on recherche les responsables.

Laissant le grand lieutenant ressasser sa rancune, elle reprit le dossier et se dirigea vers la porte. Elle ne s'en faisait pas pour les politiques, toujours habiles à botter en touche et à faire porter le chapeau à un lampiste quelconque.

Fortin, alarmé, demanda :

— Tu t'en vas ?

— Si j'ai tout ça à lire, soupira-t-elle en montrant le dossier, autant que je le fasse chez moi. J'y serai plus tranquille.

— Et qu'est-ce que je dis au patron au cas où…

Elle se sentait tout d'un coup terriblement lasse.

51

— Au cas où « on » aurait besoin de moi, dit-elle, « on » connaît mon numéro de téléphone.

— Eh, dit Fortin, ça se passe où, ton histoire ?

— Dans le nord, dit-elle, pas le nord de la France, non, dans le nord Finistère.

— Tu auras besoin de moi ? demanda Fortin plein d'espoir.

Nouvelle moue, désabusée cette fois :

— Je ne sais pas... Pour le moment, l'affaire est entre les mains des gendarmes. J'ai la vague impression qu'on m'envoie au casse-pipe et que je vais débarquer là-dedans comme un chien dans un jeu de quilles.

Et elle pensait de plus en plus que, si cette garce de Marion Bélier avait soufflé son nom pour cette contre-enquête, ce n'était pas forcément parce qu'elle lui voulait du bien.

Fortin la rassura :

— En tout cas, je suis là, Mary !

Il la contemplait avec ses bons yeux de chien fidèle et elle savait que, quelle que soit l'heure, que ce soit le jour ou que ce soit la nuit, Jipi volerait à son secours au premier coup de téléphone. Elle lui adressa un coup d'œil complice :

— Je le sais, Jipi. Je le sais, et crois-moi, rien que cette pensée m'est d'un grand réconfort.

Et elle ne mentait pas car avoir Fortin dans son jeu la rassurait pleinement.

De retour chez elle, elle s'installa confortablement sur sa table de cuisine et étala ses documents pour pouvoir les étudier soigneusement. Elle prit son déjeuner avec Amandine et poursuivit l'étude du dossier jusqu'à 17 heures. Jusqu'au moment où elle en eut soudain marre.

Elle bâilla, s'étira et Amandine qui jardinait, voyant qu'elle en avait terminé, lui proposa un thé qu'elle accepta avec plaisir.

Elle apporta sur un plateau la théière, les tasses et ces croûtes à la pâte d'amande qu'elle réussissait si bien. Elle posa le plateau sur la table et dit, en regardant le dossier, et sans avoir l'air d'y toucher :

— Elle n'a pas l'air facile, votre affaire…

— Non, fit Mary avec une moue. Fortin dirait même que c'est un drôle de sac de nœuds.

Amandine demanda, pleine d'espoir :

— Monsieur Fortin va vous aider ?

Mary sourit. Depuis qu'il avait expulsé avec vigueur les deux flics véreux qui étaient venus l'agresser venelle du Pain-Cuit et qui avaient assommé le capitaine Lester[1], la cote d'amour de « Monsieur Fortin » avait fait un bond dans le cœur de l'ancienne clerc de notaire, reconvertie au temps de sa retraite en une sorte de gouvernante de Mary Lester.

— Je ne sais pas trop si c'est une affaire pour lui, dit-elle. Mais soyez rassurée, si j'ai besoin de ses services, il saura répondre présent.

Elle n'en révéla pas davantage, si bien que la bonne Amandine s'en retourna tailler ses hortensias, légèrement perplexe mais surtout déçue de n'avoir pas pu assouvir sa curiosité. Lorsque la servante au grand cœur[2], comme la surnommait secrètement Mary, eut repris ses occupations de jardinage, Mary composa un numéro que bien peu de gens connaissaient : celui du téléphone portable personnel de Ludovic Mervent, conseiller particulier du Président de la République.

---

1. Voir : Te souviens-tu de Souliko'o, *tome 2.*
2. Baudelaire.

Celui-ci avait dû croire que c'était une de ses maîtresses qui l'appelait car il répondit tout de suite avec un enthousiasme qui parut s'émousser lorsque Mary se présenta. Elle crut même, mais ce n'était certainement qu'une illusion, percevoir dans sa voix une fêlure de déception.

— Ah... capitaine Lester.

— Elle-même, monsieur le conseiller. Je me suis permis de vous appeler car mon patron, le divisionnaire Fabien, m'a branchée sur une affaire complexe. Comme je suppose que vous y êtes pour quelque chose, j'aurais aimé avoir quelques éclaircissements.

— De quoi s'agit-il, capitaine?

— Du double meurtre de Roscoff.

— Ah, oui, dit Mervent, une bien sombre affaire!

— Sur laquelle les gendarmes se cassent les dents, semble-t-il?

Il y eut un silence, puis Mervent glissa:

— En réalité, c'est un chef de cabinet du ministère des Affaires étrangères qui a suggéré de faire appel à vous...

— Madame Martin-Levesque? suggéra Mary.

— En effet, reconnut Mervent.

— Ex-Marion Bélier, poursuivit-elle.

— Toujours exact, confirma Mervent.

— Vous savez que cette dame ne me veut pas forcément du bien, monsieur le conseiller.

Elle entendit Mervent protester avec une conviction parfaitement feinte:

— Vous vous trompez, ma chère amie, vous vous trompez complètement! Elle n'a pas tari d'éloges à votre propos!

Mary persifla:

— Voilà une bonne nouvelle! Cependant, monsieur Mervent, je vais me trouver complètement en porte-à-faux...

— Comment ça?

— Vous me voyez aller marcher sur les brisées des gendarmes après une semaine d'enquête? J'ai une trop haute opinion de la qualité de leurs enquêteurs et de la rigueur de leurs techniciens pour penser qu'ils n'ont pas exploré toutes les pistes.

Mervent dit aigrement:

— Parlons-en, des gendarmes! Comme piste, jusqu'à présent, ils n'ont que celle de ces deux Allemands, et elle s'est révélée d'une part fausse, d'autre part politiquement inacceptable.

Il y eut un temps de silence et il ajouta d'un ton pincé:

— Si vous voyez ce que je veux dire!

— Parfaitement, monsieur, d'ailleurs, mon patron, le divisionnaire Fabien, m'a fait toucher du doigt cet aspect sensible du problème. Il m'a également laissé entendre qu'un autre coupable serait préférable.

Mervent triompha:

— Voilà, vous avez tout compris: ce serait éminemment préférable!

Elle doucha cet enthousiasme qui était pour le moins prématuré:

— Tout... Tout... Comme vous y allez, monsieur le conseiller. En vérité, je ne sais rien de plus que ce qu'ont raconté les journaux, ce qui n'est pas grand chose, vous en conviendrez.

— Certes, mais vous avez le dossier?

— Bien sûr, mais il n'est guère plus disert que la presse.

— Que vous faut-il de plus ?

— Il me faudrait pour le moins une accréditation...

— Quelle accréditation ? Vous avez des directives de votre supérieur. Vous êtes couverte...

Elle énonça calmement :

— Monsieur Mervent, vous n'êtes pas sans savoir que les gendarmes et les policiers cohabitent difficilement...

— Tsss ! fit Mervent d'un ton réprobateur, ces vieilles lunes n'ont plus cours de nos jours !

— Dites plutôt qu'elles ne devraient plus avoir cours...

Mervent assura :

— Le gouvernement a été particulièrement ferme à ce propos !

Elle faillit lui répondre qu'il n'avait pas été moins ferme - en paroles - contre le chômage, la délinquance, le sida, le terrorisme et quelques autres fléaux du siècle, sans empêcher ceux-ci de multiplier leurs victimes.

— D'accord, dit-elle, j'en prends bonne note. Tout ceci est très clair dans les ministères. Mais si moi, femme et flic, je vais leur demander des précisions sur tel ou tel point, car je devrai nécessairement avoir accès à leur dossier, croyez-moi, je crains leur accueil.

— Dans ce cas, conseilla Mervent avec hauteur, vous m'en rendrez compte. Et ceux qui traîneront les pieds - quel que soit leur grade - entendront parler de moi !

— Monsieur Mervent, dit-elle, soyez réaliste ! Pensez-vous qu'il soit utile de déranger le conseiller particulier du Président pour de telles peccadilles ? N'avez-vous pas autre chose à faire ?

— Si fait, reconnut Mervent.

— Et quand bien même j'entrerais en conflit avec ces militaires, poursuivit Mary, il y a une force terrible qui existe, c'est la force d'inertie, le mauvais vouloir. Ce qu'il faudrait, c'est que je sois pourvue d'une sorte d'ordre de mission me donnant libre accès à toutes les facettes de l'enquête. Vous voyez ce que je veux dire ?

— Je vois, dit sobrement Mervent. Je vais y réfléchir…

Sa réflexion fut courte car il se décida d'un coup :

— Je vais faire parvenir à la direction de la gendarmerie des directives très précises vous concernant. Cela vous convient-il ?

— Assurément, monsieur le conseiller. Avec un petit papier personnel me concernant, un document officiel, émanant par exemple du ministre de la Défense ou de l'Intérieur… Je ne pourrai pas aboutir dans cette enquête sans une collaboration totale de leur part.

Mervent parut hésiter. Il ironisa :

— Et pourquoi pas de la Présidence de la République ?

— Ah, fit-elle, c'est ça qui serait épatant, un *blanc-seing* signé du conseiller du président lui-même.

— Comme vous y allez ! fit Mervent, vous ne voulez pas une lettre de cachet en plus ?

Elle répondit du tac au tac :

— Il n'y a plus de Bastille, monsieur Mervent !

— Vous semblez le regretter, persifla le conseiller du président.

— Parfois, dit-elle songeuse, parfois…

Elle connaissait quelques politiques, et non des moindres, qui auraient mérité d'y prendre pension.

— Sans aller à ces extrémités, un petit mot de votre main me serait d'une grande utilité, monsieur le conseiller. Ce serait le sésame qui ouvre toutes les portes.

Mervent n'avait jamais su résister à la flatterie.

— Vous l'aurez! assura-t-il martialement.

— Je vous en remercie très sincèrement, monsieur le conseiller, et je compte sur vous.

— Je compte aussi sur vous, capitaine. Et surtout, pas de bavures, pas de bavures!

— Pas de bavures, répéta-t-elle. Promis!

Ce point étant réglé, elle s'en fut préparer son bagage pour le cas où son séjour devrait se prolonger dans le nord Finistère en pensant qu'elle n'avait jamais aussi souvent employé ce terme de « conseiller » en un laps de temps aussi court.

oOo

Le lendemain, elle se présenta au bureau du patron, son dossier sous le bras.

— Alors? demanda le commissaire après lui avoir souhaité le bonjour.

— Alors quoi? fit-elle maussade.

— Vous acceptez?

Mary haussa les épaules:

— Ai-je le choix?

— Pas vraiment, reconnut Fabien.

— Il me reste à attendre les accréditations de Mervent pour que je puisse avoir accès aux dossiers des gendarmes.

Le commissaire la fixa, ébahi :

— Vous avez pris langue avec le conseiller Mervent ?

— Bien sûr, dit-elle, ce bon Ludo, vous le savez, n'a rien à me refuser.

Le commissaire parut s'étrangler :

— Ludo... Vous l'appelez Ludo ?

Elle adorait agacer Fabien en affichant une familiarité qui n'existait pas vraiment avec cette éminence grise si haut placée.

— Pas officiellement, fit-elle en prenant un petit air snob, seulement dans l'intimité.

Il s'étrangla de nouveau :

— L'intimité ? Ne me dites pas que...

Elle parut agacée :

— Ah, patron, vous avez toujours de mauvaises pensées ! Je voulais dire, quand nous nous parlons entre quatre yeux !

Fabien parut soulagé d'un grand poids. Il soupira :

— Je préfère ça !

Elle faillit lui demander pourquoi, mais il ne fallait tout de même pas envoyer le bouchon trop loin.

Il déplora :

— Tout de même, vous auriez pu suivre la voie hiérarchique.

Elle leva les yeux au plafond et souffla :

— La voie hiérarchique ? Pff... Dans six mois on y serait encore. Les gendarmes ont déjà huit jours d'avance sur moi, si en plus la voie hiérarchique s'en mêle, l'assassin aura le temps de mourir de vieillesse avant d'être inquiété.

Le patron secoua la tête, accablé :

— Je me demande parfois ce que vous fichez dans l'administration avec des idées pareilles, capitaine Lester.

— Quelles idées?

— Ce mépris pour la hiérarchie... Je conçois que la lourdeur de l'administration puisse vous irriter, mais l'afficher aussi ostensiblement, ce n'est pas bon, Mary, ce n'est pas bon!

Elle ironisa:

— Vous savez bien que ce qui me retient dans cette administration, c'est l'intense satisfaction de me faire appeler capitaine, monsieur le commissaire.

— Vous vous moquez encore, dit tristement Fabien.

Elle le rassura:

— À peine... Et puis, vous savez bien que je ne l'affiche qu'auprès de vous, ce mépris, et vous savez bien aussi que vous n'êtes pas visé.

— Je vous en remercie, dit Fabien d'un air pincé, mais il n'en reste pas moins que je me demande ce qui vous retient dans nos services...

— Ce qui me retient chez les flics? Mais je n'y reste que pour vous, patron!

Fabien leva les épaules; sur son visage, l'incrédulité le disputait à l'agacement.

— Vous me flattez, jeune fille!

— Tss... Tss... fit-elle en agitant son index devant Fabien, vous le savez bien, avec un autre directeur je me serais fait la malle depuis longtemps.

Elle leva l'index:

— D'ailleurs, je me l'étais faite, la malle! Vous vous souvenez?

Fabien hocha la tête. Il n'oublierait jamais ce jour douloureux où, promue capitaine, le lieutenant Lester avait claqué la porte pour s'en aller au bout du monde[1]. Et elle avait fait brillamment son trou

---

1. *Voir :* La régate du Saint-Philibert.

dans le journalisme d'investigation avant que, sur les instances du commissaire Fabien[1], elle ne reprenne du service.

Elle le rassura :

— Dès que vous aurez ces fameuses accréditations, je me mets en route.

---

1. Voir : Couleur Canari.

Chapitre 5

Mary Lester avait déjà opéré dans la Bretagne nord, un terroir plus austère que le riant golfe du Morbihan, mais aussi un terroir fait pour les âmes fortes, un terroir âpre et dur qui façonnait ses habitants à son image.

Leurs maisons de granit aux murs de forteresse, couvertes de ces ardoises épaisses comme des dalles, si nécessaires pour résister aux vents violents venus du large, semblaient faites pour défier les siècles.

Le bonheur, c'était qu'elle venait de recevoir sa nouvelle voiture destinée à remplacer la pauvre Twingo engloutie par les flots sur le passage du Gois[1].

Cette fois, elle s'était offert la petite dernière de Citroën, une DS 3 avec laquelle elle avait l'impression de rouler sur un nuage. De plus, le silence de l'habitacle lui permettait d'écouter ses disques favoris avec un confort inégalé.

À mesure qu'elle s'approchait de Kerpol, les pâtures, les friches cédaient place à des champs d'artichauts et de choux-fleurs s'étendant à perte de vue, avec leurs plants rangés comme une armée impeccable.

Dans ces champs aussi soignés que des jardins de rentiers, on apercevait de loin en loin de singuliers

---

1. *Voir :* Casa del Amor.

tracteurs perchés sur de hautes roues, disposition qui leur permettait de passer dans les plantations sans abîmer les têtes chenues des choux-fleurs.

Au loin, le camaïeu de verts plongeait vers la mer, verte elle aussi, mais d'un vert sombre frangé de blanche écume. Sur l'horizon, le ciel passait subrepticement du gris au rose, des couleurs si bénignes qu'on en oubliait presque que ce même ciel pouvait brutalement devenir noir, que, par quelque caprice de forces obscures, la brise pouvait se déchaîner en tempête et la bruine se transformer en déluge.

À la gendarmerie de Kerpol, un bâtiment moderne et fonctionnel cerné d'une clôture rébarbative, un fort grillage surmonté d'un triple rang de fil de fer barbelé, il fallait sonner pour qu'on vous ouvrît.

Mary se fit la réflexion qu'il était peut-être plus difficile d'y entrer que d'en sortir. Mais ça devait être encore une manifestation de son mauvais esprit.

Le quadragénaire aux cheveux gris acier qui tenait la permanence la regarda d'un air suspicieux.

— C'est pour quoi?

Elle sortit sa carte de Police:

— Capitaine Lester... Je souhaiterais rencontrer l'adjudant Autret.

Le front du gendarme se plissa. Il ne fit pas de commentaires et décrocha un téléphone:

— Mon adjudant, le capitaine Lester demande à vous voir.

Il écouta religieusement son supérieur et hocha la tête:

— Bien mon adjudant.

Puis, s'adressant à Mary, il l'invita:

— Si vous voulez bien me suivre...

Elle emboîta le pas au gendarme dans un couloir carrelé de mosaïque brune et bleue. À la troisième porte le gendarme frappa deux coups d'un index vigoureux et, après avoir entendu « Entrez », il poussa la porte et s'effaça devant Mary Lester.

La porte se referma doucement dans son dos et elle se retrouva devant un quinquagénaire long et mince, qui s'était levé à son entrée.

— Capitaine Lester, dit-il en s'inclinant légèrement, après un petit temps de silence peut-être dû à la surprise de devoir attribuer ce grade à une jeune femme.

— Bonjour mon adjudant, répondit-elle en s'avançant et en lui tendant une main qu'il serra avec componction. Je suppose qu'on vous a annoncé ma venue?

— En effet, capitaine, fit-il d'une voix grave dont le timbre austère n'aurait pas déparé dans un chœur grégorien.

Il lui montra une chaise de la main:

— Mais asseyez-vous, je vous en prie.

Elle obtempéra et l'adjudant Autret précisa:

— J'ai reçu des directives vous concernant: je dois mettre à votre disposition tous les éléments que l'enquête a révélés à ce jour.

Mary hocha la tête avec satisfaction:

— C'est ce qu'on m'a dit, en effet.

Puis elle leva les yeux sur le sous-officier et avoua:

— Je ne vois pas ce que je pourrais trouver de plus que vous, d'ailleurs, mais il semble que ma présence ait été requise au plus haut niveau...

— En effet, confirma Autret imperturbable. Je vais vous faire venir le dossier.

Comme il allait décrocher le téléphone, Mary l'arrêta d'un signe de main:

— Un instant, mon adjudant, rien ne presse. Les faits datent déjà de huit jours, nous n'en sommes plus à quelques minutes près, il n'y a pas lieu de se précipiter.

Le gendarme eut un air surpris et fit un geste des deux mains semblant dire « C'est comme vous voulez… »

— Tout d'abord, précisa Mary, je voudrais que vous me donniez vos impressions sur ce double crime.

— Mes impressions? répéta pensivement l'adjudant.

— Oui, indépendamment de toutes les procédures, de tous les indices recueillis, quel est votre sentiment?

Le gendarme paraissait embarrassé par la question.

— Que dire? Vous avez lu nos rapports?

— Oui, j'ai déjà une approche du dossier. Mais les impressions du professionnel qui a découvert le crime m'importent plus que des rapports écrits.

Le gendarme déclara d'une voix hésitante:

— Pour tout vous dire, c'est bien la première fois que je suis confronté à un drame d'une telle nature.

Il eut un geste de la main en disant:

— Nous avons bien eu à traiter d'autres homicides, vous vous en doutez. Mais la plupart d'entre eux, pour ne pas dire tous, avaient une cause commune: l'alcool. Rixes, querelles de famille ayant mal tourné, rivalités amoureuses, j'en passe et des meilleures…

Il leva les épaules:

— Crimes ruraux par excellence. Ici, si j'osais, je vous dirais qu'il s'agit d'un crime venu d'ailleurs.

Mary se fit attentive:

— Pourquoi le qualifiez-vous ainsi? Parce que les victimes n'étaient pas de la région?

— Les victimes n'étaient pas de la région, les suspects n'étaient pas de la région et le mode opératoire du ou des assassins n'est pas non plus conforme aux homicides que j'ai rencontrés jusqu'ici.

Il regarda Mary :

— J'ai eu, et j'ai toujours, le sentiment qu'il s'agit d'une exécution programmée et froidement menée par un type particulièrement entraîné à ce genre d'action.

C'était également ce qu'avait ressenti Mary à la lecture des pièces du dossier, mais elle ne fit pas état de ses impressions.

— Qu'est-ce qui vous fait dire ça ?

— L'extrême précision des tirs, le calibre aussi de l'arme utilisée, le minutage extrêmement précis de l'action et surtout l'absence totale d'indices : pas de douilles, pas d'empreintes...

— Pas de traces extérieures ?

— Non. Aucune autre voiture n'a stationné dans la cour, à part celle des victimes.

— Pas de traces de pas ?

Le gendarme leva les bras au ciel :

— Des traces de pas ? Ce n'est pas ce qui manquait ! Mais il y en avait trop sur le sable de la cour pour qu'on puisse trouver quelque chose d'utilisable.

— Vous pensez donc que personne n'est entré dans la propriété avant que le facteur ne découvre le drame ?

— À part le meurtrier, non, je ne le pense pas. Comme vous l'avez dit, c'est le facteur, un nommé Auguste Lannurien, qui a découvert les corps en faisant sa tournée. Il a immédiatement appelé la gendarmerie et le gendarme de permanence m'a aussitôt prévenu.

— Il est comment, ce Lannurien ?

La question parut surprendre l'adjudant Autret.

— Ben… C'est un gars du coin… Il fait cette tournée depuis plus de vingt ans…

— Selon vous, un type au-dessus de tout soupçon ?

La réponse jaillit sans équivoque :

— Absolument !

Mary sourit :

— Quelle conviction !

Autret secoua la tête :

— Si vous le connaissiez… Il est responsable de la bibliothèque intercommunale et le dimanche, il chante à l'église.

— Un citoyen parfaitement honorable, en quelque sorte.

— Tout à fait !

— Vous étiez loin de la maison du drame ?

— Non, à cinq minutes à peine. Je faisais la tournée du sentier côtier - la routine - et, dès que j'ai été prévenu, je me suis bien entendu précipité à la *Villa des Quatre Vents*. J'ai constaté la mort des deux victimes et, comme j'avais tout de suite fait prévenir les techniciens du laboratoire, les constatations d'usage ont été faites immédiatement avec la plus grande rigueur.

Mary eut un hochement de tête approbateur. Que les constatations aient été faites avec toute la rigueur requise, elle n'en doutait pas. La branche scientifique de la gendarmerie était réputée pour son professionnalisme et la qualité de ses analyses et observations.

— Le capitaine Charpin s'étant déplacé, il a procédé aux constatations et…

— Et c'est lui qui a découvert la piste de la voiture allemande.

L'adjudant hocha la tête:
— Affirmatif!
— Et là, le capitaine Charpin a eu le sentiment qu'il tenait des témoins de tout premier ordre et, qu'en fait, l'affaire était quasiment résolue…
— En effet, reconnut l'adjudant.
Il hésita et rajouta:
— Et pour tout vous dire, j'ai pensé comme lui.
— Comment ne pas le penser, murmura Mary, cependant ces deux ressortissants allemands ont été rapidement mis hors de cause.
— Oui, vous avez vu, un ticket de caisse à une station-service automatique près de Rennes, à l'heure où les deux victimes étaient assassinées.
Il haussa les épaules:
— Imparable!
Et il ajouta, comme à regret:
— Et puis le mauvais sort s'en est mêlé, les deux personnes arrêtées étaient des gens très importants, quasiment dotés de l'immunité diplomatique. Mais ça, on ne pouvait pas le savoir.
— Évidemment. C'est pour cela que le capitaine Charpin a été dessaisi de l'enquête.
— Oui, dit l'adjudant, c'est injuste, mais vous savez, quand la politique s'en mêle…
Mary émit un soupir compassionnel: elle en savait quelque chose!
— Par la suite, poursuivit l'adjudant Autret, l'enquête a été reprise par le lieutenant-colonel Richard car il semble que désormais l'on s'oriente vers une délinquance qui dépasse nos compétences puisque cette affaire toucherait à une affaire d'espionnage économique et industriel.

— Qu'est-ce qui vous a orienté sur cette voie? demanda Mary.

Cet élément ne figurait pas au dossier que lui avait confié le commissaire Fabien.

— L'enveloppe, dit le gendarme. Le facteur était entré dans la maison pour remettre un recommandé à Charlène Tilleux...

Mary s'étonna:

— Ce n'était donc pas adressé à Sayze?

— Non!

— Bizarre...

— Ça nous a surpris aussi, avoua le gendarme.

Il ajouta en ménageant ses effets:

— Ce que vous ne savez pas, c'est ce que contenait cette enveloppe.

Elle posa sur l'adjudant un regard interrogateur.

— J'attends que vous me le disiez.

— Elle contenait deux cents billets de cinq cents euros.

Mary tressaillit et répéta bêtement:

— Deux cents billets...

— De cinq cents euros, confirma Auffret fier de son annonce.

Mary, trop surprise pour en dire davantage, calculait de tête. Autret vint à son secours:

— Ça fait cent mille euros!

— C'est énorme, dit Mary. Et d'où venait cette petite fortune?

— De Suisse, selon le cachet de la poste.

Et il ajouta son petit effet:

— Et les billets n'étaient pas neufs.

— Donc vous n'avez pas pu les tracer?

— Ben non. Les numéros ne se suivaient pas.

Il y eut un silence et Mary demanda :

— Mais c'était un recommandé, il me semble.

— Oui, adressé à Charlène Tilleux, comme je vous l'ai dit.

— Donc on sait d'où il émanait.

Autret eut un mince sourire :

— En effet. D'une certaine Société Genevoise d'Information…

Il fit une pause et ajouta malicieusement :

— La SGI. Société totalement inconnue en Confédération suisse.

Mary siffla entre ses dents :

— Intéressant…

Autret approuva.

— Édifiant plutôt. Mais ceci n'éclaire pas notre lanterne.

Mary risqua :

— Blanchiment d'argent ?

— Ça y ressemble, mais je ne peux rien affirmer, dit le gendarme. Je vous l'ai dit, l'affaire est entre les mains du lieutenant-colonel Richard, qui n'a visiblement aucune envie de communiquer à ce sujet.

Après avoir réfléchi, Mary demanda :

— À votre avis, pourquoi cette enveloppe était-elle adressée à Charlène Tilleux ?

Autret eut une mimique perplexe :

— Tout laisse à croire qu'elle servait de prête-nom à Sayze.

— Ouais, dit Mary songeuse. Que sait-on de cette fille ?

— C'est une provinciale qui, comme des milliers d'autres, est venue chercher gloire et fortune à Paris et qui s'est vite retrouvée dans une situation difficile.

Comme elle ne manquait pas de charme, elle est devenue *escort girl*, ce qui explique sa présence aux côtés de monsieur Sayze.

Mary parut dubitative:

— Et monsieur Sayze aurait fait adresser cet argent à une compagne un peu naïve…

— Tout porte à le penser. Ainsi, en cas de découverte de l'argent, il se dédouanait. Son nom n'apparaissait nulle part.

Après un temps de réflexion Mary demanda:

— Mais comment se fait-il qu'on ait mis aussi longtemps à s'apercevoir que cette enveloppe contenait de l'argent? Je suppose que vous l'avez saisie sitôt le crime découvert?

— En effet, mais le capitaine Charpin voulant rester dans la légalité la plus stricte a demandé aux autorités judiciaires une autorisation d'ouverture de courrier, ce qui a pris un certain temps.

Mary leva les yeux au ciel: toujours ce formalisme administratif. Le pauvre Charpin s'était donné bien du mal pour finalement se faire fendre l'oreille.

— Pas d'autres faits nouveaux? demanda-t-elle.

— Si, une lettre anonyme prétendant que madame Angélique Gouin connaissait l'homme qui a été tué.

L'attention de Mary s'éveilla:

— Intéressant! Et qui est cette dame Gouin?

L'adjudant haussa les épaules:

— Ça ne vous dit rien?

Mary secoua la tête:

— Rien du tout.

— Et si je vous dis Jeanne Albert?

— L'écrivain Jeanne Albert?

— Voilà! fit l'adjudant. Une célébrité locale.

— Pas seulement locale, protesta Mary. Si je me souviens bien, elle a été en lice pour le Goncourt il y a quelque temps déjà. Je me rappelle qu'on en avait beaucoup parlé car c'était son premier roman.

— Tout à fait. Mais ça remonte à loin. Âgée d'une vingtaine d'années, elle avait écrit un ouvrage qui avait fait scandale sur la vie de son grand-père qui était le médecin le plus connu de la région. Un saint guérisseur, selon certaines personnes, un mécréant doublé d'un débauché pour les autres, mais surtout un démon pour sa petite-fille Angélique. D'ailleurs, à la suite de cette publication, les gens du coin lui en ont voulu, ses parents l'ont rejetée et elle a dû s'exiler à Paris.

— Depuis quand est-elle revenue?

— Depuis deux ou trois ans. Quand sa mère est morte elle a hérité de la maison l'a fait transformer. Ensuite elle y a fait des séjours de plus en plus longs, jusqu'à en faire sa résidence principale.

— Vous l'avez interrogée à propos de cette lettre anonyme?

Le gendarme secoua la tête négativement.

— Non!

Mary, surprise par cette réponse, demanda:

— Pourquoi? Vous en avez peur?

L'attitude de l'adjudant trahit un embarras indigné:

— Peur? Assurément pas! Mais je n'ai aucune raison d'aller ennuyer cette dame pour une lettre de jaloux.

Il regarda Mary:

— Vous verriez une presque académicienne aller tirer deux balles de revolver sur cet homme et cette femme à cinq kilomètres de chez elle en pleine nuit?

Mary avoua:

— C'est peu vraisemblable, en effet.

— Eh bien moi, je vous dis non, fit fermement le gendarme. D'ailleurs, le lieutenant-colonel Richard nous a donné l'ordre formel de ne plus nous mêler de cette affaire.

Mary s'étonna :

— Il n'a pas été intrigué par cette lettre anonyme ?

— Pff... fit le gendarme. Des lettres anonymes, il y en a pour chaque affaire ! Je suis même étonné, compte tenu de la personnalité de madame Angélique Gouin, et après ce qu'elle a écrit sur les habitants du coin, qu'on n'en ait reçu qu'une.

— Vous faites allusion à ce fameux premier roman ?

— Oui.

— Vous l'avez lu ?

— Non, dit le gendarme, mais avant d'être édité à Paris, il a paru en feuilleton dans une gazette locale, *Le Petit Journal de la Côte Nord*, qui a, dit-on, vu son tirage doubler lorsqu'il a proposé ce feuilleton à ses lecteurs. Comme c'était un récit qui se passait sur la commune, on cherchait des ressemblances, des révélations sulfureuses qui, paraît-il, ne manquaient pas.

— Bref, dit Mary, le livre a fait scandale.

— On peut le dire, reconnut le gendarme. Mais tout ça c'est bien loin maintenant. Ça date de plus de trente ans, les personnes mises en cause sont mortes pour la plupart. Qui se souvient du *Cavaleur de la mer* aujourd'hui ?

— C'est le titre du roman ?

— Oui.

Mary se promit de se le procurer, mais, avant toute chose, de rendre visite à cette mystérieuse Angélique Gouin qui avait su s'attirer la vindicte de toute une communauté paysanne.

Chapitre 6

La demeure de madame Gouin, située sur la place centrale de Kerpol, dominait d'un étage les autres bâtisses cernant l'église. On devinait qu'en d'autres temps il y avait eu là une boutique car une vitrine opacifiée par des rideaux occupait la moitié de la façade de la maison.

Sur le côté, un porche ancien de granit gris fermé par une porte massive à double battant devait donner accès aux arrières de la propriété, mais comme celle-ci était cernée de hauts murs de pierre, l'intérieur restait inaccessible aux regards.

Pour apercevoir ces arrières, il aurait fallu monter au clocher de l'église d'où l'on devait avoir une vue plongeante sur toutes les maisons des alentours.

Mary préféra sonner à la porte d'entrée. Elle entendit le carillon électrique résonner sans que rien ne bouge et elle allait appuyer de nouveau sur la sonnette lorsqu'une petite fenêtre s'entrouvrit dans la porte et qu'elle sentit un regard noir se poser sur elle.

Après un temps d'observation, le judas s'ouvrit plus largement et comme la personne qui se trouvait dans l'ombre du couloir continuait de l'épier sans mot dire derrière sa grille de fer forgé, elle demanda :

— Madame Angélique Gouin ?
— Oui, dit une voix méfiante. Que désirez-vous ?
— Je voudrais vous parler, madame.
— Si vous êtes journaliste, prenez rendez-vous.

Mary sortit sa carte et la présenta :
— Je ne suis pas journaliste.
— La Police, s'étonna madame Gouin, que me veut la Police ?
— Si vous aviez l'amabilité de m'ouvrir, je vous l'expliquerais plus commodément, dit Mary.
— Montrez-moi bien votre carte, demanda madame Gouin toujours sur ses gardes.

Mary avança sa carte dans sa main ouverte et madame Gouin l'examina avec attention.
— Mary Lester ? lut-elle.

Mary hocha la tête :
— C'est moi !
— J'ai lu, voici quelque temps, des romans policiers signés de ce nom.
— C'était encore moi, dit Mary.

Elle entendit : « Ah… » Puis les verrous jouèrent et la porte s'ouvrit. La femme qui se tenait dans le couloir sombre était une très élégante sexagénaire simplement vêtue d'un jean et d'un tricot blanc à rayures bleues. Elle avait un casque de cheveux noirs dans lesquels on devinait des fils d'argent, son visage où de fines ridules apparaissaient n'était pas maquillé.

Mary lui tendit la main :
— Je suis très honorée de faire votre connaissance, madame Gouin… Ou plutôt, devrais-je dire madame Jeanne Albert ?

Un sourire plein de charme éclaira le visage de la dame.

— Angélique Gouin, c'est mon véritable nom, et, comme nous sommes dans ma maison de famille, c'est ainsi que je me nomme à Kerpol. Jeanne Albert, c'est bon à Paris.

— Un nom de guerre, en quelque sorte...

— Si l'on veut, et si on considère que la littérature est une forme de guerre, ce qu'elle est parfois d'ailleurs... On pourrait épiloguer là-dessus, mais ce serait hors sujet n'est-ce pas?

Elle regarda Mary curieusement:

— Vous n'êtes pas ici pour parler littérature?

— Pas vraiment.

Elle prit Mary par le coude:

— Venez donc par là...

Elle la précéda dans le couloir sombre qui débouchait sur une véranda pleine de plantes vertes et d'orchidées en fleurs.

Le contraste était si brutal entre le couloir sombre et cette lumineuse véranda ou plutôt, compte tenu de sa dimension, ce jardin d'hiver, que Mary en resta quelques instants éblouie. Sur une table de jardin en tôle peinte en vert pâle était posée une liasse de feuillets couverts d'une écriture ample et déliée.

— C'est ici que je travaille, dit Angélique.

Mary admira:

— Quel bel endroit!

La véranda elle-même donnait sur un jardin parfaitement ordonnancé dans lequel un chemin pavé de larges dalles de granit permettait d'accéder à des dépendances fermées elles aussi par des portes cochères peintes d'un rouge sombre du plus bel effet.

— Qu'est-ce qui vous amène, ma chère consœur? demanda Angélique Gouin.

Mary rosit de confusion :
— Consœur ? Vous me flattez, madame.
— Pourquoi ? demanda Angélique Gouin. N'écrivez-vous pas des livres, comme moi ?
Mary protesta :
— Ce ne sont que de pauvres petits romans policiers, sans aucune prétention littéraire...
— Vous êtes trop modeste, dit Angélique, personnellement j'ai pris plaisir à les lire et, à ce que m'a dit le libraire de Saint-Pol-de-Léon, je ne suis pas la seule. Et, contrairement à ce que votre modestie refuse de reconnaître, je les trouve très bien écrits.
Mary faillit rougir.
— Vous me remplissez de confusion.
— Comment peut-on être policière et romancière ? Je dois vous dire que, personnellement, je me sentirais parfaitement incapable d'écrire ce genre de romans.
— Eh bien, nous sommes quittes, dit Mary en riant. Je ne me vois pas, moi, écrire des récits comme les vôtres.
Angélique Gouin rit à son tour :
— C'est une bonne chose, au moins, nous ne nous ferons pas concurrence ! Voulez-vous une tasse de thé ? J'en tiens toujours au chaud lorsque je me livre à mes travaux d'écriture.
Elle sourit de nouveau :
— Je consomme beaucoup de thé !
— Balzac c'était du café, Simenon du vin rouge, Verlaine de l'absinthe... D'autres ont recours à des stimulants plus exotiques ou plus alcoolisés, remarqua Mary. Mais à mon avis, le thé est moins dangereux.
— Alors, allons-y puisqu'on peut en consommer

sans modération. Attendez, je vais chercher quelque chose à grignoter…

Elle sortit un instant, revint avec une boîte de galettes de Pont-Aven décorée d'une reproduction d'une toile de Gauguin et dit, la mine gourmande:

— Pur beurre, de vraies galettes bretonnes comme je les aime.

Elle posa la boîte sur sa table de travail, puis s'assit sur sa chaise garnie d'un coussin en montrant l'autre siège à Mary:

— Je vous en prie…

Puis elle redemanda:

— Alors, comment faites-vous pour construire ces récits à clés et à rebondissements qui tiennent le lecteur en haleine jusqu'à la dernière page?

— C'est très simple, dit Mary, ces romans ne sont rien d'autre que le déroulement d'une enquête de son début à sa conclusion.

— Une sorte de rapport de Police, en fait?

— Exactement. Lorsqu'un flic termine une enquête, il lui faut fournir un rapport.

Elle sourit ironiquement:

— J'en connais pour qui c'est le côté le plus délicat du métier.

— Pas pour vous, je suppose?

— Pas pour moi, non. Dans ces rapports, la plupart des officiers de Police se contentent d'énumérer les démarches qu'ils ont faites pour parvenir à la vérité, sans se soucier de leur style d'écriture ou de porter leur attention sur l'environnement, les gens, sans se préoccuper de l'atmosphère… On ne leur en demande pas plus, d'ailleurs.

L'écrivaine se fit faussement naïve:

— Il suffirait donc de prendre un rapport de Police et de le garnir de toutes les enjolivures que vous venez d'énumérer pour obtenir un bon roman policier?

Mary sourit:

— Vous avez bien fait d'employer le conditionnel car ça serait trop simple... Tous les flics deviendraient des Simenon...

— Mon Dieu! fit l'écrivaine en esquissant un signe de croix.

Mary sourit:

— Ça serait trop simple. Vous le savez mieux que personne, le plus important reste la manière de raconter, évidemment.

— Le style, n'est-ce pas?

— Eh oui, je ne sais plus qui a dit « le style c'est l'homme »[1], mais ça devait valoir pour la femme aussi.

Angélique en convint.

Elle but délicatement une gorgée de thé, reposa sa tasse de fine porcelaine blanche et demanda, avec quelque malice dans les yeux:

— Et maintenant, si vous me disiez de quoi je suis coupable?

Mary la rassura:

— Nous n'en sommes pas encore là! En fait, je suis venue car la gendarmerie de Kerpol a reçu une lettre anonyme vous concernant.

Le front de madame Gouin s'assombrit:

— Diable! Et que disait cette lettre?

Mary ne répondit pas directement à la question.

— Il y a eu, non loin d'ici, un double crime dont vous avez certainement entendu parler.

---

1. *Buffon:* Discours à l'Académie.

— Évidemment, dit Angélique, c'est horrible! Mais en quoi suis-je concernée...

— J'y viens. Cette lettre affirme que vous connaissiez une des victimes, qu'elle vous avait même rendu visite ici il y a quelques mois.

Il y eut un silence, Mary vit la main d'Angélique se crisper sur sa serviette de papier et une lueur de tristesse passa dans ses yeux noirs.

— C'est vrai, reconnut-elle.

Et, comme elle restait silencieuse, Mary insista:

— Vous ne pouvez pas m'en dire plus?

— Oh, je peux tout vous dire, assura Angélique. Je n'ai rien à cacher. Monsieur Sayze - elle prononçait Sayzé - est effectivement venu me rendre visite ici lorsque je m'y suis installée.

— À quel titre?

Elle eut un mouvement de recul:

— C'est très personnel, capitaine.

Mary eut un geste d'impuissance:

— Dans la Police, on est parfois obligé d'être très curieux. Surtout quand il y a eu deux personnes assassinées.

— Je m'en doute, dit Angélique Gouin en souriant mélancoliquement.

Et, après un temps de silence, elle déclara:

— Louis fut mon premier amoureux.

— Je suis désolée, fit Mary gênée, mais une enquête de Police oblige souvent à l'indiscrétion.

— Je comprends. Mais peut-être êtes-vous aussi tenue au secret professionnel?

— Je suis discrète par nature. Je ne révèle que ce qui est nécessaire à l'expression de la vérité. Je ne pense pas que ce soit le cas de vos premières amours.

— Je ne le pense pas non plus, dit Angélique. Depuis le temps...

Et elle ajouta avec un sourire malicieux :

— Mais sait-on jamais ? Voyez-vous, j'avais dix-huit ans lorsque je suis partie faire mes études de lettres à Paris. Louis Sayze, qui avait mon âge, fréquentait la même bande de copains que moi, mais il faisait des études scientifiques.

— Pardon, dit Mary, mais vous prononcez Sayzé, avec un accent aigu...

— Je le prononce ainsi parce que c'est son véritable patronyme. Évidemment, les garnements que nous étions à l'époque n'avaient pas manqué d'opérer un rapprochement entre Louis Sayze et le roi décapité...

Elle sourit :

— Enfantillages... Mais c'est la faute de ses parents aussi, ils n'avaient qu'à le prénommer Bernard ou Robert et il serait resté Sayze !

— En effet, concéda Mary. Mais, je vous ai interrompue...

— Oui... Où en étais-je ?

La mémoire lui revint :

— Ah, je vous parlais de nos vacances... En bonne Bretonne, j'étais très attachée à mon Léon natal et j'en avais tant vanté les charmes que la bande a décidé de venir passer quelques jours à Roscoff. À cette époque, Louis était très entiché d'une autre fille et, au bout de quatre jours où il avait plu sans discontinuer, la bande a décidé de descendre dans le Midi. Or, la fille dont Louis était amoureux était un peu allumeuse et faisait mine de le tromper avec un autre garçon de la bande, un type plus âgé que nous qui était étudiant aux Beaux Arts. Alors Louis s'est fâché, les deux garçons se sont battus et comme l'autre avait cinq ans de plus que Louis, celui-ci a reçu quelques bons coups de poings et il est resté sur les fesses avec le nez en sang. Comme il est d'usage, la fille a choisi le vainqueur et la bande est partie en embarquant tout le matériel dans les deux 2 CV Citroën qui étaient leur moyen de locomotion. Louis, mortifié, est resté. Pour tout bien, on lui avait laissé une petite tente de camping qui était plantée sur la dune. À cette époque, on passait les vacances en famille, les mœurs n'étaient pas aussi libres qu'elles le sont maintenant et il était hors de question que je l'héberge dans cette maison. Alors nous nous retrouvions sur la dune, lui le Parisien qui n'avait jamais mis les pieds en Bretagne et moi la Léonarde qui redevenais une véritable sauvageonne en retrouvant son pays. Ici, à l'époque, le quotidien des jeunes en vacances c'était le bateau, la pêche, les longues courses sur la grève, la plongée sous-marine. Louis ne savait évidemment pas manœuvrer le dériveur, il ne savait pas godiller, quand il voyait un crabe, il prenait prudemment ses distances. La mer lui paraissait glacée et il nous regardait nous ébrouer dans les vagues sans comprendre le plaisir que nous trouvions à ces jeux. La première fois que je lui ai fait regarder sous la mer avec un masque, j'ai cru qu'il allait mourir d'effroi. Et puis il y a pris plaisir, il s'est affirmé et, au bout de quinze jours, il participait à toutes nos activités. Quinze jours merveilleux. J'étais très amoureuse, et je pensais que c'était réciproque. Mais lui n'avait toujours pas oublié l'autre et quand elle lui a téléphoné…

    Comme elle ne finissait pas sa phrase, Mary demanda :
— Il est parti ?

— Non, il n'est pas parti, il a pris la fuite littéralement. Pour le coup, c'est moi qui étais mortifiée. J'ai été terriblement déçue, blessée, je me suis sentie trahie et je l'ai traité de tous les noms. Je crois bien même que je me suis précipitée sur lui pour le battre et puis, retrouvant ma dignité, j'ai tenu à le raccompagner à Morlaix pour qu'il prenne le train. C'est comme ça qu'il est sorti de ma vie. Je ne l'ai jamais revu. J'ai passé le reste de mes vacances à écrire, ici, dans cette maison…
— *Le Cavaleur de la mer*…
Elle eut un sourire triste.
— Oui… J'avais la rage au cœur, j'aurais voulu écrire sur ce que je considérais comme une trahison et en même temps, je ne voulais pas détruire la merveilleuse histoire que j'avais vécue pendant ces quinze jours. Alors j'ai transféré ma hargne sur mon entourage. Sur cette famille apparemment unie… Je dis apparemment car, lorsqu'on grattait un peu, on trouvait non pas un bon grand-père, mais un tyran domestique, un patriarche autoritaire, abusif, au pouvoir absolu et qui régnait sur une famille soumise et terrifiée.

Elle avait prononcé cette phrase d'une voix sourde, pleine d'un lourd ressentiment et Mary sentit qu'elle en avait encore gros sur le cœur.

L'écrivaine leva les yeux sur Mary :

— Je suppose que vous comprenez ce que je veux dire ?

Mary hocha la tête :

— Je pense que oui.

Alors celle-ci poursuivit, avec cette rage qui l'habitait encore :

— Et comme j'en voulais à tous ces gens qui connaissaient la situation et qui ne s'étaient jamais opposés à ses manigances, certains par intérêt - grand-père était, au village, un homme riche et puissant - la plupart par lâcheté, je les ai démolis un à un sans ménagement au fil des pages. Le roman, qui a d'abord paru dans un journal local, a eu ensuite un grand retentissement. Aujourd'hui encore, je pense que c'est ce que j'ai écrit de plus fort. Autant vous dire que le scandale a été énorme. Nous étions d'une vieille famille de *Jüloded*, c'est-à-dire de gens riches et en vue qui régnaient sans partage sur la communauté villageoise[1]. Mon grand-père, ayant dû renoncer à l'activité traditionnelle de la famille, est devenu médecin de marine et, lorsqu'il a fini son temps, il est venu s'installer en tant que médecin ici, à Kerpol. Il était le sauveur des corps, comme le curé était le sauveur des âmes. D'ailleurs, il paraît que c'était un excellent praticien fort estimé pour ses diagnostics et les remèdes

---

1. Au XVe siècle, les Jüloded *étaient des paysans-tanneurs et, surtout, des paysans-marchands de toile qui formèrent, dans le Léon, un groupe social original jusqu'aux approches de la Seconde Guerre mondiale. Ils étaient généralement alphabétisés, riches au point de se dispenser de travailler de leurs mains, sûrs d'eux-mêmes et constamment aux postes de commande de leur paroisse ou commune. Leur originalité était telle qu'ils constituaient une caste. Si leur apogée se situe vers 1680, ils étaient encore un demi-millier au début du XIXe siècle. Mais la révolution industrielle a eu raison de leurs activités artisanales et marchandes.*
Réfractaire à la ville, cette aristocratie paysanne ne suscita guère d'entreprises industrielles et commerciales d'envergure pour remplacer ses activités ancestrales, frappées de mort lente. Puis l'activité de ces marchands de toile s'est ralentie du fait de l'arrivée du machinisme dans l'industrie textile, jusqu'à disparaître tout à fait.

qu'il savait apporter aux malades, autant que redouté pour sa brusquerie, ses emportements, sa grossièreté. On passait sous un silence pudique ses « neuvaines » sordides que l'on n'évoquait qu'en se signant.

— Et votre père?

— Mon père avait créé le premier négoce moderne de légumes en devenant le plus important expéditeur de la région, jusqu'à devenir l'inamovible maire de Kerpol. Un homme important donc, et qui, lui, ne traînait pas dans son sillage des relents de scandale. Ayant pris résolument le contre-pied de son père, il offrait l'image lisse d'un citoyen exemplaire, d'un paroissien zélé. Ici, les deux vont de pair. Lorsque sa fille unique a publié ce brûlot - alors que l'image négative du grand-père commençait tout juste à s'effacer - il a été mortifié et l'a chassée de la maison.

— Vous êtes donc allée à Paris, dit Mary.

— Eh oui! Comme bien d'autres Bretons.

— Et vous avez poursuivi une glorieuse carrière littéraire.

— *Le Cavaleur de la mer* m'avait lancée, reconnut Angélique, j'ai changé de nom et je suis devenue Jeanne Albert. J'ai emprunté le nom d'une vieille marchande de poisson que mon grand-père exécrait au point qu'il ne parlait jamais d'elle sans s'écrier « Jeanne Albert, saloperie! ».

« Une nouvelle façon de défier le clan », pensa Mary. En dépit de la douceur de son prénom, elle n'était pas commode cette Angélique-là!

— Voyez-vous, dit-elle à Mary, de tout ce que j'ai eu à subir de la part de ma famille - et je peux vous dire qu'ils étaient tous ligués contre moi - ce pourquoi je leur en veux le plus, c'est de m'avoir privée de mon pays pendant quarante années. Privée de mes dunes, de mes balades en bateau, de mes baignades en mer, de mes galops fous, à cheval, sur la plage en hiver… Oui, c'est pour ça que je leur en veux!

— Mais personne ne vous empêchait d'y venir, remarqua Mary.

— Certes, j'y suis venue, mais dans des hôtels sans âme, comme une touriste… Sans avoir un endroit où ranger mes bottes, mes haveneaux, l'aviron de mon bateau. Sans avoir de bateau, d'ailleurs… Et je passais devant cette maison où j'avais tout à la fois été si heureuse et si malheureuse, comme Adam et Ève devaient passer devant le paradis perdu. Et puis voilà, toute la famille est morte. La dernière à partir a été ma mère. Je ne l'ai revue qu'à l'hôpital, sur son lit de mort. Elle m'avait fait appeler…

— Vous vous êtes réconciliées?

Angélique eut une moue dubitative:

— Je ne sais pas si on peut dire ça. Elle n'avait plus sa conscience lorsque je l'ai vue pour la dernière fois. Comme elle n'avait pas fait de testament et que j'étais fille unique, j'ai naturellement hérité de tous ses biens. Alors je suis enfin revenue dans MA maison.

Chapitre 7

Tout cela est fort intéressant, se dit Mary Lester, mais ça nous éloigne bien du citoyen Sayze. Elle tenta de recentrer la conversation sur cet intéressant personnage :

— Pour en revenir à ce monsieur Sayze...

— Ah oui... fit Angélique. Excusez-moi, mais je suis terriblement bavarde dès que j'aborde cette histoire qui me tient tant à cœur.

Elle tempéra son propos :

— Enfin... Je ne raconte jamais ça à personne d'ordinaire. Je ne sais pas pourquoi, mais j'ai confiance en vous.

— Madame, fit Mary gravement, croyez bien que tout ce qui a été dit ici et qui vous est personnel ne ressortira nulle part.

Angélique regarda Mary malicieusement :

— Même pas dans un de vos romans ?

— D'abord, je n'écris plus mes histoires moi-même, et ensuite si je devais le faire, je veillerais à transformer les noms des personnes et des lieux afin que personne ne puisse faire le rapprochement.

Angélique sourit de nouveau :

— De toute façon, vous ne pourrez jamais faire pire que ce que j'ai raconté dans *Le Cavaleur de la mer*.

— Je voudrais bien le lire, ce bouquin, dit Mary, mais je ne sais pas si on peut encore se le procurer.

— Vous aurez du mal à le trouver, la dernière édition en poche est épuisée et mon éditeur n'envisage pas de réédition dans l'immédiat.

— Chez un bouquiniste peut-être ?

Angélique Gouin fit la moue :

— Peut-être...

Son front se plissa :

— Cependant il doit bien m'en rester quelques exemplaires. Je vais me faire le plaisir de vous en offrir un.

Mary protesta :

— Je vais vous le payer !

Angélique haussa les épaules :

— Sûrement !

Elle s'en fut dans le couloir et revint avec un exemplaire de poche, l'ouvrit sur la table et entreprit de le dédicacer de sa belle écriture déliée : *À ma jeune consœur Mary Lester, en souvenir d'une heureuse rencontre à Kerpol le...* Et elle signa.

Mary la remercia chaleureusement.

— À l'occasion, vous me ferez savoir ce que vous en pensez, dit Angélique.

— Je n'y manquerai pas, assura Mary. Mais, pour revenir à votre ancien soupirant, comment avez-vous repris contact ?

— Très simplement au cours d'une signature lors de la sortie de mon dernier ouvrage. Il m'avait vue à la télévision et lors de la première séance de dédicaces dans une grande librairie parisienne, il était là. Comme j'étais très sollicitée nous n'avons pas eu le temps de parler mais il m'a invitée à déjeuner et j'ai accepté. Nous avons découvert que nous avions les mêmes préoccupations, il avait deux filles dont l'une lui causait bien des soucis et j'étais dans le même cas avec mes deux garçons.

— Ah, parce que vous avez deux garçons?

— Oui. L'aîné a trente-quatre ans et il est chercheur au CNRS. Le cadet a deux ans de moins et il n'a pas suivi le cursus scientifique de son aîné.

— Que fait-il?

Angélique eut un sourire contraint:

— Il est surfeur professionnel. L'été il donne des cours à Biarritz, et l'hiver il est moniteur de ski.

— Il est heureux?

— Il semble l'être.

— N'est-ce pas là le principal?

— Peut-être avez-vous raison, mais pour des parents il est plus valorisant de savoir son enfant chercheur au CNRS que surfeur. Ça paraît moins aléatoire.

— Assurément, reconnut Mary. Et pourtant, il y aura toujours des vagues et de la neige.

Le rire d'Angélique Gouin s'égrena, cristallin.

— Je n'avais jamais envisagé cet aspect des choses, pourtant il est important.

Mary hocha la tête:

— Fondamental!

Puis elle poursuivit:

— Peut-être que votre père aurait préféré vous voir prendre la suite de son négoce de légumes plutôt que de vous savoir femme de lettres à Paris?

— Ça, c'est certain, reconnut Angélique.

Elle sourit de nouveau rêveusement:

— Surtout après ce que j'avais écrit dans mon premier ouvrage! Il devait craindre le pire...

— Et le pire est arrivé?

— Non! J'avais heureusement d'autres sources d'inspiration que nos affaires de famille!

— Et je suppose que vous ne vous voyiez pas à la tête d'une telle entreprise?

La réponse fusa:

— Certainement pas! Je n'étais pas faite pour le commerce.

— Et votre cadet n'était probablement pas fait lui non plus pour entrer au CNRS. Il faut de tout pour faire un monde, des marchands de légumes, des chercheurs au CNRS, des surfeurs et des moniteurs de ski.

Angélique Gouin sourit:

— Votre façon d'envisager la vie me plaît, capitaine Lester.

Mary sourit à son tour:

— Ah, les parents... Voyez-vous, j'ai fait des études de droit et je pourrais être avocate, mariée et pourvue d'enfants, mais, pour le plus grand désespoir de mon père, je suis célibataire et capitaine de Police.

— Vous me parlez de votre père, dit Angélique, mais qu'en dit votre mère?

— Rien, hélas! soupira Mary. Je ne l'ai jamais connue, elle est morte en me mettant au monde.

Angélique Gouin mit la main devant sa bouche comme pour s'excuser d'avoir dit une incongruité.

— Veuillez m'excuser...

Mary leva les épaules:

— Je vous en prie...

Puis elle abandonna ce sujet qui la remuait toujours beaucoup pour revenir à son enquête:

— Pardonnez-moi si je suis indiscrète, dit-elle

encore, mais vous savez que dans la Police on l'est par nécessité, quelle est la profession de votre mari?

— Je n'en sais rien, assura Angélique. Lorsque je l'ai épousé il était assistant réalisateur à la télévision, mais il m'a quittée dès que le second garçon est né. Depuis, je n'ai pas de nouvelles et je n'en cherche pas.

C'était définitif. Angélique avait élevé ses garçons toute seule car il n'était pas dans sa nature de quémander quoi que ce soit. En retour, le bonhomme n'avait pas dû voir sa progéniture bien souvent. Mais peut-être s'en fichait-il totalement?

— Et votre ami Sayze?

— Mon ami Sayze, après être retourné dans le giron de sa fiancée, s'était retrouvé rapidement marié. Abandonnant alors les recherches scientifiques auxquelles il était promis, il avait créé une société d'audit sous l'égide de son beau-père. Société qu'il a développée avec beaucoup de talent, et qui est maintenant une des plus importantes affaires de cette nature en France.

— Il avait donc une situation très confortable?

— C'est le moins qu'on puisse dire, reconnut Angélique, son train de vie ne faisait pas pitié! Lorsqu'il m'a invitée ce n'était pas chez le bougnat du coin mais chez Lasserre.

Mary admira:

— Diable!

— Cependant, poursuivit Angélique, comme chacun le sait, l'argent ne fait pas le bonheur. Louis s'est retrouvé complètement captif: le père de sa femme avait fignolé un contrat dans lequel sa fille restait majoritaire dans la société d'audit.

— Donc, s'il voulait quitter sa femme, ça ne pouvait pas se faire sans dommage pour lui?

— Vous voulez dire qu'il perdait tout du jour au lendemain !

— Ça aurait pu vous inspirer un roman, remarqua Mary.

L'écrivaine hocha la tête :

— Assurément ! D'autant que Louis avait séduit la conseillère financière de la société, une jeune femme très belle, très intelligente et très ambitieuse qui, de par sa position, avait accès à tous les secrets de la maison. Dès lors, le malheureux était littéralement captif de ces deux femmes : sa légitime avec qui, m'a-t-il dit, il n'avait plus aucune relation charnelle et sa maîtresse qui menaçait de révéler leur situation à son épouse, ce qui n'aurait pas été sans conséquences sur son avenir professionnel.

— Et il vous a raconté tout ça ? s'étonna Mary.

— Oui, il m'a raconté tout ça parce que, m'a-t-il dit, il n'avait jamais oublié les quinze jours passés avec moi en Bretagne. Pour tout vous dire, il m'a avoué qu'il avait toujours regretté de m'avoir laissé tomber pour épouser Linda, sa femme.

— C'était un peu tard pour s'en apercevoir.

Angélique eut un rire sans joie :

— Oui, renouer des relations quelque quarante ans après une rupture ne me paraît pas réaliste. C'est pourtant ce qu'il voulait. Je lui ai fait comprendre qu'il était déjà pourvu d'une femme dont il ne pouvait se séparer et d'une maîtresse qui, elle aussi, le tenait, et bien ! Et que je ne voyais donc pas quel rôle il me réservait dans la pièce qu'il entendait jouer. Comme il devenait de plus en plus pressant, qu'il me relançait sans cesse à Paris, je suis venue m'installer en Bretagne pour être tranquille.

— Et il a continué à vous relancer…

— En effet. Un beau jour il a débarqué ici sans crier gare et je dois dire que ça s'est très mal passé.

Elle sourit :

— Vous aurez compris que je n'ai pas un caractère facile… Il voulait rester coucher ici, avec moi de préférence, mais je ne me suis pas laissé faire. Je l'ai fichu dehors.

— Comment a-t-il pris la chose ?

— Il m'a traitée de salope.

— Eh bien, fit Mary éberluée, quand le vernis craque…

Le qualificatif désobligeant ne semblait pas avoir troublé l'écrivaine.

— Il paraissait désemparé, dit-elle. Vous savez, ce qu'il m'a jeté à la face n'était pas une injure, mais un cri d'amour.

— Ah bon, fit Mary surprise, vous voyez ça comme ça ? Il ne m'aurait pas plu d'être traitée de la sorte.

— Je serai moins sévère que vous, dit Angélique, notre relation avait été si passionnée qu'elle ne pouvait que déboucher sur des situations paroxystiques.

— Certes, mais, au cours de cette conversation, j'ai cru comprendre que vous aviez tout de même un certain penchant pour cet homme…

— Il avait toujours beaucoup de charme, convint la romancière comme à regret. Et il a senti que j'étais troublée.

— Pourtant vous n'avez pas craqué ?

Angélique Gouin sembla prendre ombrage de cette dernière réflexion :

— La conversation prend un tour résolument intime, capitaine.

— Si vous trouvez que je vais trop loin, vous n'êtes pas obligée de me répondre, dit Mary.

— Et pourtant je vais le faire. Voyez-vous, j'ai un homme dans ma vie...

Mary ne dit rien, attendant la suite.

— J'ai un homme dans ma vie et personne ici n'en sait rien...

— Un mari?

— Disons plutôt un compagnon.

— Un compagnon que vous ne voyez donc pas souvent...

— Tous les week-ends, dit tranquillement Angélique. Bertrand dirige une grosse agence de publicité à Paris. Il a pris un abonnement sur Air France et, chaque vendredi soir, je vais le chercher à l'aéroport de Brest et je le reconduis le lundi matin.

— Sans que personne ne le sache?

— Je le croyais. Mais ici, garder un secret - cette lettre anonyme que vous venez d'évoquer le prouve - n'est pas gagné d'avance.

Elle se leva, fit coulisser le battant vitré de la serre qui s'ouvrait sur le jardin et commanda:

— Venez donc par là!

Mary la suivit et fit quelques pas dans le jardin.

— Ici, autrefois, c'était une cour, dit Angélique. Les hangars que vous voyez là étaient pleins de cageots de choux-fleurs et d'artichauts en attente d'expédition. En d'autres temps, ils avaient contenu des pièces d'étoffe, les charrettes et les écuries où mes ancêtres abritaient les chevaux qui traînaient leurs attelages aux foires d'alentour.

— Vous ne manquez pas de place! apprécia Mary.

Angélique ouvrit un côté de porte et Mary vit,

luisant dans l'ombre, une grosse berline allemande aux vitres fumées.

— Voyez, quand je vais chercher Bertrand à l'aéroport, il se place à l'arrière, si bien que personne ne le voit. Je fais de même pour le reconduire le lundi matin.

Mary hocha la tête, admirative.

— Discrétion assurée, vous pensez à tout! Il a un nom, ce Bertrand?

Le front d'Angélique Gouin se plissa:

— Vous n'allez pas l'ennuyer?

— Dans la mesure du possible, non, mais je suis tout de même tenue de vérifier certaines choses.

— Quelles choses?

Mary fit la moue:

— Peut-être rien... Mais je ne peux pas laisser, dans un rapport d'enquête, un prénom sans nom. Vous me comprenez?

Angélique hocha la tête affirmativement. Puis elle jeta, comme un défi:

— De toute façon nous n'avons rien à cacher à la Police.

Mary sourit:

— Je n'en doute pas!

Elle céda:

— Il s'appelle Remoulin, Bertrand Remoulin.

Mary hocha la tête:

— C'est juste pour mon information personnelle.

Elle pensait que l'adjudant Autret aurait dû poser toutes ces questions, mais les consignes de sa hiérarchie l'en avaient dissuadé. Et, visiblement, l'adjudant était du type « discipline, discipline... » La vieille école, quoi, tout le contraire de Mary Lester.

Elles revinrent à pas lents vers la maison. L'air était doux et les hauts murs de pierre qui enclosaient la propriété d'Angélique coupaient la route à tous les vents.

Le clocher égrena quatre coups qui vibrèrent lentement dans le silence du village. Mary, prise par le charme de cette vieille demeure dont les murs épais avaient connu tant d'histoires, resta un moment silencieuse. Puis elle demanda :

— Votre amoureux transi est-il revenu à la charge ?

— Non, mais il m'a fait savoir qu'il avait loué la *Villa des Quatre Vents* et que j'y serais toujours la bienvenue.

— Vous y êtes allée ?

Angélique secoua la tête négativement :

— Non. Mais je sais qu'il y venait régulièrement, soit avec des amis, soit avec Fanchon, sa maîtresse, encore que celle-ci - à ce qu'il m'a dit - ait préféré nettement les garrigues du midi aux champs d'artichauts du nord Finistère. Je suppose que, faute d'avoir réussi à entraîner sa Fanchon au pays léonard, il s'est pourvu d'une compagne plus jeune…

— Vous vous rendez compte que tout ce que vous m'avez confié, madame, fait de vous un témoin privilégié ? Je ne comprends pas que l'adjudant Autret ne soit pas venu vous interroger.

Angélique regarda Mary avec malice :

— Et vous croyez que je serais allée raconter tout ce que je vous ai dit à un adjudant de gendarmerie ?

— Vous auriez été tout de même obligée de reconnaître que vous connaissiez la victime.

Angélique défia Mary :

— Et qui m'y aurait obligée ?

Mary ne répondit pas.

— Je suppose que, comme dans les romans policiers, on m'aurait présenté une photo en me demandant : « Connaissez-vous cet homme ? » et j'aurais répondu « Non ! »

— Vous auriez pu être confondue par la suite et convaincue de faux témoignage... Vous savez, les gendarmes sont tenaces.

Angélique émit un petit rire haut perché :

— Je n'aurais été convaincue de rien, capitaine Lester. On m'aurait présenté la photo d'un sexagénaire un peu ventripotent, à moitié chauve alors que le jeune homme que je connaissais était frêle et chevelu. Pardonnez-moi, mais ce n'était plus le même homme ! Quant à cette lettre anonyme, si vous voulez en connaître l'auteur...

— Et comment, que je veux le connaître ! dit Mary. Vous avez une idée à ce sujet ?

— Oh, bien plus qu'une idée, fit Angélique, une certitude.

— Me donnerez-vous son nom ?

— Pourquoi pas ? Je trouve cette façon de faire si minable, si basse qu'il mériterait de se faire tirer l'oreille.

— Il ?

— Il, en effet. Ça vous surprend ?

Mary fit non de la tête.

— Voyez-vous, poursuivit Angélique, dans un petit pays comme celui-ci, la venue d'une femme seule fait fantasmer les mâles. Surtout une femme à la réputation un peu sulfureuse comme Angélique Gouin. Il y a quelques hommes ici qui viendraient bien « agrémenter » ma solitude, si vous voyez ce que je veux dire.

— Je vois parfaitement, assura Mary. Et je suppose que l'un de ces volontaires est l'auteur de cette lettre anonyme ?

— Rien ne vous échappe, constata Angélique. Je comprends mieux, maintenant, votre propension à l'écriture de romans à énigmes.

— Et comment avez-vous déterminé qui était « le bon », si j'ose dire ?

— Tout simplement parce qu'il s'est manifesté ouvertement.

— Tiens donc…

— Figurez-vous qu'il a osé me faire des « offres de service » et, comme je le remettais à sa place, il m'a menacée des pires ennuis.

— Vous le connaissiez donc bien car, je l'ai vu, il faut montrer patte blanche pour entrer dans votre maison.

— En effet, c'est le responsable de la bibliothèque et, incidemment, il est également facteur.

Mary s'exclama :

— Auguste Lannurien ?

— Lui-même, sourit madame Gouin.

— Mais comment a-t-il su que Louis Sayze était venu vous voir ?

— Je me souviens maintenant que lors de la première visite de Louis, celui-ci avait manifesté une insistance pour le moins excessive. Je ne savais comment tempérer ses ardeurs et j'avais été sauvée par un coup de sonnette. Du coup Louis s'était calmé et m'avait saluée courtoisement avant de sortir. Le facteur, car c'était lui qui avait sonné, l'avait longuement considéré en le regardant partir.

— Voilà donc l'explication, dit Mary. Mais il y en a un autre qui va m'en devoir une, d'explication !

Elle se leva.

— Je vais vous laisser, chère madame. Merci de votre accueil. J'ai été ravie, et honorée, de faire votre connaissance. Merci aussi pour le thé, et les galettes qui étaient délicieuses. Est-ce que je pourrai me permettre de revenir si j'ai besoin d'un complément d'informations ?

Angélique Gouin se leva à son tour et serra la main que Mary lui tendait avec un sourire malicieux.

— Je ne savais pas que la Police demandait la permission de revenir... Les flics auxquels il m'a jusque-là été donné d'avoir affaire ne prenaient pas tant de précautions. Ils venaient, ils s'imposaient et il n'y avait pas à discuter.

— À chacun son style, dit Mary. Mais je sais que lorsqu'on écrit, il est très déplaisant d'être dérangé.

— C'est vrai que vous êtes du métier.

Angélique Gouin déchira un coin à une des feuilles qui encombraient sa table et y inscrivit un numéro. Puis elle tendit le papier à Mary :

— Tenez, vous pourrez m'appeler si besoin est. C'est mon numéro de téléphone portable. D'ailleurs, je n'en ai pas d'autre. Peu de personnes le connaissent...

Mary prit le papier et le mit dans sa poche :

— Merci de votre confiance, j'essaierai de ne pas en abuser.

Angélique la rassura :

— N'ayez pas de scrupules, quand je suis au travail, je le mets en veille. Et quand il n'est pas en veille, c'est que ça ne me dérange pas.

— Alors... dit Mary en prenant congé.

Chapitre 8

Au volant de sa voiture, Mary retournait dare dare à la gendarmerie. Ainsi Auguste Lannurien expédiait des lettres anonymes ?

Elle s'arrêta dans la cour et se précipita vers le bureau de l'adjudant sous le regard éberlué du gendarme de garde.

— L'adjudant Autret est-il là ?

D'un mouvement de tête, le gendarme désigna une porte :

— Dans son bureau !

Elle frappa, entendit « Entrez » et elle entra.

— Adjudant, avez-vous toujours la lettre anonyme dénonçant madame Angélique Gouin ?

— Bien sûr, dit Autret.

— Pouvez-vous me la confier ?

L'adjudant eut l'air surpris :

— Que voulez-vous en faire ?

— Une idée comme ça... Ça ne donnera probablement rien, mais j'ai si peu de grain à moudre...

Elle regarda l'adjudant :

— Ça vous gêne ? Si ça vous gêne, je peux vous signer une décharge.

— Pff! fit Autret, une décharge pour cette m... ?

C'est bien là que ce genre de missive doit finir!

Il ouvrit son tiroir et sortit un feuillet sur lequel, dans le plus pur style des feuillets « vus au cinéma », un message était composé de mots découpés dans des journaux et collés sur une feuille de cahier.

— Voilà le poulet! dit-il d'un air dégoûté. Avec ça, vous êtes sauvée!

Mary prit la lettre et lut: « Demandez à madame Angélique Gouin si elle connaît Louis Sayze ».

Autret haussa les épaules:

— C'est d'une puérilité... Ne me dites pas que vous attachez de l'importance à ce genre de courrier?

— Mon cher Autret, dit-elle, quand il y a deux morts trucidés à coups de revolver dans le paysage, TOUT me paraît important!

— Alors, dit Autret avec un demi-sourire, faites en bon usage!

On aurait dit l'animateur d'une soirée de patronage tendant des jouets à des enfants en leur disant « Amusez-vous bien! ».

Mary le regarda de biais:

— Vous semblez prendre cette missive bien à la légère, adjudant.

L'adjudant Autret eu un geste désinvolte de la main:

— Important ou pas, ça ne me concerne plus, capitaine. Le lieutenant-colonel Richard m'a ordonné de ne plus m'occuper de cette affaire. Donc, fût-ce avec des pincettes, je n'y toucherai pas.

— Voilà qui est clair, dit Mary, mais la recommandation de votre colon ne me concerne pas. Je suis civile, moi, et j'ai un patron qui s'appelle le commissaire divisionnaire Fabien. C'est de lui que je tiens mes ordres. Il m'a dit d'enquêter, alors j'enquête!

— Bravo! fit Autret en claquant des mains ostensiblement. J'apprécie votre détermination et, puisque l'autorité supérieure nous a recommandé de collaborer avec vous, voyez, je collabore.

— Je vous en sais gré. Je suppose que les empreintes digitales ont été relevées sur ce feuillet?

— Il n'y avait pas d'empreintes digitales. Seulement des traces de talc. Vous savez ce que cela signifie?

— Sans doute que celui, ou celle, qui a composé ce charmant puzzle portait des gants de caoutchouc du type de ceux que nous utilisons sur les scènes de crime et que toutes les grandes surfaces vendent aux amateurs de bricolage par boîtes de cinquante. Mais ne vous inquiétez pas, je vais dénicher le corbeau.

— Je vous souhaite bien du plaisir, marmonna l'adjudant comme elle sortait.

oOo

Mary ne se précipita pas chez le facteur pour lui mettre la lettre anonyme sous le nez. Elle préférait temporiser et l'inquiéter. Son mauvais coup fait, Auguste Lannurien devait guetter avec une âcre jubilation le moment où les gendarmes viendraient poser quelques questions indiscrètes à Angélique Gouin.

Il avait dû être cruellement déçu en ne voyant pas les voitures bleues débarquer dans le périmètre de l'écrivaine et l'attente devait commencer à lui paraître insupportable.

Il ne fallait pas se précipiter, mais bien réfléchir sur la stratégie à tenir. Ces Léonards sont généralement des « taiseux » et la réputation de Lannurien annonçait le retors difficile à manier et à pousser dans ses retranchements. Il ne suffirait certainement pas de l'accuser de but en blanc pour lui faire avouer qu'il était l'auteur de la lettre anonyme mettant en cause l'écrivaine. Le facteur aurait beau jeu de nier, ce serait sa parole contre celle de madame Gouin.

Le mieux serait de l'inquiéter, de le déstabiliser pour l'amener à faire un faux pas. Mary regagna donc son hôtel, dîna paisiblement d'un gros crabe mayonnaise en regardant le mouvement des bateaux dans le port. Puis elle se coucha tôt et dormit comme un bébé.

Au matin, elle pensa avoir trouvé la manière de faire. Après avoir pris un petit-déjeuner, toujours devant le port, elle se gara près de la poste et attendit.

À neuf heures, Auguste Lannurien sortit en portant deux sacs de toile qu'il plaça dans sa camionnette jaune. Puis il fit encore deux tours pour ramener des caisses de plastique pleines de paquets à distribuer.

Et sa tournée commença. Tout d'abord le facteur ne remarqua pas la belle Citroën gris clair qui le suivait, mais au bout d'un moment, comme Mary ne faisait rien pour se cacher, il regarda plus souvent dans son rétroviseur que devant lui.

Il ne fallut pas plus de trois quarts d'heure pour qu'il craque: il pila brutalement et, jaillissant de sa camionnette, se précipita vers la voiture de Mary arrêtée dix mètres en arrière. Il s'apprêtait à toquer au carreau et à gueuler: « Qu'est-ce que vous avez à me suivre comme ça? » lorsque la vitre se baissa et que Mary, sans mot dire, lui présenta sa carte de Police barrée de tricolore.

Du coup les récriminations que le facteur allait lancer lui restèrent dans la gorge et il coassa:

— Qu'est-ce... Qu'est-ce que vous me voulez?

— Vous êtes bien Auguste Lannurien, demanda-t-elle d'une voix calme.

— Voui, fit Lannurien subitement décontenancé. Mais qu'est-ce que la Police me veut?

— Vous le saurez bientôt, dit Mary. Quand vous aurez fini votre tournée.

Auguste Lannurien parut stupéfait:

— Vous... Vous allez me suivre encore longtemps comme ça?

— Jusqu'à ce que vous ayez distribué tout votre courrier, lança Mary, comme si c'était la chose la plus naturelle du monde.

Lannurien tenta d'ironiser:

— Eh bien, vous avez du temps à perdre!

Elle répondit, toujours paisiblement:

— Oh mais ce n'est pas du temps perdu, monsieur Lannurien.

— Qu'est-ce que vous espérez?

Il y avait de la panique dans sa voix.

— Vous le saurez tout à l'heure.

Elle lui signifia son congé d'un revers de main:

— Filez, ou vous allez vous mettre en retard.

Et Lannurien fila, marchant en crabe et lançant des regards de biais vers cette fille, comme s'il redoutait de recevoir quelque coup de pied aux fesses.

Jamais tournée ne parut aussi interminable ni aussi insupportable que celle-là au pauvre Lannurien.

D'ordinaire il était d'humeur enjouée, il répétait ses cantiques bretons en conduisant, il sifflotait en attendant qu'on lui ouvre pour les recommandés.

Là, il restait muet en surveillant avec inquiétude dans son rétro cette maudite Citroën grise qui semblait reliée à sa camionnette jaune par un fil invisible.

Ses clients ne s'y trompaient pas et demandaient :

— Qu'est-ce qui t'arrive, Auguste, t'en fais une tête aujourd'hui !

Et il répondait trop vite :

— Non, non, ça va, tout va bien !

Chez madame Tanguy il refusa le café que la bonne vieille lui servait quand elle avait du courrier et, au *Bar de la Marine*, il fit l'impasse sur le petit muscadet qu'il s'autorisait habituellement, tant et si bien que le patron le regarda sortir, stupéfait et qu'il demanda à la cantonade : « Ben qu'est-ce qui lui arrive à notre Auguste aujourd'hui ? » Évidemment, personne n'était en mesure d'apporter une réponse.

À l'embranchement de la route de Morlaix, la camionnette de la poste faillit emboutir un véhicule qui avait la priorité et le conducteur furieux insulta Auguste au passage en lui montrant le poing.

C'est devant le chemin qui menait à la *Villa des Quatre Vents* que le facteur craqua : il pila brutalement sur le bas-côté qui s'élargissait un peu à cet endroit et il tomba sur son volant en pleurant.

Mary, qui s'était arrêtée quelques mètres derrière la voiture de la poste, sortit tranquillement de la Citroën, s'approcha de la camionnette jaune et toqua au carreau, ce qui fit sursauter le facteur. Il la regarda de ses yeux glauques pleins de larmes et demanda d'une voix pitoyable :

— Mais qu'est-ce que vous me voulez, à la fin ?

Mary déplia soigneusement la lettre anonyme et la mit devant son nez.

La panique gagna le bonhomme. Il essaya de jouer les ignorants :

— Mais qu'est-ce que c'est que ça ?

— C'est une lettre que vous avez adressée à la gendarmerie, monsieur Lannurien, et, comme vous êtes un peu négligent, vous avez oublié de la signer.

Il geignit de nouveau :

— Mais... mais... Je n'ai rien à voir là-dedans, moi !

Mary durcit le ton :

— Allez donc ! Je suis bonne fille, mais il ne faudrait pas me prendre pour une imbécile, Lannurien !

Elle lui remit la lettre anonyme sous le nez :

— Tenez, signez là, en bas.

Lannurien, paniqué, déplia le feuillet, le replia précipitamment et le tendit à Mary en disant hargneusement :

— Non mais, est-ce que vous vous imaginez que je vais signer ça ?

— C'est bien vous qui l'avez écrite, non ?

Lannurien cria :

— Non !

Mary fit les yeux noirs :

— Je suis capitaine de Police et je peux vous dire que la gendarmerie a plus d'indices qu'il n'en faut pour vous confondre. Vos empreintes digitales, d'abord...

— Mais...

Elle le coupa :

— Je sais, vous aviez mis des gants. Je peux même vous dire quels gants : des gants de chirurgien, ou de bricolage, comme vous voudrez. Je suis sûre qu'en fouillant un peu chez vous, on trouvera le reste de la boîte.

Il protesta de nouveau :

— Non! Sûrement pas!

— Ah, vous l'avez jetée? Quel gâchis! Ça ne fait rien... Une visite aux rayons de bricolage des grands magasins d'alentour avec votre photo nous révèlera sûrement où vous avez acheté ces gants.

Comme le facteur restait muet, elle rajouta:

— D'ailleurs, ça ne sera même pas nécessaire. Vous ignorez qu'avec les nouvelles techniques d'investigation on peut relever les empreintes d'un individu même s'il porte ce genre de gants?

Cette assertion était complètement erronée, si les gants n'avaient pas dissimulé totalement les empreintes, pourquoi les flics en seraient-ils pourvus pour pénétrer sur une scène de crime? Le facteur, qui n'était plus en état de réfléchir, parut soudainement accablé. Puis il se reprit:

— C'est pas vrai! Vous mentez!

— Je mens, dit-elle, vous allez dire qu'on ne trouvera pas vos empreintes digitales sur ce feuillet si on le soumet à examen?

— Fo... Forcément, dit le facteur indigné, vous me l'avez tendu et je l'ai pris comme un imbécile!

Mary en rajouta, pour l'enfoncer davantage:

— Vous l'avez pris comme un imbécile, ce qui n'est pas grave, mais surtout, vous l'avez écrit comme un imbécile. Et ça, c'est plus sérieux.

Le facteur se mit à sangloter:

— Vous m'avez piégé, dit-il. Je me plaindrai!

— Ça ne servira à rien, Auguste, poursuivit-elle, vous avez perdu un cheveu qui est resté dans le pli de la lettre, pris dans la colle... C'est terrible, hein? Une simple recherche d'empreinte génétique et vous êtes flambé pour un imperceptible petit brin de cheveu.

Totalement effondré, le facteur ne pipait mot. Mary fit le tour de la voiture, ouvrit la portière et s'assit sur le siège passager.

— Allons, vous allez tout me raconter, dit-elle en radoucissant sa voix. Vous avez voulu faire une blague aux gendarmes, ce n'est pas bien méchant…

Le facteur la regarda avec rancune et contre-attaqua rageusement :

— Vous n'êtes pas autorisée à monter dans un véhicule de l'administration si vous n'en faites pas partie !

Mary prit le parti de rire :

— Vous voilà bien formaliste, mon cher Auguste, dit-elle avec une familiarité qui le révolta.

Il s'apprêtait à lui balancer quelque chose de définitif, comme « on n'a pas gardé les vaches ensemble » mais il n'en eut pas le temps. Cette damnée fliquette poursuivait imperturbablement :

— Dans la Police nous n'avons pas ces susceptibilités. Si vous préférez, je vous fais monter dans ma voiture et on file directement s'expliquer chez l'adjudant Autret.

Le facteur, qui n'avait pas prévu cette réaction, resta muet, cherchant une parade qu'il ne trouvait pas. Mary poursuivit :

— C'est qu'il n'est pas content, l'adjudant Autret ! Il déteste les lettres anonymes. Lorsqu'il apprendra que vous en êtes l'auteur, vous qu'il considérait comme un ami, imaginez sa déception, et surtout ce qu'il va penser !

Elle leva l'index et dit sévèrement :

— Car, je vous le dis tout net, il va être cruellement déçu !

Puis elle examina le facteur en cherchant ses yeux qui fuyaient :

— Pourquoi avez-vous fait cela ?

Lannurien haussa les épaules et se moucha. Mary demanda :

— C'était pour rendre service ?

Elle se tapa de la main sur le genou comme si elle venait d'avoir une révélation :

— C'est cela, j'en suis sûre. Vous vouliez lui passer une information pour l'aider dans son enquête...

Le facteur hocha la tête affirmativement.

— Et, modeste, vous vouliez rester dans l'ombre...

Cette fois, le facteur hocha la tête plus énergiquement et risqua d'une petite voix :

— Ce n'est pas défendu d'aider la Police.

— Non, dit Mary avec rondeur, c'est même recommandé. Mais dans ce cas, cela s'appelle témoigner. Témoigner c'est faire preuve de civisme. La lettre anonyme est l'arme des lâches. Vous l'ignoriez ?

Le nez baissé, Lannurien ne répondit pas.

— Il aurait mieux valu, poursuivit Mary, que vous vous présentiez à la gendarmerie et que vous fassiez votre déclaration : « Je sais que madame Gouin connaissait le type qui a été assassiné dans la *Villa des Quatre Vents* ».

Elle eut une moue réprobatrice :

— Les dénonciations anonymes sont toujours entachées de suspicion. Supposez que lorsque l'adjudant Autret apprendra votre responsabilité dans cette affaire, il vous confronte avec madame Gouin...

Cette perspective ne parut pas réjouir le facteur.

— Que fera madame Gouin à votre avis ?

Lannurien, la tête basse, haussa les épaules.

— Vous ne savez pas ? Et bien je vais vous le dire : elle niera ! Elle niera et ce sera sa parole contre la vôtre. Et qui pensez-vous que l'on croira ? Vous ? Elle ? Malheureux, vous avez perdu toutes vos chances en expédiant une lettre de dénonciation non signée à la gendarmerie ! Madame Gouin serait fondée à porter plainte contre vous et à vous réclamer des dommages et intérêts pour préjudice moral. Et si en plus elle ajoute que vous avez agi de la sorte pour en tirer avantage...

— Quel avantage ? chevrota le facteur.

— Celui de coucher avec elle, par exemple.

Cette fois le facteur devint blême. Mary le fixait durement.

— Madame Gouin ne se contente pas d'être une femme célèbre, monsieur Lannurien, c'est aussi une bien jolie femme. Et une bien jolie femme qui vit seule ça peut donner des idées à un homme, n'est-ce pas ?

Il protesta comme un gamin pris en faute :

— J'ai rien fait...

— J'espère bien que vous n'avez rien fait, dit Mary, mais, supposez qu'elle vous accuse d'être allé chez elle et d'avoir essayé de la violer...

Le front du facteur se couvrit tout soudain d'une sueur froide. Il passa sa main pour l'éponger et balbutia :

— Mais ce n'est pas vrai !

Mary, impitoyable, le poursuivit dans ses derniers retranchements :

— Vous n'êtes jamais entré chez elle ?

Lannurien balbutia :

— Si, mais pour des motifs professionnels !

Elle le scruta au fond des yeux :

— Strictement professionnels ?

— Je vous jure...

— Vous pouvez jurer ce que vous voudrez, encore une fois, ce sera votre parole contre la sienne et, en mettant les choses au mieux, même si vous êtes relaxé, le scandale sera énorme. Une tentative de viol à Kerpol... Votre famille en sera informée, comme tous les habitants du canton. Que dirait votre femme ?

Lannurien n'osait pas y penser.

Mary insista :

— Et votre tournée ? Vous y pensez à votre tournée ? Croyez-vous que tous ces gens à qui vous portez le courrier vous regarderont de la même manière ? D'ailleurs, il est probable que vous serez révoqué, viré comme un malpropre !

Lannurien, la tête dans les mains, fermait les yeux pour ne pas voir le gouffre qui s'ouvrait devant lui. Et le curé, les gens de la chorale ? Oserait-il encore aller chanter à l'église ? Mary estima qu'il était temps de lui donner un peu d'air.

— Pour le moment, dit-elle, il n'y a que deux personnes qui savent que vous êtes l'auteur de cette lettre : vous et moi.

Le facteur la regarda, stupéfait. Se pouvait-il qu'il y eût une possibilité d'échapper au pire ?

— Je vais vous faire une proposition, dit Mary. Vous avez accès à tous les foyers de Kerpol ?

Lannurien hocha la tête affirmativement, attendant la suite.

— Vous allez demander un peu partout, de ci, de là, si quelqu'un a remarqué quelque chose d'anormal la nuit du crime, voire même les jours précédents.

Il balbutia:

— Et alors?

— Alors, selon ce que vous me rapporterez, je pourrai peut-être oublier cette vilaine lettre.

— Et...

— Et ça restera entre nous! Je suis descendue chez *Jenny*, à Roscoff et, si vous avez un message à me faire passer, vous pourrez me contacter là-bas.

Elle sortit de la camionnette et claqua la porte.

— Maintenant, reprenez-vous, Lannurien, et continuez votre tournée comme s'il ne s'était rien passé. Et surtout, n'oubliez pas de questionner les gens. Le moindre petit détail pourrait être déterminant.

Elle remonta dans sa voiture et lui fit un petit signe complice de la main.

En repassant devant la poste, elle s'arrêta et, comme elle s'y attendait, il y avait une photocopieuse à la disposition des usagers. Elle glissa une pièce de vingt centimes dans la fente prévue à cet effet et fit une photocopie de la lettre anonyme.

Puis elle la plia en quatre et la glissa dans sa poche.

Enfin, elle rejoignit la gendarmerie et repassa par le bureau de l'adjudant Autret.

— Alors, demanda celui-ci, ce corbeau?

Elle fit une moue dépitée:

— C'est chercher une aiguille dans une botte de foin.

— Je vous l'avais dit, fit Autret avec un petit sourire satisfait, il n'y a rien à tirer de ce genre de courrier.

— Vous ne les conservez pas?

Autret émit un rire sans joie.

— J'ai bien assez de paperasses à classer sans garder ce genre de torchon. Donnez-moi ça!

Mary eut une seconde d'hésitation, puis lui tendit la photocopie pliée en quatre. Sans vérifier, l'adjudant la glissa dans une déchiqueteuse de documents qui se mit à ronronner.

— Ça ne mérite pas mieux, dit-il.

Mary respira :

— Peut-être avez-vous raison, dit-elle.

Puis elle demanda :

— Où en est l'enquête ?

Chapitre 9

— Pour ce que j'en sais, dit l'adjudant Autret, en découvrant ces cadavres, le facteur a soulevé un sacré lièvre. Il semble que ce Louis Sayze profitait de ses audits pour capter des documents qui auraient dû rester confidentiels et les revendait à des officines spécialisées.

— Je sais que c'est tentant, dit Mary, mais je vous signale que l'on ne prononce pas Louis Sayze, mais Louis Sayzé.

— Quelle importance ? dit le gendarme en balayant la remarque de Mary d'un revers de main. Ce qui est important, c'est ce qu'il y a derrière tout ça.

— Espionnage industriel ?

Le gendarme ne voulait pas se mouiller. Il répondit évasivement :

— C'est ce qui se dit.

Mary insista :

— Ce qui expliquerait un train de vie plutôt confortable...

L'adjudant prit un air désabusé :

— Ouais... Avec le salaire officiel de ce Sayze, ou Sayze, comme vous voudrez, on aurait payé la moitié de la brigade de gendarmerie de Kerpol, mais, que voulez-vous, il y a des gens qui sont insatiables.

Mary fit remarquer :

— Comme chantait Brassens, *La chair tendre, la tendre chair, hélas ça coûte cher...* Les *call-girls* de luxe qui consentent à partager leurs week-ends avec des sexagénaires un peu défraîchis le font rarement par altruisme.

— Je veux bien vous croire, ricana Autret.

— D'où ces enveloppes bourrées de billets. Au fait, vous ne les avez toujours pas tracés ?

— Non, et ça m'étonnerait qu'on y parvienne.

— Vous pensez que cet Allemand...

— Henrich Staffel...

— C'est ça, j'avais oublié son nom, si bien que je le désignais comme « l'homme à la Porsche », vous pensez qu'il était de mèche avec Sayze ?

— C'est probable, dit Autret, maintenant, quant à le prouver... En tout cas, ce qui a filtré dans la presse a provoqué un beau tollé ! On a touché au plus haut de la pyramide financière mondiale et ça doit chauffer aux Affaires étrangères.

C'est pour cela que je suis là, pensa Mary.

Elle soupira :

— Je vous laisse, adjudant, je ne vois toujours pas le rôle qu'on m'a réservé dans cette pièce.

— Trouver un meurtrier, dit Autret. Mais s'il s'agit, comme il est probable, d'un professionnel exécutant un contrat, je ne vois pas quelles pistes vous pourriez suivre.

— Je ne vois pas non plus, dit-elle en lui tendant la main. Bonsoir adjudant.

Elle reprit sa voiture et prit la direction de la *Villa des Quatre Vents*. Les scellés avaient été placés sur les portes et fenêtres, la barrière était cadenassée. Le ciel était toujours bleu, mais le vent agitait la cime des pins bordant la propriété. Ces pins avaient été plantés sur une sorte de talus d'un bon mètre de haut qui bordait tout le périmètre. Un talus bien aisé à escalader pour qui aurait eu de mauvaises intentions.

Mary entreprit de faire le tour de la clôture par l'extérieur, ce qui était relativement aisé car le sol était tapissé d'aiguilles de pin qui avaient étouffé la ronce.

Dans le lointain, la mer brasillait et on apercevait même la lourde silhouette d'un ferry en route pour l'Angleterre.

C'était une curieuse idée que d'avoir implanté cette belle maison là, au milieu des cultures. Le terrain devait faire une centaine de mètres de long sur cinquante mètres de large. La maison était bâtie au centre de ce quadrilatère, sur une sorte de butte, comme si, par orgueil, son propriétaire eût souhaité qu'on la vît de loin. En revanche, lorsque le vent de la mer soufflait, elle devait être très exposée à tous les vents, d'où son nom, probablement. Elle regardait le chemin par lequel on y accédait, ses trois autres côtés étant bordés de champs de légumes.

C'est sur l'arrière de la maison que Mary remarqua des traces sur le talus. Les aiguilles de pin avaient été foulées comme si, en venant à travers le champ de choux-fleurs qui s'étendait à perte de vue, quelqu'un s'était hissé sur le talus pour épier les habitants de la *Villa des Quatre Vents*.

En regardant la terre meuble, Mary nota des traces de pas profondément marquées, que la pluie n'avait pas encore fait disparaître. Elle prit un petit mètre ruban dans sa poche et mesura les empreintes qui faisaient vingt-neuf centimètres de long.

— Du quarante trois, pensa-t-elle.

Puis elle suivit la piste aisément tant les pas s'étaient enfoncés dans la terre. Au bout d'un moment, elle se trouva au beau milieu d'un immense champ dont elle ne voyait pas le bout.

Et, soudain, elle retomba sur une route goudronnée qu'elle n'avait pas vue lorsqu'elle était dans le champ. À quelques mètres de là, d'énormes blocs de rochers jaillissaient de la terre, entourés d'une broussaille dense et de quelques prunelliers défeuillés.

Le pied de ce bloc de roches devait servir d'aire de stationnement car l'herbe était foulée de nombreuses traces de roues et, à certains endroits, tachée d'huile.

Elle contempla le site, perplexe. Des reliefs de pique-nique gisaient çà et là, coquilles d'œufs, papiers gras, bouteilles vides et un automobiliste qui n'avait jamais entendu parler de pollution avait vidé son cendrier par terre.

Mary préleva des mégots. Il y en avait de deux sortes : des anglaises de marque Camel dont les bouts de liège étaient marqués de rouge à lèvres, et d'autres, à filtre également, qui portaient une inscription en lettres orientales.

Qu'est-ce que cela pouvait bien vouloir dire ? Elle haussa les épaules, perplexe. Néanmoins, c'était un indice intéressant. Au loin, elle apercevait le quadrilatère entouré de pins. Elle s'en retourna par où elle était venue en pensant que si le propriétaire du champ l'apercevait, elle n'allait pas manquer de se faire engueuler.

Mais personne n'apparut. La campagne semblait vide. Cependant, pendant sa marche dans les rangs d'artichauts, Mary aperçut la tache blanche d'un autre mégot. Il portait le même graphisme en lettres orientales que ceux qu'elle avait trouvés près du bloc de gros rochers. Elle le ramassa soigneusement.

De retour au pied du talus, Mary entreprit d'écarter les aiguilles de pin là où elles avaient été foulées. Mais elle eut beau chercher, elle ne trouva rien d'autre que de vieux étuis de cartouches probablement abandonnés par des chasseurs.

Elle les ramassa cependant, sans conviction car la partie métallique de la douille était oxydée et ces étuis devaient se trouver là depuis des années.

Puis elle prit le chemin de son hôtel, la tête pleine de questions.

En chemin elle s'arrêta devant la bibliothèque municipale qui était installée dans une maison ancienne donnant sur la place de l'église.

Le local était fermé mais il y avait de la lumière. Elle tapa au carreau et vit le visage effaré d'Auguste Lannurien qui lui faisait non de l'index, en lui montrant les horaires d'ouverture.

Soudain il la reconnut et s'empressa d'ouvrir.

— Excusez-moi, dit-il, si je m'attendais…

— Je pensais bien vous trouver ici, dit-elle, on m'a dit que vous étiez le responsable de cette bibliothèque.

— En effet, reconnut Lannurien. Et je reste toujours un peu après la fermeture pour mettre de l'ordre et reclasser les ouvrages.

Les rayonnages de bois étaient impeccablement rangés, les livres en bon état étaient classés par genres, puis par liste alphabétique d'auteurs.

Mary adorait l'ambiance de ces modestes bibliothèques de village. Ces ouvrages soigneusement couverts, qui paraissaient dormir sur les étagères de bois brut recelaient des trésors qu'elle avait découverts autrefois avec passion. Ça sentait le vieux papier et en même temps ça sentait l'aventure.

En fermant les yeux, elle se revoyait, gamine, plongée des après-midi entières dans *Les Trois Mousquetaires* sous le regard bienveillant d'une dame d'œuvres, tandis que sa grand-mère la cherchait partout.

Et lorsqu'enfin elle sortait de l'univers des mousquetaires du roi, c'était pour se faire gourmander par sa grand-mère qui avait eu si peur en ne la voyant plus:

— Que fais-tu là?

Et la bonne dame d'œuvres intervenait:

— Elle est bien sage, madame Le Ster...

Bien sage, bien sage, elle ne l'était pas toujours, lorsqu'à la tête d'une bande de garçons, elle guerroyait à coups de lance-pierres contre le peuple honni du quartier voisin.

Elle revint à la réalité et demanda:

— Je suppose que vous avez les ouvrages de Jeanne Albert?

À cette simple évocation du nom de la femme de lettres, le visage de Lannurien s'empourpra:

— Oui, oui, bien sûr...

— Ils sortent bien?

— Les nouveaux, oui. Les anciens, tout le monde les connaît. Ça vous intéresse?

— Bien sûr, mais je ne suis pas abonnée à votre bibliothèque.

Auguste Lannurien eut un geste désinvolte qui signifiait: « ça peut s'arranger... »

— Tenez, prenez ceux-ci...

Il prit sur une étagère deux volumes et les tendit à Mary qui lut les titres:

— *Les portes du néant, Flétrissures*...

Elle regarda Lannurien:

— Je peux les emporter?

— Bien sûr, vous les rapporterez quand vous les aurez lus.

— Je vous remercie, dit-elle en mettant les bouquins sous son bras. Puis elle changea de sujet:

— Vous avez questionné vos clients?

Auguste parut embarrassé:

— Oui, mais jusqu'à présent, personne n'a vu quoi que ce soit.

Mary réfléchit et changea de question:

— Dites donc, j'ai aperçu au bord d'un chemin, non loin de la *Villa des Quatre Vents*, une sorte de tumulus de gros rochers entre lesquels des arbres ont poussé.

— Ah oui, fit Lannurien, Men Dreuz[1]... On allait y jouer quand on était petits.

— Ça appartient à qui?

— Ça dépend de la ferme de Kervallou.

— Vous connaissez le propriétaire?

— Oui, c'est Charles Jaouen. Il possède une des plus belles exploitations du canton.

— Et les champs qui entourent la *Villa des Quatre Vents*, c'est à lui aussi?

— Oui, pourquoi?

— Comme ça...

Puis elle ajouta:

— Dites donc, ils ne sont pas méfiants, les gens par ici.

---

1. *Les pierres de travers.*

— Pourquoi dites-vous ça? s'étonna Auguste.

— N'importe qui pourrait venir leur faucher des artichauts et des choux-fleurs. Les champs ne sont même pas clôturés.

— Ne vous y fiez pas, dit Auguste d'un air finaud, les exploitants font des rondes.

— Vraiment? Des sortes de milices?

— Tout de même pas, dit Lannurien, mais ils surveillent leurs biens. C'est normal, non?

— Ça paraît légitime, en effet, concéda Mary. Dites-moi, Auguste, ce Jaouen, où ai-je le plus de chances de le rencontrer?

— C'est qu'il court beaucoup, dit le facteur bibliothécaire, il est le président du syndicat des producteurs de primeurs du coin... Je peux lui téléphoner, si vous voulez.

Mary accepta sans hésiter:

— Ça m'arrangerait bien!

oOo

Charles Jaouen était un quinquagénaire solide, à la mine fleurie, à l'œil bleu minéral.

Comme Auguste Lannurien avait recommandé Mary Lester, elle fut reçue avec une bienveillante curiosité dans la cour de la ferme. Jaouen l'invita même à entrer dans la grande salle du bâtiment d'habitation et à prendre un café qui fut servi par la maîtresse de maison, une longue femme maigre et sèche toute vêtue de noir qui ne prononça pas une parole. Puis elle se retira ou plutôt parut s'effacer comme un fantôme dans une obscure encoignure derrière une large cheminée de granit qui occupait la largeur d'un pignon.

La pièce, sombre et toute en longueur, sentait l'encaustique et la fumée. De larges dalles de pierre couvraient le sol et les tables et armoires rustiques qui la meublaient devaient dater d'au moins un siècle.

Mary joua cartes sur table au sens propre du terme, c'est-à-dire qu'elle commença par déposer sa carte de Police sur la toile cirée de la table familiale.

Le cultivateur examina le document le front plissé, puis il s'exclama, admiratif :

— Capitaine ?

— Eh oui, confirma Mary. Sans uniforme, mais capitaine quand même.

Charles Jaouen lança d'une voix forte qui véhiculait un fort accent :

— En somme vous faites le boulot des gendarmes !

— Pas tout à fait, dit Mary. Dans cette affaire, le capitaine Charpin, qui avait démarré l'enquête, s'est vu retirer l'affaire qui a été confiée au lieutenant-colonel Richard.

Charles Jaouen s'enquit abruptement :

— Charpin avait merdé ?

Mary fit « non » de la tête.

— Je ne crois pas, mais l'affaire s'est révélée plus délicate qu'il ne l'avait pressenti. En un mot comme en cent, la politique s'en est mêlée et Charpin s'est trouvé embarqué dans une affaire d'immunité diplomatique dans laquelle, je dois dire, n'importe qui aurait pu s'enferrer.

— Et l'autre, le colonel, il avance ?

— Sur la pointe des pieds, dit Mary. Il marche sur des œufs comme qui dirait.

— Et vous, qu'est-ce que vous foutez là-dedans, jeune fille ?

Mary le reprit :
— Capitaine, s'il vous plaît !

C'était dit sur un tel ton que l'agriculteur recula prudemment :

— Oh pardon... C'est que vous faites si jeune !

Elle eut envie de lui dire qu'il n'était pas obligé de faire le galantin, mais elle se retint et précisa :

— Je fais comme les autres, je cherche.

— Vous cherchez quoi ?

— Je cherche qui a tué ces deux personnes !

— Et le colonel...

— Je n'ai pas de contacts avec le colonel. Il est gendarme, donc militaire, je vous le redis, je suis capitaine de Police, donc civile.

— Je croyais que maintenant tout ça ne faisait qu'un, objecta Jaouen.

— Dans les textes oui, sourit Mary, dans les têtes non, ou tout du moins, pas encore.

Elle laissa passer un temps de silence et demanda :

— Je me suis étonnée que vos cultures ne soient pas mieux protégées contre les maraudeurs, monsieur Jaouen.

Le cultivateur s'exclama :

— Vous vous rendez compte de ce qu'il en coûterait d'enclore tous ces champs ?

— Autrefois il y avait des talus, non ?

— Autrefois, oui, mais on les a rasés pour gagner de la place.

— Je vois... Auguste m'a appris que vous faisiez parfois des rondes pour essayer de dissuader les voleurs.

— Ça m'arrive en effet, concéda Charles Jaouen méfiant.

Et il ajouta, pour se justifier :

— Quand on est volé et qu'on porte plainte à la gendarmerie, ça n'aboutit jamais. Alors, il faut bien qu'on se défende !

— Je ne suis pas là pour vous reprocher de surveiller vos biens, monsieur Jaouen, mais il se trouve qu'au cours de ces rondes, vous auriez pu voir des choses qui pourraient m'intéresser.

— Comme quoi, par exemple ? demanda le paysan sur ses gardes.

Mary précisa :

— D'abord, je suppose que si vols il y a, ils se produisent surtout la nuit...

— En effet. De jour on peut nous piquer deux ou trois têtes d'artichauts ou de choux-fleurs, ce qui ne porte pas à conséquence, mais les gros vols se passent surtout la nuit.

— Bien. Lorsque vous faites une tournée de surveillance et que vous repérez une voiture en stationnement près d'un de vos champs, qu'est-ce que vous faites ?

— Si ce sont des gens qui ont de mauvaises intentions, ils décampent rapidement, dit le fermier, mais il y en a d'autres qui sont des promeneurs, des amoureux... Je me borne alors à relever les immatriculations pour que, le cas échéant, je puisse fournir des éléments aux gendarmes.

Il ajouta d'un air dégoûté :

— Pour ce qu'ils en font...

— Vous n'avez pas l'air d'apprécier la maréchaussée.

— Pff... fit le fermier, pour aligner les honnêtes gens avec leurs radars ils s'y entendent, mais pour le reste... Ils se foutent bien des petits voleurs, comme ils disent.

— Donc ils ne vous ont pas interrogé à propos de cette affaire?

— Non! J'aime autant que ce connard d'Autret ne s'approche pas trop près de chez moi. D'ailleurs, je n'ai rien à lui dire.

Il réfléchit et ajouta:

— Rien d'agréable, en tout cas.

Elle se mit à rire, ce qui détendit un peu l'atmosphère.

— Si j'ai bien compris, j'ai eu de la chance que vous acceptiez de me recevoir?

Il protesta avec bonhomie:

— Vous c'est pas pareil! Vous ne m'avez pas fait sauter six points sur mon permis.

— C'est ce qu'Autret vous a fait?

— Pas lui, mais un de ses sbires qui ne peut pas me blairer. Et ce con d'adjudant n'a rien fait pour écraser le coup.

Il leva un index épais et précisa:

— Et pourtant il pouvait! Salopard!

— Alors, puisque je n'ai pas porté atteinte à votre permis de conduire, vous allez peut-être pouvoir me dire s'il y a eu, au cours du mois qui vient de s'écouler, des voitures qui auraient stationné régulièrement au lieu-dit Men Dreuz, ce gros tas de rochers qui se trouve sur vos terres?

Le fermier se mit à rire:

— C'est un lieu qui est très apprécié par les amoureux. En effet, il présente l'avantage d'être sur une route où il ne passe pratiquement personne, et il y a largement de la place pour que deux bagnoles y stationnent sans gêner la circulation.

Il rit de nouveau:

— Je commence à avoir une certaine habitude de cette situation. Lorsqu'il y a deux voitures, c'est qu'en général un gars et une fille se sont donné rendez-vous. Ils se rejoignent dans la voiture la plus confortable et, quand ils ont fait leur petite affaire, chacun part de son côté.

— Et puis il y a ceux qui ne viennent qu'avec une seule voiture, dit Mary.

— Ouais, et dans le laps de temps que vous venez d'évoquer, il y en a une qui est venue trois fois.

— Tiens donc! Quel genre de voiture?

— Une grosse berline allemande gris foncé, avec des vitres fumées.

Immédiatement Mary pensa à la grosse voiture qu'elle avait aperçue chez Angélique Gouin. Elle demanda:

— Une Mercedes?

Ses espoirs furent immédiatement déçus par le fermier qui précisa:

— Non, une BMW, de la classe 7.

— Vous êtes sûr?

— Et comment, j'ai la même!

Et il précisa:

— Mais elle est verte.

— Vous avez vu qui l'occupait?

— Non. Je vous l'ai dit, les vitres étaient fumées et, lorsque je suis passé, les passagers se sont couchés si bien que je n'ai vu que deux silhouettes.

— Un homme et une femme?

— Probablement.

— Vous n'avez pas relevé l'immatriculation de la voiture par hasard?

— Je l'avais fait, mais j'ai dû foutre le papier en l'air. Tout ce dont je me souviens, c'est qu'elle était immatriculée 92.

— La région parisienne, dit Mary pensivement.

— Ouais, rigola de nouveau le fermier, mais ils n'étaient pas venus de la région parisienne en BMW classe 7 pour me piquer des têtes de choux-fleurs!

— Je ne pense pas, non. Vous ne vous souvenez pas de la date précise?

— Ça, je peux vous le dire car c'était après une assemblée générale des producteurs à la SICA[1] de Saint-Pol-de-Léon. En général, ça m'énerve tellement que, pour me calmer, je vais faire la tournée des champs. C'était le 7 février.

Un éclair de satisfaction passa dans les yeux de Mary Lester. C'était en effet le 7 de ce mois que Louis Sayze et sa maîtresse avaient été assassinés à la *Villa des Quatre Vents*.

— Vous m'avez dit que vous l'aviez vue trois fois.

— En effet.

— Et les deux autres fois, c'était avant ou après cette date?

— Avant, dit Jaouen sans hésiter.

— Longtemps avant?

— Non, je dirais dans la semaine qui précédait.

— Donc entre le premier février et le sept.

— Ouais.

— Vous ne pouvez pas préciser?

Le front du paysan se plissa:

— Si, attendez.

Il se leva et revint avec un programme télé qu'il consulta après avoir chaussé ses lunettes.

— Une fois c'était un jeudi, l'autre fois un samedi.

Mary regarda sur son agenda:

---

1. *La SICA est un puissant groupement de producteurs de légumes, en nord-Finistère.*

— Donc ce serait le trois et le cinq février. Vous en êtes sûr ?

— Certain !

Il tapa du revers de la main sur le programme ouvert sur ses genoux :

— Le jeudi ma femme regardait *Le juge est une femme* sur la première chaîne et le samedi, une autre connerie, *Qui veut gagner des millions*, toujours sur la une. C'est d'ailleurs pour ça que je suis sorti.

Et il ajouta avec un sourire contraint :

— En matière de télé, ma femme et moi nous n'avons pas du tout les mêmes goûts.

Ça ne devait pas favoriser les relations du ménage, mais ça arrangeait bien Mary Lester. Elle se leva :

— Je vous remercie d'avoir répondu à mes questions monsieur Jaouen.

— Ça pourra vous servir au moins ? s'inquiéta le cultivateur.

— Sait-on jamais, dit-elle. Vous m'avez fourni des précisions intéressantes, reste à savoir si elles sont en relation avec le double crime. Si ça se trouve, ça n'a rien à y voir.

Elle soupira :

— Une enquête de Police c'est ça : on cherche dans toutes les directions et parfois on tombe sur la bonne.

Elle leva l'index vers le plafond :

— Parfois, pas toujours !

Chapitre 10

Mary Lester rentra à son hôtel. Les choses prenaient forme. Restait à identifier les passagers de la voiture mystérieuse, ce qui n'allait pas être le plus commode.

Pour cela, une seule méthode : le porte-à-porte. Elle allait devoir s'appuyer sur les hôtels pour savoir quel était l'établissement qui avait hébergé les passagers d'une grosse BMW sombre, aux vitres fumées, immatriculée dans le 92.

Il était donc nécessaire de recenser les hôtels dans un rayon de trente kilomètres autour de Kerpol puisqu'il était probable que les utilisateurs de la BMW, qui étaient restés quelques jours dans la région, avaient dû trouver un hébergement pas trop éloigné de Kerpol.

Pour ce faire, Internet lui serait d'un précieux secours. Elle monta dans sa chambre et connecta son ordinateur. Puis elle tapa « hôtels Roscoff » et obtint immédiatement la liste des établissements ouverts en cette saison.

Elle considéra longuement la liste de ces établissements et se décida à en cocher trois dans un premier temps. Elle avait choisi les plus luxueux, pensant que des gens qui se déplaçaient dans une BMW classe 7 devaient aimer avoir leurs aises.

En se mettant dans la peau de quelqu'un qui mijoterait un mauvais coup, Mary pensa qu'être venu en Bretagne à cette époque nécessitait une sérieuse motivation comme faire une cure de thalassothérapie, par exemple.

Et par la qualité de ses soins - l'établissement avait été créé par un précurseur de cette thérapie - la thalasso de Roscoff était l'une des plus réputées de France.

Mary décida donc de commencer ses investigations par cet établissement, quitte à passer aux autres en cas d'insuccès, tout en priant le ciel que sa cible n'ait pas eu la fâcheuse idée de louer un gîte rural, auquel cas l'entreprise d'identification deviendrait infiniment plus aléatoire. Dans ce cas, elle se réserverait alors la possibilité de mobiliser ce bon Lannurien qui n'avait rien à lui refuser.

On n'en était pas encore là. L'*Hôtel Thalasstonic*, une bâtisse moderne, donnait directement sur la plage de Rockroom et ses larges baies vitrées s'ouvraient sur la mer toute proche.

Il comptait soixante-quinze chambres et, en cette saison, il était loin d'être plein. Cependant, sur le parking situé côté route, il y avait une douzaine de voitures, de luxe pour la plupart. Des Mercedes, des BMW, des Audi et même une Maserati rouge.

Elle se gara avec sa petite Citroën au beau milieu de cette flotte prestigieuse, attirant l'attention d'un jardinier qui la considéra d'un air suspicieux. Peut-être jugeait-il que ce modeste véhicule déparait l'ensemble?

Ce n'était pas le moment de se faire remarquer. Elle arbora un large sourire en s'approchant du bonhomme qui la regardait d'un œil torve et lui demanda d'une voix très assurée :

— Êtes-vous le gardien du parking ?

Il hocha la tête et, s'appuyant sur son balai, déclara :

— C'est réservé à la clientèle !

— À la bonne heure, dit-elle toujours sur le même ton. Où se trouve la réception ?

Un peu interloqué, le bonhomme lui indiqua une porte de verre d'un mouvement de tête.

— Par là !

— Merci, vous êtes bien aimable, dit-elle avec un large sourire en se dirigeant vers l'accueil.

Le bonhomme la suivit d'un regard perplexe en rallumant son mégot. C'était bien la première fois qu'on lui disait qu'il était aimable.

Le sas d'entrée, de belle dimension, permettait d'accéder par quelques marches à l'accueil du centre de thalassothérapie. Deux dames occupaient le comptoir de la réception, le dos tourné aux larges baies vitrées qui offraient une vue magnifique sur les îlots rocheux où se brisait la mer.

Mary demanda quelques renseignements pratiques à une accorte personne qui lui offrit un luxueux dépliant sur papier glacé et le commenta obligeamment en lui faisant valoir toutes les formules qui étaient proposées, et qui allaient de la cure de six jours à l'accès à la piscine d'eau de mer à 31° que l'on pouvait s'offrir le temps d'un bain.

Elle jeta un coup d'œil sur le solarium où, à l'abri du vent, des curistes s'offraient aux pâles rayons d'un soleil d'hiver et visita les salons, la boutique où divers produits esthétiques à base d'algues garnissaient les rayons, puis elle ressortit et regagna sa voiture.

En passant, elle examina les voitures garées sur le parking mais si elle en vit plusieurs qui correspondaient à ce qu'elle cherchait, en revanche aucune d'entre elles n'était immatriculée 92.

Le jardinier au visage chafouin ne la quittait pas de l'œil, comme s'il redoutait qu'elle ne se livre à quelque voie de fait sur ces superbes carrosseries.

Finalement, il s'approcha en traînant des pieds et s'enquit d'une voix lente :

— Vous cherchez quelque chose ?

Mary se retourna en pensant que ce bonhomme devait être particulièrement observateur.

— J'avais cru reconnaître la voiture de mes amis, dit-elle. Une BMW classe 7 gris foncé, avec des vitres fumées.

— C'est pas ça qui manque ! dit le bonhomme en tentant d'allumer une nouvelle fois son mégot informe. Avec de pareilles clopes, il devait consommer plus d'allumettes que de tabac. Puis, étant apparemment parvenu à ses fins, il eut, du bras, un geste de propriétaire qui englobait tout le parking :

— Des BMW, des Mercedes, des Jaguar... Il y a le choix !

— Oui, mais celle que je cherche est immatriculée en 92. Je sais qu'ils étaient là la semaine dernière, mais ils ont dû finir leur cure.

Le jardinier haussa ses maigres épaules :

— Ça se peut...

Elle considéra le bonhomme, ses bottes de caoutchouc vertes, son tablier de jardinier en coton bleu, avec une poche ventrale comme les kangourous, ses bras maigres au bout desquels il y avait deux mains énormes, ossues, crevassées, serrées sur le manche de son balai.

Des mains qu'on eût dites empruntées à quelque corps de géant pour être greffées sur des bras d'avorton.

Elle insista :

— Ça ne vous dit rien, une grosse BMW immatriculée en 92 ?

L'homme ricana déplaisamment.

— Et qu'est-ce que vous voulez que ça me dise ? Ça ne cause pas, les bagnoles !

Ah, ah ! on essayait de faire de l'esprit ? Mary négligea la réponse insolente.

— Vous auriez pu vous en souvenir.

— Je ne retiens pas tous les numéros !

Allons, un petit coup de brosse à reluire ne pouvait pas faire de mal. Elle y alla carrément :

— Non, mais vous êtes tout de même drôlement observateur. Je gagerais que rien de ce qui se passe sur ce parking ne vous échappe.

— J'suis payé pour ça, dit le jardinier vaguement flatté. Mais... Qu'est-ce que vous leur voulez, à ces gens ?

— Ce sont des amis, je devais suivre la cure avec eux et j'ai été retardée. Ils m'ont dit être à la thalasso de Roscoff, mais où...

— Vous avez demandé à la réception ?

Mary s'exclama :

— Non, ce que je suis bête ! J'y retourne ! Merci monsieur.

Le centre de thalassothérapie comptait de nombreuses chambres et il était possible qu'on puisse la renseigner à la réception.

La jeune réceptionniste qui ne cherchait qu'à se rendre utile demanda à Mary:

— Comment s'appellent vos amis?

— Sayze, dit-elle avec aplomb.

Elle épela:

— S - A - Y - Z - É.

— Et ce serait la période de...

Elle leva vers Mary un regard interrogateur.

— La seconde semaine de février, assura Mary imperturbable. En semaine 6, si je me souviens bien.

La jeune fille secoua la tête négativement:

— Non, je n'ai personne de ce nom à cette époque.

Elle en paraissait vraiment désolée.

— Dommage, regretta Mary, je les ai loupés... Excusez-moi de vous avoir dérangée pour rien, et merci pour votre obligeance.

Elle ressortit, dépitée. Le jardinier était toujours là, intrigué par cette jeune femme et par ses étranges requêtes.

— Vous avez trouvé? demanda-t-il.

— Non, dit Mary. Tant pis...

Alors l'homme suggéra:

— Vous devriez peut-être voir à la résidence...

— La résidence?

— Oui, tous les curistes ne logent pas à l'hôtel. La résidence *Les terrasses de Rockroom* loue des appartements et des studios...

— Parfait, dit Mary.

Elle se fit indiquer la direction de ces fameuses terrasses et monta dans sa voiture après avoir remercié le jardinier.

Las! Aux *Terrasses de Rockroum*, il n'y avait pas non plus trace de la grosse BMW ni de ses occupants.

Alors, elle fila vers la gendarmerie où elle fut reçue par un adjudant Autret qui, crut-elle deviner, arborait un petit sourire vaguement ironique.

— Quoi de neuf? demanda-t-il benoîtement.

Elle fit la moue :

— Pas grand chose, à vrai dire. Et de votre côté?

— De notre côté, rien! fit l'adjudant.

Elle s'étonna :

— Rien?

L'adjudant précisa :

— Rien que je sache.

Et il ajouta :

— Comme je vous l'ai dit, depuis que les huiles ont repris l'enquête à leur compte, nous ne sommes plus informés de quoi que ce soit.

— Vous devez bien quand même savoir quand auront lieu les obsèques des victimes? Leur famille s'est-elle manifestée?

— Oui, les parents de Charlène Tilleux ont fait savoir qu'ils souhaitaient que le corps de la jeune fille soit inhumé dans le cimetière de leur village, en Gironde. Quant à monsieur Sayze, sa femme est à Brest pour procéder aux formalités administratives.

— Vous l'avez vue?

— Qui?

— La femme de monsieur Sayze.

— Oui, elle est passée avant-hier à la gendarmerie et nous lui avons indiqué que le corps était au dépositoire de l'hôpital de la Cavale Blanche à Brest. Elle m'a dit qu'il y aurait une incinération…

— À Brest?

— Oui.

— Elle n'a donc pas encore eu lieu?

— Non, mais ça ne saurait tarder. Dès que le procureur aura donné son accord…

— Bien, dit Mary, je sais ce qu'il me reste à faire!

L'adjudant eut de nouveau ce petit air ironique qui signifiait: « Vous en avez, de la chance! »

oOo

De la chance, se dit Mary en sortant de la gendarmerie, j'en aurai si je lui donne un coup de pouce. Aide-toi, le ciel t'aidera… Ce bon La Fontaine est toujours d'actualité!

En fait, le ciel prenait de plus en plus souvent la voie du sieur Passepoil Albert, le « lieutenant informatique » comme on l'appelait au commissariat de Quimper, qui éclairait Mary Lester de ses lumières.

Elle résolut donc de recourir à cet auxiliaire précieux et forma son numéro sur son téléphone portable.

— Albert, c'est Mary, dit-elle sobrement.

Elle entendit le bredouillis que provoquait généralement sa voix sur le pauvre Passepoil.

— Vou… Voui…

— Albert, fit-elle en coupant court aux formules de politesse, il faut que tu me trouves une dame Sayze à Brest.

— Ah… fit Passepoil, ça s'écrit comment?

Elle épela en articulant: « S - A - Y - Z - E » et Passepoil demanda gravement: « Prénom? »

Elle répondit en articulant de la même manière: L - I - N - D - A.

— Bien, dit Passepoil. Où pensez-vous qu'on peut la trouver, cette dame?

— Probablement dans un hôtel.

— Vous... Vous êtes sûre?
— J'ai dit probablement!
— Et si... Et si...
— Et si tu ne trouves rien?
— Voui!
— Eh bien, je me débrouillerai autrement.

Elle allait raccrocher lorsqu'une idée qui trottait dans son subconscient s'imposa soudain:

— Ah, Albert, pendant que tu y es, cherche-moi tout ce que tu peux trouver sur une certaine Charlène Tilleux qui devait plus ou moins exercer la profession de *call-girl* à Paris.

— Bien, dit Passepoil sans s'étonner. Que voulez-vous savoir?

— Tout ce que tu pourras trouver: son adresse d'abord, ses relations, ses déplacements, enfin tout... Tu vois?

— Je vois, confirma Albert gravement.

— Super! fit Mary en raccrochant.

Puis elle s'aperçut qu'elle avait encore quelque chose à demander à Passepoil, un renseignement d'ordre pratique qu'elle trouverait en fait facilement elle-même. Elle chercha donc sur son iPhone le numéro du funérarium de Brest.

Elle appela immédiatement cet établissement et entendit une belle voix mâle, bien grave, tout à fait de circonstance.

— Le crématorium de Brest agglomération, à votre service.

Ça devait être de l'humour noir.

— Rien ne presse, dit-elle, cependant, je voudrais savoir quand la crémation de monsieur Sayze est programmée.

— Un instant, fit la voix grave.

Elle entendit cliqueter un clavier d'ordinateur et la voix grave annonça :

— Après-demain, quatorze heures trente.

— Je vous remercie.

Toujours sur les pages jaunes elle vérifia l'adresse du crématorium, zone artisanale du Vern, et cet appareil magique consentit même à lui indiquer le plan pour y aller.

Elle s'apprêtait à couper son appareil lorsqu'il sonna. C'était le commissaire Fabien.

— Alors, Mary, où en êtes-vous ?

— Ce n'est pas facile, patron, soupira-t-elle.

— Je m'en doute, dit le divisionnaire. Et avec les gendarmes ?

— Les gendarmes ? Ils ne savent plus rien !

— Comment ça ?

— Ce n'est pas du mauvais vouloir, notez bien, l'adjudant Autret m'a bien accueillie, mais il faut savoir que l'enquête est désormais menée par un certain lieutenant-colonel Richard qui s'est emparé du dossier.

— Vous l'avez rencontré ?

— Même pas. C'est l'adjudant qui m'en a parlé. Le précédent enquêteur, le capitaine Charpin, a été proprement mis sur la touche et il semble que les recherches de la gendarmerie ciblent plutôt la région parisienne, là où la S. A. GEEK a son siège.

— L'enquête se poursuit donc loin des lieux du crime ?

— Tout à fait. Et ce bon colonel a non seulement emporté tous les éléments du dossier, mais en plus il a conseillé fermement à Autret de ne plus s'occuper de cette affaire. Conseil que l'adjudant, en bon militaire, suit au pied de la lettre.

— Alors, qu'est-ce qu'il vous reste? demanda Fabien.

— Mon pif, patron.

— Ça suffira?

— Je ne sais pas! J'ai pris la piste avec une semaine de retard, ce qui n'est pas de nature à me faciliter les choses, mais, par un certain point, j'en tirerai peut-être avantage...

Elle s'imaginait voir le front du patron se plisser, là-bas, derrière son beau bureau, à Quimper. Il finit par demander:

— Vous êtes toujours à Roscoff?

— Oui, mais après-demain je vais à Brest.

— À Brest! s'exclama Fabien effaré. Mais qu'est-ce que vous allez encore faire à Brest?

Mary surprise demanda:

— Pourquoi encore?

— Chatellier n'est pas tout-à-fait remis de votre dernière visite, figurez-vous[1]. À la dernière réunion des divisionnaires, il m'en a encore parlé. Ah ça, on peut dire que vous l'avez traumatisé!

Puis il ajouta:

— Rassurez-moi, vous n'allez pas encore mettre la ville à feu et à sang?

— Oh, patron, dit-elle de sa voix la plus séraphique, pour qui me prenez-vous? Non, j'y vais juste pour une petite incinération.

— Une incinération?

— Oui, celle du sieur Sayze, Louis, de son prénom.

— Ah...

---

1. *Voir :* Le Passager de la Toussaint.

— Ouais, figurez-vous que je voudrais bien voir la tête de sa veuve.

— Parce que vous pensez que sa veuve…

Le commissaire n'alla pas au bout de sa pensée mais on sentait le ton à la fois dubitatif et réprobateur.

— Je ne sais pas, patron, dit Mary. Vous m'avez priée de chercher, je cherche. Et comme les indices sont minces, pour ne pas dire inexistants, je me raccroche aux classiques: « cherche à qui le crime profite ».

— Parce que vous pensez que cette pauvre femme va tirer profit de son veuvage?

— Je ne pense rien, patron, je ne connais pas cette femme, vous non plus… Mais ça s'est déjà vu!

Elle entendit Fabien maugréer:

— J'ai comme l'impression que vous perdez votre temps.

Il soupira:

— Enfin, si ça vous amuse…

— Je connais d'autres moyens de m'amuser que d'assister à ce genre de cérémonie, patron. Faudrait tout de même pas confondre crémation et feu de Saint-Jean!

Elle raccrocha sans même entendre son cri de protestation.

Chapitre 11

Elle rappela immédiatement le numéro d'Angélique Gouin et elle l'eut dès la seconde sonnerie.

— Je me doutais bien que vous me rappelleriez, dit la romancière.

— Je ne vous dérange pas?

— Mais non, puisque le téléphone est branché. Qu'y a-t-il pour votre service?

— Je ne suis pas loin de chez vous. Pourriez-vous m'accorder quelques instants?

— Bien volontiers, venez, je vous attends.

Angélique Gouin l'attendait, en effet, derrière la grille de sa porte qu'elle ouvrit avant même que Mary ne frappe. Les yeux de la femme de lettres pétillaient, comme si elle se réjouissait de cette visite. Mary s'étonna:

— Vous me guettiez?

— Oui, dit Angélique. À vrai dire, je suis vraiment intriguée par cette affaire.

— Qu'est-ce qui vous intrigue? Il y a eu deux morts, le rôle de la Police est de trouver qui les a tués et de le déférer à la justice.

— Bien entendu, mais c'est la façon de conduire l'enquête qui m'intéresse.

« Encore une! » se dit Mary.

— Auriez-vous l'intention de vous lancer dans le roman policier?

— Non pas, assura l'écrivaine, je n'ai aucune disposition pour cela! Cependant, je suis intéressée par l'évolution de vos investigations, votre manière de faire aussi, et je serais heureuse de savoir où vous en êtes.

— Ma manière de faire? Mon patron vous dirait qu'elle n'est pas orthodoxe... Où j'en suis? Parfois je me le demande moi-même... Vous savez, une enquête c'est comme un puzzle: au départ on a un certain nombre d'éléments que rien ne semble relier entre eux. Alors on essaye, on suit une piste, puis une autre jusqu'à ce que l'on trouve deux éléments qui s'emboîtent et la quête continue...

— Jusqu'à ce que vous ayez reconstitué le puzzle. Je vois...

Mary doutait qu'Angélique Gouin vît quelque chose. Elle lui demanda:

— J'ai oublié de vous demander si vous connaissiez la femme de Sayze...

Angélique Gouin parut surprise par la question:

— Vous pensez qu'elle pourrait être pour quelque chose dans cette affaire?

— Je vous répondrai comme le faisait Maigret quand on lui posait la question: « Je ne pense rien, je cherche. »

Et comme Angélique Gouin, peu satisfaite par cette réponse, restait silencieuse, elle insista:

— Alors, cette dame Sayze?

Angélique Gouin, agacée par cette insistance, secoua la tête:

— Je l'ai connue, oui, puisque je vous ai dit que notre bande d'étudiants était venue camper à Kerpol.

Mais c'était il y a bien longtemps… Je gagerais même que vous n'étiez pas née.

Elle compta sur ses doigts :

— C'était juste après mai 68. Une date qui ne s'oublie pas ! Ça fait quarante ans.

Puis elle secoua la tête, comme accablée par ce qu'elle venait de dire, et ajouta pensivement :

— Quarante ans ! Mon Dieu, que le temps passe !

Mary se retint de sourire :

— Vous avez raison, je n'étais pas née !

— Vous avez bien changé depuis, n'est-ce pas ?

— Plutôt ! reconnut Mary en riant.

— Eh bien, Linda, la femme de Louis, a dû bien changer elle aussi. À l'époque, c'était une beauté bien en chair, une véritable Anita Ekberg, si vous voyez ce que je veux dire.

Mary hocha la tête : elle avait vu et revu cette scène désormais mythique, où l'opulente comédienne baignait ses formes généreuses dans la fontaine de Trévi, une scène de cinéma qui avait fait scandale à l'époque[1]. Si la femme de Louis Sayze avait suivi le même chemin que la célèbre vedette de cinéma, elle avait dû dépasser le quintal depuis longtemps.

Elle se gonfla les joues et écarta les bras pour figurer l'embonpoint qu'elle supposait à Linda Martin épouse Sayze.

Angélique secoua son index devant elle :

— Non, non, non, dit-elle, vous vous trompez complètement. On s'imagine, et moi la première j'en étais persuadée, que ces beautés plantureuses dans leur prime jeunesse ne tardent pas à devenir des Rubens. Eh bien ce n'est pas le cas de Linda.

---

1. La Dolce Vita, *de Fellini.*

— Vous l'avez donc revue ?

— Non, non, non, refit-elle de la même manière, mais, comme je vous l'ai dit, Louis s'est confié à moi. Il m'a assuré qu'elle craignait tant de finir en Botéro qu'elle s'est mise à faire régime sur régime et qu'elle a fini par devenir anorexique. Cette lutte perpétuelle contre la faim a dû influer fâcheusement sur son caractère si bien que son mari s'était totalement détaché d'elle.

— Et le Botéro s'est transformé en Buffet, dit Mary.

Angélique Gouin sourit :

— Je vois que vous avez des connaissances en peinture ! Mais devant ce Buffet-là, personne ne dansait.

— Et pour cause, dit Mary, la tronche des personnages de ce peintre n'inspire pas l'allégresse. Je comprends mieux les raisons qui ont poussé Sayze à prendre une maîtresse !

Angélique Gouin eut une sorte de rire triste :

— S'il n'y en avait eu qu'une ! Celle-là était une régulière, mais Louis était un chasseur. Toute proie lui était bonne.

— C'était ce qu'on appelle un chaud lapin ?

Angélique sourit de nouveau :

— Il l'a toujours été et les formes sculpturales de Linda jeune le fascinaient. Comme je vous l'ai dit, il n'a pas tardé à tomber de haut !

— Et il vous a raconté tout ça ! s'étonna Mary.

— Pas la première fois, évidemment, mais nous nous sommes revus plusieurs fois, comme les anciens combattants de mai 68 que nous étions, fiers et heureux de nous remémorer notre lointaine et glorieuse jeunesse. Par la suite, comme je vous l'ai déjà dit, j'ai trouvé qu'il devenait envahissant.

— Et sa maîtresse, vous la connaissez?

— Je ne l'ai jamais vue, mais Louis me l'a si souvent décrite qu'il me semble que je la reconnaîtrais s'il m'arrivait de la croiser.

— Il en était très épris?

— Je ne sais pas si l'on peut dire cela. Louis n'a jamais été très épris d'une seule femme. Il aurait dû naître sultan, et, dans son harem, il aurait entretenu ses maîtresses prêtes en tout temps à se plier à ses désirs et à ses pulsions.

— Vous ne croyez pas que vous exagérez? demanda Mary.

— Si peu... fit Angélique. Il disait, en matière de boutade: « un homme ne peut pas avoir toutes les femmes du monde, mais il peut essayer ». Et, à la réflexion, je sais qu'il a essayé. Jeunes ou moins jeunes, belles ou laides, grosses ou filiformes, dès qu'un élément féminin inconnu apparaissait, il fallait qu'il fasse la roue, qu'il use de son charme, qu'il essaie de séduire.

Mary eut une mimique éloquente. Drôle de citoyen, ce Louis Sayze! L'écrivaine poursuivit:

— Vous savez, j'ai connu quelques hommes dans ma vie et je pense, sans forfanterie, être parvenue à analyser leurs fantasmes. Louis était avant tout un affectif, un charmeur. Il avait besoin qu'on l'aime, et, quand il avait obtenu ce qu'il voulait, il considérait sa conquête comme un acquis qu'il gardait pour sa soif; cependant, il ne supportait pas qu'on puisse ne plus l'aimer et encore moins le quitter.

— Et jusqu'où serait-il allé à l'encontre de l'imprudente qui l'aurait laissé tomber?

Comme Angélique ne répondait pas, elle proposa:

— Pas jusqu'au meurtre, tout de même!

Angélique tressaillit :

— Sûrement pas ! D'ailleurs, c'est lui qui est mort, n'est-ce pas ? Mais son insistance aurait pu avoir de cruelles conséquences sur des caractères faibles.

— Que voulez-vous dire ? Qu'il aurait pu les pousser au désespoir ?

— Peut-être, dit Angélique Gouin, songeuse.

— Ce n'était tout de même pas un violeur ?

Elle eut une mimique évasive :

— À ce qu'on m'a dit, parfois c'était limite.

— Et personne ne s'est plaint ?

— À ma connaissance, non.

Après un temps de silence, elle ajouta :

— Ce n'est pas facile, pour une jeune secrétaire, de repousser un patron entreprenant. Il y va souvent de son emploi…

— Il y a la justice, objecta Mary.

— Pff ! fit Angélique Gouin. La justice ! En l'occurrence, c'est la parole d'un homme riche contre celle d'une faible femme. Autant dire, la lutte du pot de terre contre le pot de fer. Louis avait des relations…

— Vous parliez des caractères faibles de certaines de ses conquêtes…

— Oui…

— Vous ne vous comptez pas dans cette catégorie, je suppose.

Le rire en cascade d'Angélique perla :

— Vous supposez bien ! Cependant son assiduité m'a souvent mise en porte-à-faux vis-à-vis de mon ami.

Elle secoua de nouveau l'index devant Mary :

— Et ne me dites pas que ce n'est pas grave ! À mon âge, on ne trouve pas facilement un amant de qualité et je ne peux pas me permettre de penser, comme vous le diriez, chère petite, « Un de perdu, dix de retrouvés ! »

oOo

Justement, se dit Mary Lester en sortant de chez Angélique, j'aimerais bien m'entretenir avec ce fameux Remoulin.

Sitôt dit, sitôt fait, elle appela Passepoil :

— Salut lieutenant, dit-elle enjouée. Rien de nouveau à propos de la recherche que je t'ai demandée ?

Elle entendit la voix saccadée de Passepoil :

— Pour les adresses ? Rien de rien Mary, et pourtant, j'ai fouillé partout.

— Je sais, Albert, mais à l'impossible nul n'est tenu, n'est-ce pas ? Peut-être que cette personne n'a pas mis les pieds à Brest après tout ?

— C'est... c'est probable, dit Passepoil. Ou qu'elle a été hébergée chez des particuliers.

— C'est encore possible, reconnut Mary en songeant « alors là, pour les dénicher... »

— En revanche, poursuivit Passepoil, j'en sais un peu plus sur Charlène Tilleux.

— Envoie, dit Mary intéressée.

Elle entendit Passepoil se racler la gorge.

— En réalité, elle se prénommait Ginette, mais je suppose que, pour être *call-girl*, Charlène faisait mieux.

— Ouais... Ensuite ?

— Elle est née en 1984 à Saint-André-de-Cubzac où son père, petit producteur de vin, exploite quelques hectares de vignes. Montée à Paris en 2003 pour faire les Beaux-Arts, elle a surtout servi de modèle dans diverses académies. En 2005 elle abandonne le milieu artistique pour l'agence *Angel Girls* qui fournit des *escort girls* aux messieurs esseulés dans la capitale.

— Des précisions sur cette agence?

— Très huppée, répondit Passepoil. Clientèle d'hommes politiques et d'hommes d'affaires, voire de truands, tous de haute volée... J'ai regardé les tarifs, dis donc, Mary, c'est pas donné! Ça peut aller jusqu'à 3 000 euros la nuit.

Mary siffla, admirative.

— Dis donc... Il va falloir que tu fasses des économies, Albert!

Elle entendit le prude Passepoil hoqueter à l'autre bout du fil:

— Oh, Mary...

— Je suis sûr que tu as pris l'adresse...

Il récita:

— Rue de la Gaîté, dans le XIVe arrondissement. Mais... Mais ce n'est pas pour ce que vous croyez...

— Tu me rassures, dit-elle.

Elle s'imaginait le pauvre Passepoil tout rouge devant son téléphone.

Rouge ou pas, il poursuivit vaillamment:

— Il semble qu'elle ait eu des relations avec des hommes riches qui l'ont entretenue.

— Dont le fameux Sayze, dit Mary. Quoi d'autre?

— Elle est domiciliée au 17, place Péreire à Paris, dans le XVIIe arrondissement et, semble-t-il, elle voyageait beaucoup.

— Ah...

— J'ai cherché dans les compagnies aériennes, on note de fréquents voyages vers la Suisse et l'Allemagne.

— Bizarre! laissa tomber Mary.

— Peut-être que ses protecteurs résidaient dans ces pays, supposa Passepoil.

— Peut-être, dit Mary, songeuse. Une beauté d'exportation?

Puis elle revint à ses préoccupations immédiates:

— Maintenant il me faudrait les coordonnées d'un certain Bertrand Remoulin qui dirige une agence de publicité à Paris. Je voudrais savoir quelle est cette agence et aussi son adresse. Envoie-moi ça par SMS dès que tu as le renseignement.

Dix minutes plus tard, son iPhone sonnait, signalant l'arrivée d'un message. Elle lut:

Agence Lutèce 96 - rue Héricard, Paris 75015
Créée en 1996 par Bertrand Remoulin

Suivaient les numéros de téléphone, de fax et même l'adresse mail de l'entreprise et son site.

Eh bien voilà, dit-elle satisfaite.

Elle tapa rapidement « merci » à l'adresse de Passepoil et forma le numéro de l'agence. Après trois sonneries, une voix féminine répondit: « *Lutèce 96,* j'écoute ».

— Monsieur Remoulin est-il sur Paris en ce moment? demanda-t-elle.

— Oui, mais actuellement il est en rendez-vous. C'est à quel sujet?

— C'est personnel. Savez-vous s'il sera dans ses bureaux demain?

— Un instant, dit la standardiste, je consulte le planning…

Après quelques instants d'attente elle annonça:

— Monsieur Remoulin n'a pas de déplacements prévus cette semaine. Il sera là jusqu'à vendredi. Puis-je lui laisser un message?

— Non, mentit Mary, je suis une amie, je voudrais lui faire une surprise. Je rappellerai demain... Je vous remercie.

Puis elle forma le numéro de l'aéroport de Guipavas et formula sa demande:

— Je dois faire un aller-retour Brest-Paris demain...

— À quelle heure désirez-vous partir? demanda la voix impersonnelle de la préposée.

— Autour de 8 heures...

— J'ai encore des places à 8h20, arrivée à Orly à 9h35...

— Parfait, dit Mary. Et pour le retour?

— J'ai un départ à 18h55 qui arrive à Brest à 20h05.

— Ça me convient très bien.

Elle donna le numéro de sa carte de crédit de telle manière qu'elle n'ait que ses bagages à enregistrer au guichet de l'aéroport.

Puis elle rentra à son hôtel, dîna et se coucha de bonne heure avec le bouquin que lui avait offert Angélique Gouin. Tout de suite, elle fut captivée par le monde que décrivait cette femme de lettres en devenir qui n'était alors qu'une adolescente. Des personnages forts, comme ce grand-père médecin de marine qui la fascinait et qu'elle exécrait tout à la fois... Et quelles descriptions de la vie de ce pays avec ses non-événements, ses non-dits comme les aventures épiques, gaillardes et paillardes du médecin, ses chevauchées folles au long des grèves! Ces périodes de débauche qu'il appelait ses « neuvaines » pour agacer les bigotes, où il disparaissait pendant une semaine parfois, errant de bouge en bouge sur la côte, dormant dans les granges ou au creux d'un talus pour revenir au logis crotté, puant l'alcool, le tabac et le parfum bon marché, pour la plus grande honte de toute la famille. Et, à côté de cela, un monde confit dans la dévotion... Pas étonnant que presqu'un demi-siècle plus tôt ce bouquin ait senti le souffre. Qui sait si, au siècle précédent, on n'en aurait pas fait un autodafé!

Elle poursuivit sa lecture le lendemain dans l'avion, si bien qu'elle ne sentit pas passer le trajet. Une heure et quart plus tard, comme prévu, après un vol sans histoires, elle mettait le pied sur le sol parisien.

Elle prit alors un taxi qui la mena rapidement dans le XVe arrondissement où elle déjeuna d'un café noir agrémenté de deux croissants à une terrasse de bistrot, au pied de l'immeuble qu'occupait l'agence de publicité de Bertrand Remoulin.

Peu avant onze heures, elle poussait la porte de l'agence.

oOo

L'agence de publicité *Lutèce 96* occupait le premier étage d'un immeuble haussmannien. L'escalier était somptueux, couvert en son milieu d'un chemin de velours rouge sur lequel on aurait vainement cherché un grain de poussière.

Lorsqu'on pénétrait dans les bureaux de l'agence, le style changeait radicalement. Foin du classicisme du reste de l'immeuble, ici, tout était en acier et verre.

Les plantes vertes abondaient et la jeune femme qui occupait la réception se prenait, à tout le moins, pour une star du grand écran.

— Bonjour, dit-elle d'un air affecté. Je peux vous aider?

— Certainement, lança Mary en arborant son plus beau sourire. Je voudrais voir monsieur Remoulin. J'ai téléphoné hier et…

— Ah, c'est vous, fit la fille soudainement méfiante.

Elle consulta l'agenda ouvert sur la table devant elle :

— Quel est votre nom ?

— Lester, Mary Lester.

Le beau front de la réceptionniste se plissa :

— Je ne vois pas votre rendez-vous.

— Et pour cause, dit Mary, sans se départir de son sourire, je n'en ai pas pris.

La réceptionniste la regarda, perplexe, comme si elle se demandait si elle n'avait pas affaire à une folle.

Mary lui montra le téléphone du doigt :

— Appelez donc monsieur Remoulin, suggéra-t-elle, et annoncez-lui ma visite.

La fille hésita, puis, devant l'assurance que manifestait Mary, elle obtempéra.

— Bertrand, fit-elle d'un ton réprobateur, il y a là une jeune personne qui demande à vous voir.

Elle écouta la réponse de son patron, hocha la tête et confirma : « C'est ce que je lui ai dit ».

Puis elle reposa l'appareil sur son support et lança fermement :

— Monsieur Remoulin ne reçoit QUE sur rendez-vous.

— Pff! fit Mary en sortant sa carte qu'elle braqua à vingt centimètres du visage de la réceptionniste. Je voulais faire dans la discrétion, mais puisqu'il ne veut pas comprendre, dites-lui qu'il a rendez-vous avec la Police!

La fille eut soudain l'air épouvanté. Elle réappuya sur un bouton et souffla d'une voix étranglée :

— C'est la Police, Bertrand!

Formidable, pensa Mary, cette carte vaut toutes les clés du monde!

Un quadragénaire long comme un jour sans pain surgit, effaré. Il regarda Mary, puis la secrétaire et demanda à cette dernière:

— Que se passe-t-il, Solange?

— C'est... C'est madame... fit la standardiste embarrassé, en montrant Mary.

De nouveau, celle-ci présenta sa carte:

— Capitaine Lester, Police... Pouvez-vous me consacrer quelques instants, monsieur Remoulin.

— C'est que...

Remoulin, lui aussi, paraissait désemparé.

— Vous avez quelqu'un dans votre bureau?

— Non, mais je travaille à un projet qui ne peut pas attendre...

— Il attendra bien quelques minutes, coupa Mary en le prenant par le coude. Montrez-moi le chemin.

Subjugué par tant de désinvolture, le publicitaire obéit. Ils passèrent devant des bureaux où des hommes et des femmes étaient penchés sur des ordinateurs comportant des tablettes graphiques, des maquettes de prospectus qu'ils comparaient et commentaient gravement.

Le bureau du patron était au fond de l'atelier. Il invita Mary à entrer et referma soigneusement la porte derrière lui.

— Que se passe-t-il? demanda-t-il inquiet.

Elle le rassura:

— Je vais tout vous expliquer, monsieur Remoulin. Vous permettez?

Elle s'assit d'autorité dans un fauteuil.

— C'est que je viens de loin pour vous voir, monsieur.

— Ah, fit-il en s'asseyant à son tour derrière son bureau.

Il paraissait non pas effrayé, mais vaguement ennuyé.

— De Brest, dit-elle. Oh, ce n'est pas tellement loin, finalement. Une heure et quart d'avion... Mais je crois que vous connaissez bien ce trajet.

Il parut soudain plus alarmé et se redressa à demi en s'appuyant sur son sous-main.

— Que se passe-t-il ? Angélique ?

Voilà, on entrait au cœur du sujet.

— Angélique va très bien ! assura Mary. Maintenant, si je vous dis Louis Sayze, qu'est-ce que ça évoque pour vous ? Bien évidemment, je ne parle pas du roi qui fut décapité, mais d'un Louis Sayze contemporain.

Remoulin répondit sans hésiter :

— Eh bien, je pense que c'est un ancien ami de Angélique.

— Ouais... Où étiez-vous dans la nuit du dimanche au lundi 7 février dernier, monsieur Remoulin ?

La question sembla prendre le publicitaire de court.

— Mais...

— N'inventez pas, lui dit-elle durement.

Offensé, il protesta :

— Que voulez-vous que j'invente ?

Il ouvrit son agenda, tourna les pages et le fit pivoter vers Mary :

— Voilà où j'étais, dit-il.

Elle lut : à 20 heures, dîner avec Charbonneaux à *La Tour d'Argent*.

Elle le regarda, méfiante :

— Qui est ce Charbonneaux?
— Vous ne connaissez pas Charbonneaux?

Il paraissait parfaitement stupéfait de voir que cette jeune dame ne connaissait pas Charbonneaux.

— Eh non, je ne connais pas Charbonneaux, dit-elle avec humeur. Je devrais?

Remoulin prit le parti de rire:

— Voilà un rappel à la modestie… Un rappel qui montre les limites de notre métier! Depuis un mois des spots publicitaires passent tous les soirs après le vingt-heures pour vanter les volailles Charbonneaux. Vous ne regardez donc jamais la télé?

— Ça m'arrive, concéda-t-elle, mais mes volailles à moi proviennent du marché de mon quartier. Une petite fermière qui les élève au grain me les fournit. Excusez-moi, je ne consacre pas beaucoup de temps à contempler vos merveilleuses créations. Et que fêtait-il, ce Charbonneaux?

— Tout simplement une augmentation de 30 % de son chiffre d'affaires due à notre campagne de publicité.

Il ajouta:

— Et cette petite fête était présidée par le ministre de l'Industrie et du Commerce en personne.

— Alors là, je m'incline, dit Mary. J'étais persuadée que vous aviez passé le week-end à Kerpol.

— J'y vais fréquemment, concéda le publicitaire, mais ce week-end-là je n'y étais pas. Mais… Que s'est-il passé à Kerpol pour que vous preniez la peine de venir m'interroger à Paris?

Chapitre 12

Il avait posé cette question avec tant de détachement que Mary le regarda avec stupéfaction:

— Ne me dites pas que vous l'ignorez!

Ce fut au publicitaire d'arborer un visage surpris:

— Que j'ignore quoi?

— Le double meurtre de Kerpol! Vous ne lisez donc pas les journaux?

— Pas plus que vous regardez la télévision!

— Touchée, dit Mary.

— Qui est mort? Quelqu'un que je connais?

— Vous venez de me dire que, à défaut de le connaître, vous en aviez entendu parler.

Elle regarda le publicitaire dans les yeux:

— Sayze, prénom Louis, une relation de votre amie Jeanne Albert...

Une drôle de lueur passa dans les yeux bleus de Bertrand Remoulin. Il répéta machinalement:

— Louis Sayze, mort?

La question sonnait drôlement: on entendait « Louis seize est mort? »

— On ne peut plus mort, confirma Mary Lester. Il n'a pas perdu la tête comme son célèbre presque homonyme... Non, plus simplement, il a reçu une balle en plein cœur.

Elle hocha la tête tristement :

— Du 9 mm... À cet endroit, on s'en relève rarement.

— Mon Dieu! fit le publicitaire une main devant la bouche.

Puis il demanda :

— Vous avez parlé d'une seconde victime... Il ne s'agit pas...

— De Jeanne Albert? Non, ne vous inquiétez pas, votre amie se porte comme un charme. Cependant...

Le front du publicitaire se plissa :

— Cependant quoi?

— Cependant, je m'étonne qu'elle ne vous ait pas parlé de ce crime.

Bertrand Remoulin se leva et fit quelques pas sur le parquet de chêne posé à l'ancienne un siècle plus tôt et magnifiquement rénové.

Son front s'était plissé, il paraissait ennuyé.

— Pour tout vous dire, avoua-t-il, nous nous sommes disputés et elle ne m'a pas rappelé de la semaine.

— Vous vous êtes disputés à quel sujet, si je puis me permettre?

— Eh bien Jeanne avait décidé que nous passerions le week-end ensemble et il y avait cette invitation de Charbonneaux à laquelle je ne pouvais, ni ne voulais me dérober.

— Alors elle a mal pris votre refus?

— C'est le moins qu'on puisse dire, fit-il d'un air pincé.

Remoulin devait mesurer plus d'un mètre quatre-vingt-dix, et sa minceur accentuait encore sa haute taille. Il portait avec beaucoup d'élégance et d'aisance un complet de velours noir finement côtelé sur un pull blanc ras du cou. Ses Churchs noires, parfaitement cirées, luisaient dans l'ombre.

À vue de nez, s'il avait dépassé la quarantaine, ce n'était pas depuis longtemps.

Un beau mec, se dit Mary, un sacré beau mec. Et cette chipie d'Angélique Gouin s'était bien gardée de lui révéler que son amant avait presque l'âge d'être son fils. Elle se demanda ce qui poussait ce type à fréquenter intimement une dame de l'âge d'Angélique.

Avec un pareil physique, une telle situation, il devait avoir toutes les filles qu'il voulait.

En attendant, le beau mec paraissait bien embarrassé:

— Écoutez, capitaine, dit-il en montrant le dossier qui était posé sur son sous-main, j'ai vraiment un dossier très urgent à traiter...

Il regarda sa montre:

— Je pense pouvoir l'expédier en une heure, c'est-à-dire pour midi. Nous pourrions peut-être poursuivre cette conversation en déjeunant? À moins que vous n'ayez pris d'autres dispositions?

— Non, dit Mary. Ça me va très bien. Où nous retrouverons-nous?

— Il y a, au coin de la rue, un bistrot où j'ai mes habitudes. Ça s'appelle *Le Pied de Porc*, mais rassurez-vous, on n'y sert pas que du porc!

Elle le rassura:

— Ma religion ne m'interdit pas le porc... On dit à partir de midi?

— Oui. Si vous êtes fatiguée, vous pouvez aller vous asseoir dans la salle d'attente.

— Non, dit-elle, je vais aller prendre un peu l'air de Paris.

Elle n'alla pas très loin. *Le Pied de Porc* offrait une confortable terrasse abritée sous une véranda. Elle s'y installa et commanda un café. Puis elle prit son téléphone et forma le numéro de Passepoil.

— Albert? C'est encore moi, Mary…

Elle entendit la voix éperdue de Passepoil:

— Ah, Mary, le patron te cherche…

— Il n'avait qu'à me téléphoner, dit-elle. Qu'est-ce qu'il y a de cassé encore?

— Je… Je… Je ne sais pas!

— Bon, fit-elle contrariée, en attendant, trouve-moi l'adresse personnelle de Louis Sayze à Paris. Il est possible qu'il soit en liste rouge et que son nom ne soit pas à l'annuaire, mais débrouille-toi. Passe par sa société s'il faut et communique-moi tous ces renseignements par SMS.

Elle hésita et rajouta:

— Est-ce que tu pourrais avoir accès aux travaux du laboratoire scientifique de la gendarmerie?

— Ça doit pouvoir se faire, dit Passepoil d'un air détaché.

— Peux-tu essayer de trouver tout ce qui concerne le double meurtre de Kerpol?

— Pas de problème, Mary, dit Passepoil.

Il vénérait Mary Lester et, pour elle, il y aurait passé la nuit s'il l'avait fallu.

Elle le remercia et raccrocha. Puis elle consulta sa messagerie et constata que le commissaire l'avait appelée quatre fois. Elle se rappela soudain qu'elle avait mis son téléphone en mode silencieux dans l'avion et qu'elle avait oublié de le réactiver.

« Je vais me faire sonner les cloches! » pensa-t-elle. En effet, lorsqu'elle eut le commissaire, il était à cran.

— Mais qu'est-ce que vous foutez, Lester?

Oh, oh! Il l'appelait Lester, ça ne présageait rien de bon et quand il devenait grossier, c'était carrément avis de tempête.

L'attaque étant la meilleure des défenses, elle regimba d'un ton rogue:

— Comment ça, qu'est-ce que je fous? Vous croyez que je me les roule? Non monsieur, je poursuis l'enquête dont vous m'avez chargée!

Quand il l'appelait Lester, elle lui donnait du « Monsieur », ce qui ne l'enchantait pas.

Il persifla:

— Et le fait que vous poursuiviez votre enquête implique que vous ne répondiez pas au téléphone?

— Tout à fait, patron...

Fabien en resta interdit mais il nota qu'elle était revenue au « patron », ce qu'il préférait. Néanmoins il manifesta son mécontentement:

— Comment ça... Vous vous moquez?

Elle protesta:

— Loin de moi cette idée! Mais dans les transports en commun, je coupe toujours la sonnerie. Et puis j'ai oublié de la rebrancher.

Le patron s'emporta:

— Dans les transports en commun? Vous avez besoin de prendre les transports en commun à Kerpol? Votre voiture neuve est déjà en panne?

— Pas du tout, elle marche merveilleusement bien. Tenez, je vous la ferai essayer.

Elle l'entendit gronder:

— Il s'agit bien de cela! Je croyais que vous alliez à Brest...

— Que de questions, patron! Je vais essayer d'y

répondre dans l'ordre: non il n'y a pas le métro à Kerpol, oui je suis allée à Brest... À Guipavas[1], exactement, et j'ai pris l'avion.

— L'avion? Mais où êtes-vous?

— À Paris...

Cette fois le patron en resta sans voix. Puis sa rogne remonta comme un tsunami:

— À Paris? Mais qu'est-ce que vous avez à faire à Paris?

— Comme je vous l'ai déjà dit, je poursuis mon enquête!

— Vous aviez besoin d'aller à Paris pour cela?

— Avec tout le respect que je vous dois, patron, c'est à moi d'en juger. N'oubliez pas que les deux victimes habitaient Paris...

— Je ne l'oublie pas, mademoiselle Lester!

Aïe, c'était mademoiselle Lester, à présent. Ça ne s'arrangeait pas!

— Et vous avez pris l'avion!

— Vous ne comptiez tout de même pas que m'y rende en stop?

Le commissaire laissa libre cours à sa colère:

— Si vous pensez que je vais prendre vos billets d'avion en notes de frais... Avant d'engager de telles dépenses, il serait peut-être bon d'en référer à votre direction, jeune fille!

L'animosité doit être communicative, car elle gagna immédiatement la jeune fille en question.

— C'est un comble, dit-elle, j'avance cinq cents euros et vous ne me rembourseriez pas? Eh bien, j'enverrai la note au conseiller Mervent!

Il y eut un blanc sur la ligne.

---

1. *À Guipavas se situe l'aéroport de Brest.*

Le commissaire Fabien n'aimait pas du tout que Mary évoque cet énarque qui l'avait remplacé un temps à Quimper et qui, à la suite d'intrigues habilement menées, était parvenu au poste envié et très influent de conseiller particulier du Président de la République.

Or, le conseiller Mervent avait Mary Lester à la bonne. En son temps, elle lui avait rendu un fier service qui lui avait servi à booster sa carrière[1] et, depuis, il ne manquait pas de faire appel à ses talents d'enquêtrice dans des cas difficiles. Le commissaire Fabien savait pertinemment que Mary détenait des ordres de la stratosphère et que cela lui passait largement au-dessus de la tête. Ce conseiller Mervent, par exemple…

Du coup, le ton du commissaire Fabien s'adoucit :
— On verra ça, dit-il.

Néanmoins, il mit en garde son enquêtrice :
— Je vous connais, Mary Lester…

Elle persifla :
— Si vous ne me connaissiez pas, vous ne m'auriez pas désignée pour m'occuper de cette affaire pourrie ! Car, sauf votre respect, c'est une affaire pourrie, patron. Les gendarmes ont raflé tout ce qu'il y avait d'intéressant. Pour qui veut-on me faire passer ?

Le commissaire se rebiffa :
— Laissez votre orgueil de côté et n'allez pas m'attribuer la responsabilité de cette désignation ! Vous savez bien que c'est votre excellent ami Mervent qui a requis votre présence !

Elle bougonna :
— Mervent… Mervent… J'ai plutôt l'impression

---

1. *Voir :* Ça ira mieux demain.

que c'est cette sale petite garce de Marion Bélier qui a intrigué pour m'envoyer au casse-pipe.

— Calmez-vous mon petit, recommanda Fabien, il s'agit d'un chef de cabinet du ministre des Affaires étrangères, tout de même.

Elle exhala sa mauvaise humeur :

— Vous parlez si je m'en tape ! Qui, dans six mois, se souviendra encore que ce monsieur a été Ministre ?

Fabien la reprit sévèrement :

— Peut-être, mais il est probable que madame Bélier sera toujours aux Affaires étrangères.

— Grand bien lui fasse ! gronda Mary.

— Et... Et... poursuivit le commissaire.

— Et quoi encore ?

— Et surtout ne vous croyez pas obligée de parler comme Fortin !

Elle se rebiffa, non moins sèchement :

— L'essentiel est que je me fasse comprendre ! Et, comme vous êtes mon chef, je considère que vous êtes responsable de cette désignation.

Fabien protesta :

— Vous savez aussi bien que moi d'où viennent les ordres !

Elle persista avec la plus parfaite mauvaise foi :

— Et après ? Vous les avez cautionnés !

— D'accord, mais ce que je n'ai pas cautionné, c'est le fait que vous alliez vous mêler d'une affaire d'espionnage industriel qui est traitée au plus haut niveau par des spécialistes de la DST. Je vous préviens, si vous vous embarquez là-dedans, je ne lèverai pas le petit doigt pour vous tirer d'affaire.

— Je n'en doute pas, marmonna-t-elle.

Fabien monta sur ses grands chevaux :

— Et puis, ça suffit! Si vous voulez être dessaisie de cette affaire, faites-vous porter pâle!

— Tiens, c'est vous qui causez comme Fortin, fit-elle remarquer. Beau conseil que voilà! Vous m'incitez à tirer au flanc à présent?

Fabien faillit s'étrangler:

— Pas... Pas du tout!

— Ah bon, vous me rassurez! J'avais cru... Enfin, est-ce que c'est mon genre, patron?

Fabien ne répondit pas.

— Cette garce de Marion Bélier serait trop heureuse d'apprendre que je me suis dégonflée, dit-elle.

Puis elle ajouta:

— Je me contrefiche de cette histoire d'espionnage industriel. Ma mission est de trouver le ou les meurtriers de Louis Sayze et de Charlène Tilleux. C'est à cela que j'apporte tous mes soins.

Elle savait que le patron, que certains surnommaient « vieille France » pour cette élégance surannée qu'il cultivait ostensiblement, était sensible à la formulation des choses. « C'est à cela que j'apporte tous mes soins » avait dû sonner agréablement à ses oreilles.

Elle lui rappela cependant:

— N'oubliez pas que moi aussi je suis couverte au plus haut niveau... D'ailleurs, j'envisageais d'aller saluer Ludovic à l'Élysée, mais comme je repars pour Brest à 18h55, je ne sais pas si j'aurai le temps.

Elle savait combien elle l'exaspérait lorsqu'elle appelait le conseiller de la présidence par son prénom.

— Au fait, qu'aviez-vous à me dire de si urgent?

Le commissaire bredouilla:

— J'avais à vous dire, j'avais à vous dire... J'avais

à vous dire que j'aimerais tout de même être tenu au courant, lui rappela le commissaire.

— Au courant de quoi ?

— Au courant de l'évolution de l'enquête.

— Je comprends mieux, dit-elle, mais il n'y avait pas d'évolution jusqu'à ce jour…

— Et maintenant ?

— Ce serait trop long de vous l'expliquer par téléphone, mais je me proposais d'être à votre bureau demain dans la matinée pour vous faire un compte rendu de mes investigations et aussi pour vous demander quelques conseils.

C'était une phrase de nature à radoucir l'humeur chagrine du commissaire. On allait lui demander des conseils !

— Cependant, ajouta-t-elle, il faudra que je sois de retour à Brest en début d'après-midi. Vous savez, j'ai une incinération…

— Bon, ça va, grommela le commissaire, à demain !

Midi sonna au clocher d'une invisible église et la circulation commença à s'intensifier sur le boulevard. Les trottoirs se peuplaient d'employés pressés d'aller casser la croûte et Mary aperçut la haute silhouette de Bertrand Remoulin. Il était temps, elle commençait à avoir un petit creux à l'estomac.

Sans qu'il s'en aperçût, elle braqua son iPhone sur le publicitaire et la prit en photo.

L'établissement s'était rempli mais Bertrand Remoulin, en habitué, disposait d'une table réservée. Les conversations allaient bon train, formant un fond sonore et la direction avait eu le bon goût de ne pas mettre de musique d'ambiance.

Le patron du bistrot, que Remoulin appelait familièrement Fernand, les plaça dans une petite stalle de bois sombre, sur des sièges garnis de molesquine rouge.

Puis il sortit son carnet de commandes et annonça le programme :

— Aujourd'hui, nous avons en plat du jour une salade Saint-Flour.

Et il précisa pour Mary :

— C'est une salade de laitues agrémentée de boudin noir grillé, servi avec une compote de pommes et des pommes de terre à l'huile et à l'ail.

— Parfait, dit Mary.

— Et en entrée ? s'enquit l'aimable commerçant.

— Vous avez de l'avocat aux crevettes ? demanda le publicitaire.

— Toujours, monsieur Bertrand.

Il lança un clin d'œil complice :

— On ne change pas une formule qui gagne !

Le publicitaire interrogea Mary du regard :

— Deux ?

Elle hocha la tête :

— Deux !

— Un apéritif ? proposa Fernand.

Mary déclina l'offre et Fernand parut le regretter :

— Même pas de vin ?

Quatre mots qui sonnaient comme un reproche.

Elle consulta le publicitaire :

— Vous prenez du vin ?

— Un verre de Saumur-Champigny.

Il sourit, ce qui permit à Mary d'admirer ses belles dents blanches :

— C'est la dose que je m'accorde à midi.

— Eh bien, la même chose, dit Mary, avec une bouteille d'eau plate s'il vous plaît.

— Vous ne pensez pas qu'on est aussi bien ici pour parler? demanda Bertrand Remoulin.

— Certes si! D'autant que j'avais quelques questions très personnelles à vous poser.

— À propos de ma relation avec Jeanne Albert, je suppose…

— Entre autres…

— Je sens que vous allez vous étonner de la différence d'âge qu'il y a entre Jeanne et moi.

— Je pourrais m'en étonner, mais pas m'en offusquer, si vous voyez ce que je veux dire. Si vous y trouvez votre compte l'un et l'autre…

Elle écarta les mains d'un air de dire, « c'est votre affaire ».

Remoulin hocha la tête, comme pour manifester sa satisfaction d'avoir affaire à une policière compréhensive.

Il dit, en baissant les yeux:

— Vous l'avez vu, j'occupe une position qui offre énormément de possibilités de rencontres.

Comme c'était pudiquement exprimé! En employant une formule plus poétique, les Chinois auraient dit qu'il n'avait qu'à tendre la main pour choisir la plus belle des mille fleurs qui bordaient son chemin.

Manque de pot - ou manque de goût? - celle qu'il avait cueillie commençait à être un peu fanée.

Fernand déposa devant eux deux coupes où le rose des crevettes parvenait à s'harmoniser avec le vert tendre de l'avocat coupé en petits dés. Puis il versa le vin, d'un beau rouge, dans des verres à pied et s'en retourna sur un sonore « Bon appétit m'sieur dames! »

Bertrand prit son verre, le leva devant ses yeux et dit: « à votre bonne santé » et Mary répondit, comme il se doit: « à la vôtre ». Puis elle but une gorgée et reposa son verre.

Bertrand remarqua:

— Je n'imaginais pas qu'un interrogatoire de Police pouvait se passer ainsi.

Mary répondit du tac au tac:

— C'est qu'il y a plusieurs manières de se mettre à table, cher monsieur, et j'ai pour principe de toujours choisir la plus plaisante.

Elle ajouta:

— Cependant, je dois avouer que j'ai rarement mené un entretien - car ce n'est pas un interrogatoire - aussi agréablement qu'aujourd'hui.

Et elle dit en confidence:

— À l'hôtel de Police, la table laisse souvent à désirer.

Il rit:

— Je veux bien vous croire.

Puis il demanda:

— Avant que je me mette à table, comme vous dites, je peux vous poser une question?

— Allez-y, dit-elle en souriant. J'ai la réponse toute prête.

— Ah...

— Oui, je pourrais même la poser à votre place.

Il la mit au défi:

— Faites donc!

— Qu'est-ce qu'une jolie fille comme vous fait dans la Police?

Elle commenta :
— Voyez, je ne fais pas la modeste. Est-ce bien cela que vous vouliez me demander ?
— Tout à fait, admit Remoulin.
Et il admira :
— Quelle perspicacité !
— C'est nécessaire dans ma profession…
— Quoi donc ?
— La perspicacité !
Il prit un air penaud :
— Évidemment…
— Pour tout vous dire, j'ai fait mon droit, obtenu mon CAPA[1] récemment, mais plutôt que de défendre les voyous, j'ai choisi de les emprisonner.
— Comment expliquez-vous ce choix ?
Elle soupira :
— Il y aurait cent raisons, plus ou moins bonnes d'ailleurs, mais je ne vais pas les développer ici. Si je devais n'en retenir qu'une, je dirais que ça tient à mon esprit de contradiction.
Remoulin leva l'index :
— Voilà qui mérite d'être explicité.
— Eh bien explicitons ! En deux mots, tant qu'à faire mon droit, mon père aurait aimé que j'exerce une profession libérale ou, pour le moins, que j'épouse un avocat.
Elle eut une mimique malicieuse de gosse ravie d'avoir joué un bon tour :
— J'ai choisi la Police…
Bertrand sourit :
— Jusqu'à présent, ça ne m'éclaire pas.
— J'y viens, dit Mary. Voilà, j'adore mon père,

---

1. *Certificat d'Aptitude à la Profession d'Avocat.*

mais je lui ressemble probablement trop, si bien que nous avons toujours des relations tumultueuses. Il me voyait bien en « femme du barreau » et il se voyait bien en grand-père d'une marmaille avec quelques moussaillons auxquels il aurait appris à naviguer, car il faut que je vous le précise, mon père est marin.

— Marin-pêcheur?

Elle rit:

— Non, le marin-pêcheur, c'était mon grand-père. Mon père, lui, naviguait au commerce. Il commandait un porte-containers. Maintenant il est en retraite.

— Ça ne s'est donc pas passé selon ses vœux?

Elle éclata de rire:

— Comme vous le voyez! Je suis célibataire, capitaine de Police et, aux dires de mon patron, j'ai le chic pour me fourrer dans des situations plus ou moins périlleuses.

Elle précisa:

— Bien entendu, la situation d'aujourd'hui ne me paraît pas particulièrement dangereuse, à moins que cette taverne ne serve des nourritures frelatées…

— Soyez tranquille à ce propos, fit Remoulin.

— Je vous fais confiance, dit Mary. Vous voyez, la profession peut aussi réserver des moments agréables.

Elle caressa du bout des doigts la boursouflure qu'une balle avait provoquée dans son cuir chevelu. Cette nuit-là, il s'en était fallu de peu…[1] Cependant elle n'en parla pas au publicitaire, pas plus qu'elle n'évoqua la rangée de petites cicatrices livides que les dents du molosse de Dietz avaient imprimées sur son avant-bras[2]. Cette nuit-là aussi, si Fortin n'était

---

1. *Voir :* Le passager de la Toussaint.
2. *Voir :* La cité des Dogues.

pas intervenu, elle aurait terminé comme les autres victimes du dément dans un bac plein de chaux vive.

Elle en frissonna et Bertrand s'en aperçut:

— À quoi pensez-vous? demanda-t-il.

Elle prit le parti de rire, d'un rire qui devait sonner un peu faux car de nouveau une idée saugrenue venait de lui passer par la tête pendant qu'elle dégustait son hors-d'œuvre.

Elle s'efforça de répondre légèrement: « Les seuls avocats que j'apprécie sont en salade, agrémentés de crevettes et nappés d'une sauce au vinaigre balsamique »...

Ça valait ce que ça valait, mais Remoulin eut le bon goût de ne pas insister.

— Je les préfère aux autres, moi aussi, dit-il.

Puis il s'enquit:

— Vous aviez des avocats dans votre famille?

Elle s'étonna:

— Quelle question? Vous pensez que c'est une charge héréditaire?

— Non... Je disais cela comme ça... Il y a parfois des traditions familiales...

— Alors, vous, votre père était publicitaire?

Cette fois ce fut lui qui rit:

— Non!

— Qu'est-ce qui vous fait rire?

— Il était avocat!

Elle rit à son tour.

Remoulin constata:

— Nous avons donc en commun d'avoir fait le désespoir de nos parents.

— Eh oui, dit Mary.

— Je suppose, poursuivit Remoulin, que les rapports que vous entretenez avec votre hiérarchie ne sont pas toujours au beau fixe.

— Qu'est-ce qui vous laisse croire ça?

— Je ne sais pas. Vos propos pleins de fantaisie… Je vous imagine mal vous couler dans le carcan d'une administration.

— Bof, fit-elle avec désinvolture, on peut toujours assouplir les carcans les plus rigides. Mon patron est un second père pour moi. Je l'agace souvent, je l'exaspère même parfois, mais, comme je le lui ai fait remarquer, la fin justifie les moyens.

Elle prit son verre et but une gorgée de vin.

— Hum… Excellent!

Puis elle ajouta:

— En rentrant, je vais me faire allumer parce que je suis venue vous interroger à Paris.

Le publicitaire avait, lui aussi, bu une gorgée de vin. Il posa son verre, tapota délicatement ses lèvres de sa serviette et s'étonna:

— Allumer?

— Engueuler, si vous préférez.

— Ah bon, pourquoi?

Mary sourit:

— Voyez-vous mon cher monsieur Remoulin, si j'avais été un bon fonctionnaire de Police respectueux de la procédure, je vous aurais adressé une convocation par le biais du commissariat de votre quartier. Un gardien aurait alors été commis pour vous la remettre et vous auriez été contraint de prendre l'avion, de retourner en Bretagne, d'attendre qu'on vous reçoive et qu'on enregistre votre déposition… En bref, ça aurait pris huit jours, ça aurait dérangé tout le monde, tandis que là, avec l'avion de 8 heures à Brest, je suis là à 10 heures, à midi nous déjeunons ensemble et vous répondez à mes questions et, toujours par la grâce de l'avion, je suis chez moi à 22 heures ce soir. Quelle économie de temps, n'est-ce pas?

Il se mit à rire de bon cœur :

— Vous êtes vraiment une jeune personne très dynamique!

— Ouais, fit-elle. Certains disent même « trop dynamique ». J'ajoute qu'un vrai fonctionnaire de Police n'aurait pas accepté de déjeuner avec vous, il ne vous aurait pas donné du « cher monsieur Remoulin » et il se serait cru obligé d'être désagréable.

Bertrand affecta un air effrayé :

— Je l'ai échappé belle!

— Plus que vous ne le croyez! Mais passons aux choses sérieuses : comme j'ai répondu de bon gré à vos questions, j'espère que vous ferez de même pour celles que je vais vous poser.

— Voyons voir, fit Remoulin sur la réserve.

— Votre amie Jeanne Albert m'a dit que vous passiez tous vos week-ends à Kerpol...

— Tous, c'est beaucoup dire, fit Remoulin, mais il est vrai que je me plais bien dans ce pays âpre et sauvage qu'elle m'a fait découvrir. C'est un vrai bain de jouvence lorsque je m'y rends. On y trouve une nature à l'état originel, pas encore gâchée par le béton. Pour moi, en bon Parisien habitué à la Côte d'Azur, ça a été un drôle d'électrochoc! Il y a les lumières, douces, puis fauves, contrastées, les senteurs de mer, de varech et de campagne tout à la fois. Quel mélange étonnant!

— Vous n'avez pas rencontré Jeanne Albert sur la Côte d'Azur, tout de même!

— Non, plus banalement comme on se rencontre à Paris : à un vernissage, à une réception chez des amis communs. On s'aperçoit, on se remarque, on échange de menus propos...

Il leva les deux mains :

— Et puis on est séduit...

Il laissa passer un temps de silence et ajouta :

— Voyez-vous, j'ai eu ma période chien fou, où je cavalais beaucoup. Je changeais de partenaire tous les quinze jours ou tous les mois mais l'âge venant, je me suis aperçu que cette manière de vivre était d'une vacuité effrayante. Jeanne est entrée dans ma vie à ce moment-là, à la suite d'une conversation passionnante lors d'un dîner en ville où je pensais me barber comme on ne se barbe qu'en ces lieux et dans ces circonstances. Elle m'a invité à prendre un verre chez elle afin de poursuivre l'échange, et puis...

Il leva les yeux au plafond :

— Vous devinez la suite...

Il ferma les yeux, comme pour mieux revivre ces instants et dit avec ferveur :

— C'est une femme extraordinaire, vous savez !

Mary abonda dans son sens :

— J'en suis tout à fait convaincue !

Remoulin la regarda fixement :

— Mais pourquoi est-ce que je vous raconte tout ça, moi ?

— Pour que je comprenne. Il est très important que je comprenne, Bertrand... Au fait, ça ne vous choque pas que je vous appelle Bertrand ?

Il sourit :

— Pas le moins du monde. Mais ce qui m'étonne, c'est que je vous connais depuis deux heures, et voilà que je vous raconte ma vie. Vous avez un truc pour faire parler les gens, ou quoi? Il n'y a pas un de mes amis auquel j'en aie dit autant à propos de ma relation avec Jeanne. Et avec vous, qui êtes flic…

Mary le rassura:

— Quoi qu'il en soit, tout ce que vous me direz et qui ne touche pas à l'enquête ne sortira pas d'ici.

Il eut alors un geste désinvolte:

— Et puis, je m'en fous! Tiens, je suis un peu avec vous comme je l'étais avec Jeanne tout au début.

Elle crut sentir comme le début d'une offensive de charme et, comme elle se sentait vulnérable, elle se mit sur la défensive.

— Tout doux! Bien que je ne sois pas mariée, j'ai un ami et je n'entends pas en avoir deux à la fois.

— Je vous suis parfaitement sur ce plan, dit Remoulin, malheureusement…

Tout d'un coup il parut tourmenté. Ses longs doigts d'artiste - on aurait dit le moulage de la main de Chopin, pensa Mary - trituraient nerveusement une boulette de mie de pain. Mary attendait la suite.

— Malheureusement, redit-il, tout le monde n'est pas comme vous.

— Vous voulez parler de votre amie?

— Ouais! Depuis quelque temps…

Ça avait du mal à sortir. Mary l'aida:

— Depuis quelque temps, Jeanne avait retrouvé une de ses relations de jeunesse.

Il hocha la tête sans mot dire, comme si cette évocation lui était douloureuse.

— Ce qui nous amène à Louis Sayze, ajouta Mary.

Et Bertrand Remoulin redit brièvement, d'une voix étranglée:

— Oui...

Mary demanda abruptement :

— Vous pensez qu'ils étaient redevenus amants ?

La formulation quelque peu brutale de la question parut le désarçonner. Jusqu'alors cette policière s'était montrée si courtoise...

Déboussolé, il balbutia :

— Je... Je ne sais pas...

Finalement, ce grand gaillard était surtout un grand sensible.

Et là, Mary eut un flash : mais si, il savait bien, son hésitation le trahissait ! Cette insatiable sexagénaire prenait un malin plaisir à bousculer les codes établis : d'abord elle prenait un amant qui avait l'âge d'être son fils, puis elle renouait avec un vieil amant, trompant sans états d'âme le jeune avec le vieux !

— Comment avez-vous su qu'elle avait renoué avec ce monsieur Sayze ? Vous vous êtes douté de quelque chose, vous avez cherché à savoir ?

— Pas du tout, c'est elle qui me l'a dit !

— Vraiment ? dit Mary surprise.

Il la regarda dans les yeux, comme pour l'assurer qu'il ne mentait pas.

— Vraiment !

— Vous ne lui avez pas posé de question ?

Bertrand secoua la tête négativement :

— Non. Je ne sais à quelle motivation elle a obéi en m'en faisant part. Elle a voulu me faire croire que c'était par honnêteté.

— Vous l'avez crue ?

— J'aurais voulu la croire...

Il avoua avec agacement :

— Je ne comprends rien aux femmes... Peut-être

doutait-elle de mon attachement à son égard et voulait-elle me rendre jaloux ?

— Et ça vous a rendu jaloux ?

Il secoua lentement la tête :

— Je ne sais pas si c'est le mot qui convient. Je dirais plutôt que ça m'a rendu profondément malheureux.

Il leva sur elle des yeux de cocker battu.

— Je redoute que cet aveu ne cache une sorte de perversité.

Mary trouvait qu'il exagérait peut-être un tout petit peu :

— Vous lui prêtez de bien noirs desseins !

Il reconnut :

— Oui, le mot perversité est trop fort, probablement. Je dirais plutôt une sorte de plaisir trouble à tester mon attachement, pour savoir jusqu'où elle peut aller.

— Ça pourrait être un jeu dangereux, dit Mary, à trop tirer sur l'élastique, il arrive parfois qu'il vous claque au nez.

Bertrand ne répondit pas. Visiblement, il n'en était pas encore au point de rupture.

— Puisqu'on fait de la psychologie de comptoir, dit Mary, je verrais plutôt dans cette attitude une coquetterie de jolie femme vieillissante, fière de montrer à son jeune amant qu'elle peut encore plaire, qu'elle peut encore séduire.

Remoulin dit d'un ton las :

— Elle n'a rien à prouver de ce côté-là, elle séduit tous ceux qu'elle approche.

Et Mary pensa : « Ça c'est ton point de vue d'amoureux transi, mon petit bonhomme ». Comme lui avait dit Jeanne Albert, à son âge on ne pouvait pas dire « un de perdu, dix de retrouvés! »

Après un temps de réflexion, Bertrand précisa :

— Elle les séduit ou elle les exaspère. Il n'y a pas de juste milieu. Une chose est sûre, homme ou femme, elle ne laisse personne indifférent.

Il fixa Mary dans les yeux :

— Je suppose que vous avez ressenti ce… comment dire… fluide qui émane d'elle?

Mary reconnut :

— En effet. Et je dois dire que j'ai été de ceux qu'elle a séduits.

Le publicitaire abonda :

— Je vous l'ai dit, Jeanne est formidablement intelligente. Elle a un flair infaillible pour déceler les points faibles chez ses interlocuteurs et elle s'entend comme personne à les mener par le bout du nez. Son sens de la répartie est redoutable et redouté, elle a un don pour mettre les rieurs de son côté et pour ridiculiser qui ose l'affronter. Il suffit de voir comme les présentateurs d'émissions littéraires la ménagent à la télé.

— N'êtes-vous pas en train de me décrire un comportement de manipulatrice?

Après un temps de silence, Remoulin laissa tomber :

— Je me suis souvent posé la question.

— Et vous n'avez pas eu de réponse?

— Non…

Il sourit :

— Elle sait y faire…

Mary, qui était bien de cet avis, changea de sujet :

— Ce retour de l'ami de jeunesse date de longtemps?

— D'un petit moment, oui. Elle m'a d'abord annoncé qu'elle avait rencontré fortuitement un de ses ex au cours d'une signature, ce qui ne m'a pas alarmé outre mesure. Puis elle l'a revu, ils ont déjeuné ensemble de plus en plus régulièrement. Elle me faisait part de ses tentatives pour la reconquérir, de leurs disputes, des clashs, comme elle disait, car leur relation était plutôt tumultueuse... Comme elle ne lui répondait plus au téléphone, il l'avait inondée de mails auxquels elle avait fini par répondre. Puis elle avait accepté un nouveau rendez-vous pour rompre définitivement, à ce qu'elle disait. Mais au lieu de rompre, elle l'avait trouvé « craquant »... Je répète ses mots car je sais ce qu'ils signifient dans sa bouche et je sais aussi à quoi ils mènent...

Il paraissait tout d'un coup totalement dépité. Sa bouche bien dessinée avait pris un pli amer ; il soupira, vida son verre de vin et le reposa sur la table avant de continuer :

— Enfin, elle m'a dit qu'il devenait vraiment encombrant et qu'elle avait pris la décision de partir s'installer en Bretagne pour vivre dans la maison de son enfance loin de Paris. Cette relation la perturbait. Elle ne pouvait plus écrire alors que son éditeur avait programmé la sortie de son prochain roman pour la rentrée littéraire et elle n'avançait plus... Bref, c'était une catastrophe. Elle pensait que Louis Sayze ne viendrait jamais la relancer dans son trou perdu, mais lorsqu'elle m'a appris qu'il avait loué la *Villa des Quatre Vents*, à deux encablures de chez elle, j'ai compris qu'on n'en était pas encore débarrassés.

Il dit d'une voix désabusée :

— Je suppose qu'elle allait le voir là-bas.

Mary secoua la tête négativement :
— Je ne crois pas.
Bertrand Remoulin la regarda, plein d'espoir :
— Vous dites ça pour me consoler ?
— Pas du tout. Vous êtes assez grand, et assez entouré pour vous consoler tout seul. Je vous dis ça parce que la *Villa des Quatre Vents*...
Elle regarda le publicitaire :
— Vous la connaissez, cette fameuse villa ?
Il secoua la tête :
— Je l'ai aperçue de loin.
— Alors vous n'avez pas manqué de remarquer que, à deux kilomètres à la ronde, on voit qui va et qui vient. Cette baraque est plantée comme une île sur un océan d'artichauts et de choux-fleurs. Dans un village comme Kerpol, une personnalité telle qu'Angélique Gouin - c'est sous ce nom qu'elle est connue là-bas - qui se rendrait régulièrement aux Quatre Vents susciterait bien des commérages. Comme la visite d'un homme à son domicile au bourg en susciterait d'autres. Il n'y a guère de distractions là-bas, comprenez-vous, alors les vieilles regardent qui va et qui vient derrière leurs rideaux. Mais vous devez bien le savoir, Jeanne m'a raconté les précautions qu'elle prenait pour vous introduire dans sa maison en utilisant la Mercedes aux vitres fumées.
Remoulin eut un rire bref, comme un éternuement :
— Au début, avant qu'elle n'ait la voiture aux vitres fumées, elle m'a même fait m'allonger dans le coffre pour m'introduire incognito dans sa maison.
Mary se mit à rire :
— C'est très romantique !

— C'est surtout très inconfortable, dit le publicitaire avec une grimace. Vous avez vu la taille que je fais? J'étais obligé d'être plié en deux dans ce sacré coffre.

— Et pourtant, vous continuiez à aller la voir...

— Oui, elle me convoquait et j'arrivais...

— Sauf ce week-end du début février où, par la grâce des volailles Charbonneaux, vous avez dû rester à Paris.

— Oui, comme je vous l'ai dit, mon refus a provoqué cette stupide querelle.

Il regarda Mary, interrogatif:

— Pourquoi dites-vous « par la grâce »?

— Je dis « par la grâce des volailles Charbonneaux » car, si cet éminent trucideur de poules n'avait pas eu le bon goût de vous inviter à sa petite sauterie, vous seriez en pole position sur la liste des suspects de l'assassinat de Louis Sayze, mon cher Bertrand.

— Moi? s'exclama le publicitaire effaré.

— Vous! Qui avait des raisons d'en vouloir à Louis Sayze? Vous!

— Pour quel motif aurais-je souhaité la mort de ce malheureux que je n'avais jamais vu de ma vie?

— Mais la jalousie, mon cher Bertrand, la jalousie! Depuis que l'homme est sur terre, il a beaucoup tué par jalousie.

Remoulin se défendit:

— Je vous l'ai dit, je n'étais pas jaloux, j'étais malheureux!

— Soit, mais expliquer la nuance à douze jurés aux Assises serait un rude boulot, même pour l'avocat le plus chevronné. Moi, je préfère, et de loin, le témoignage du ministre de l'Industrie!

Le patron apportait les cafés. Elle proposa :
— Si vous voulez fumer une cigarette avec votre café, on peut aller en terrasse.

Il se méprit :
— Vous voulez fumer?
— Non, je ne fume pas.
— Moi non plus, dit Bertrand.

Puis il demanda timidement :
— Vous n'allez pas utiliser ce que je vous ai confié contre moi?

Elle le rassura d'une voix lénifiante, comme si elle parlait à un petit garçon qui craint d'être grondé :
— Mais je n'ai rien contre vous, Bertrand.

Le patron apportait la note et le publicitaire la prit. Mary sortit son portefeuille et Bertrand Remoulin appuya sur sa main pour le renfoncer dans sa poche :
— Si vous permettez c'est pour moi.
— Vous m'invitez?

Il sourit :
— C'est la moindre des choses... Vous m'avez évité un voyage en Bretagne et, en ce moment, croyez-moi, mon temps est précieux.

Elle hocha la tête :
— Les affaires marchent, à ce que je vois.
— Oui, la réussite de notre campagne Charbonneaux a boosté les commandes.

Elle se leva :
— C'est donc le moment de surfer sur la vague, comme on dit. Merci pour cet excellent repas et, si ça peut vous rassurer, dites-vous bien que si je vous avais soupçonné de quelque manière que ce soit, j'aurais tenu à régler ma part.

Elle lui tendit sa carte :

— En attendant, quand vous viendrez en Bretagne, contactez-moi, l'enquête aura probablement avancé.

— Promis, dit-il.

— Ah, fit-elle, un dernier mot: Jeanne Albert est magnifiquement installée à Kerpol…

— Oui. Elle a hérité d'une très vieille maison sans confort, mais elle y a fait des travaux d'importance.

— Je suppose qu'elle est à l'aise financièrement.

— Plus que vous ne croyez, dit le publicitaire. Chacun de ses bouquins fait un gros tirage et ses droits d'auteur sont conséquents. Il y a aussi les droits d'adaptation au cinéma, à la télé. Et puis, elle a hérité d'une assez jolie fortune accumulée par ses ancêtres au fil des générations. Croyez-moi, Jeanne n'est pas à plaindre.

Il lui serra longuement la main en posant sur elle ce regard de cocker qui devait faire fondre les femmes:

— Merci! dit-il avec une sorte de ferveur.

Puis il partit à grands pas vers son agence sous le regard rêveur de Mary. Lorsqu'il eut disparu, elle poussa un gros soupir et, pensive, elle descendit le boulevard.

Lui aussi était craquant!

Chapitre 13

En pensant à son retour, le premier soin de Mary Lester fut d'appeler Amandine Trépon pour lui dire qu'elle dînerait à la venelle du Pain Cuit vers 22 heures et qu'elle aimerait, si possible, qu'elle lui prépare un petit encas.

L'avion d'Air France atterrit à Guipavas à l'heure prévue et, à 22 heures, après un trajet fluide sur la voie express, Mary arrêtait sa Citroën dans la venelle.

Amandine lui avait préparé un potage de légumes mouliné qui fut suivi d'une belle sole poêlée avec son accompagnement de pommes de terre, le tout tenu à bonne température au four.

Bien entendu, Amandine était restée attendre SA Mary et l'avait servie avec ce dévouement sans faille qui la caractérisait. D'ailleurs, Mary le lui fit remarquer :

— Amandine, vous êtes un amour! Mais ça me gêne! Avec tout ça, je vous empêche de regarder votre film à la télé.

— Pff, cracha Amandine, pour ce qu'ils passent! Quand il y avait trois chaînes, on trouvait toujours quelque chose d'intéressant à regarder sur l'une des trois. Maintenant qu'il y en a trois cents, on ne voit plus que des rediffusions ou des films américains épouvantables.

Puis, avec une fausse indifférence qui cachait mal sa curiosité, elle demanda:

— Comme ça vous êtes allée à Paris?

— Oui. Je suis partie ce matin de Brest, et je suis rentrée à dix heures.

Amandine s'extasia:

— Mon Dieu, comme tout va vite maintenant!

Sa dévouée gouvernante était d'une autre époque, celle où l'on voyageait toute la nuit dans d'inconfortables wagons pour arriver à Montparnasse au petit matin, ensommeillée, courbatue, empoussiérée et recrue de fatigue.

Comme Mary savait qu'Amandine brûlait d'apprendre ce qu'elle était allée faire à la capitale sans pour autant oser le lui demander, elle prévint ses désirs:

— J'avais un témoin à rencontrer là-bas.

— Un homme? demanda Amandine.

— Oui, dit Mary. Et un bel homme, ma foi. Tenez, je vais vous le faire voir.

Elle lui montra la photo prise sur l'écran de son iPhone et Amandine siffla admirativement entre ses dents.

Mary ne put s'empêcher de la taquiner.

— Il vous plaît?

Le visage d'Amandine s'empourpra comme celui d'une adolescente:

— Faudrait être difficile…

Elle regarda plus attentivement et ajouta:

— On dirait Gary Cooper.

— Qui?

— Gary Cooper. Vous ne pouvez pas connaître, c'était un acteur de cinéma américain lorsque j'étais jeune.

— Ah oui, dit Mary. *Le train sifflera trois fois*...
— Vous connaissez? demanda Amandine épatée.
Mary la gourmanda:
— Voyons, ma chère Amandine, ce n'est pas parce qu'on est flic qu'on est complètement inculte! Gary Cooper!
Elle taquina Amandine:
— Pour quelqu'un qui n'aime pas les films américains...
— Ah, mais ce n'est pas pareil! protesta vivement Amandine.
— Ben non, ça ne peut pas être pareil quand c'est Gary Cooper...
Elle regarda plus attentivement l'image et reconnut:
— C'est pourtant vrai, il y a de ça! Dites-moi, Amandine, s'il vous faisait un brin de cour, ce Gary Cooper-là, vous vous laisseriez bien tenter?
Une nouvelle fois, elle avait réussi à faire rougir la brave Amandine:
— Oh, Mary, ce garçon a l'âge d'être mon fils!
— Voilà qui ne l'empêche pas d'être l'amant d'une dame qui a l'âge d'être sa mère!
Amandine s'étonna:
— Vraiment?
Mary confirma:
— Vraiment!
Puis elle se pencha pour dire, en confidence:
— C'est elle-même qui me l'a dit!
— Oh! fit Amandine un tantinet offusquée, mais surtout incrédule et goguenarde. Vous ne pensez pas qu'elle se vante un peu?
— Non, dit Mary, toujours en confidence. Il me l'a confirmé.

Amandine en resta comme deux ronds de flan :

— Tout de même, souffla-t-elle, il y a du drôle de monde maintenant.

— Oui, reconnut Mary.

Amandine continuait de s'étonner :

— Et ils racontent leurs petites histoires comme ça, à tout le monde ?

— À tout le monde je ne sais pas, mais à moi, oui.

Et, comme elle adorait taquiner Amandine, elle lui demanda :

— Ôtez-moi d'un doute, Amandine, vous êtes bien pour l'égalité des sexes ?

Amandine la regarda, presque indignée.

— Cette question !

Mary insista :

— Ce n'est pas une réponse, ça ! C'est oui ou non ?

— C'est oui, évidemment, asséna Amandine avec vigueur.

— Eh bien, supposez que cet homme séduise la fille du boulanger, y trouveriez-vous à redire ?

— Ben non, dit Amandine, pourquoi ?

— Parce que la fille du boulanger aurait aussi l'âge d'être la fille de ce monsieur !

Amandine, empêtrée dans ses contradictions, s'en tira par une pirouette :

— Mais pour un homme ce n'est pas pareil !

Mary triompha :

— Ah, je me disais bien que vous deviez être sexiste !

La pauvre Amandine en eut le souffle coupé :

— Ah ça... dit-elle, ah ça...

Elle n'en revenait pas.

— Le pire, dit Mary, c'est que sa maîtresse le trompait aussi avec un homme plus âgé.

Amandine, indignée, se croisa les bras :
— Mais c'est dégoûtant !
Mary ne parut pas scandalisée pour autant.
— Bof... fit-elle.
— Et c'est qui, cet homme plus âgé ?
— C'était un de ses anciens amants...
— Oh, fit Amandine horrifiée par tant de turpitudes, en mettant ses mains devant sa bouche.
Mary ricana :
— Plus fort qu'Alexandre Dumas, quarante ans après, ils remettent le couvert !
— Tsss, fit Amandine indignée, vous avez de ces expressions !
Mary se chercha des circonstances atténuantes :
— C'est à force de fréquenter Fortin !
— Oui, mais dans sa bouche, ce n'est pas pareil que dans la vôtre !
— Là ! dit Mary en la menaçant de l'index, vous voyez bien, vous êtes sexiste !
Amandine haussa furieusement les épaules et rougit :
— Ah... Vous m'agacez, à la fin !
Mary se rendit :
— Alors, je ne dis plus rien.
— C'est trop facile, fit Amandine.
Et, comme Mary restait muette, elle insista :
— Vous avez employé l'imparfait !
— En effet.
— Pourquoi ?
— Parce que ce temps s'impose doublement : un, c'est du passé, deux parce que ce pauvre vieil amant a été imparfait jusqu'au bout.
Elle laissa un temps de silence et dit d'une voix sépulcrale :

— Et il en est mort!

Elle se pencha vers Amandine et articula:

— Il est mort dans son lit, avec une autre maîtresse qui, elle, avait l'âge d'être sa petite-fille.

Était-ce le ton sur lequel l'annonce de la mort de Sayze était faite? Amandine avait un masque tragique.

— Mon Dieu, que lui est-il arrivé? Le cœur?

— Ouais, le cœur…

— Un infarctus hein, ce n'est pas surprenant, à faire des galipettes comme ça avec une jeunesse…

Tout juste si elle n'ajouta pas: « C'est bien fait! »

— Pas un infarctus, dit Mary, une balle de 9 mm bien placée, en plein dans l'oreillette gauche… Mais le plus terrible c'est que la gamine qui couchait avec lui a subi le même traitement.

— Mon Dieu! redit Amandine en croisant les mains.

Et elle demanda d'une voix blanche:

— C'est là-dessus que vous enquêtez?

— Eh oui, ma chère amie, car, autant que vous le sachiez, nous enquêtons rarement sur les morts par infarctus!

Le sarcasme fit lever les épaules à Amandine.

— Je le sais bien!

Et elle ajouta:

— Tout de même, on vous en fait faire des choses!

Effarée, elle prit congé et fila vers son gourbi, ainsi appelait-elle son petit appartement sous les toits, en rasant les murs de peur qu'une ombre noire ne lui fasse subir un sort funeste.

oOo

Le lendemain à 9 heures, Mary Lester était à son bureau où elle retrouva Jean-Pierre Fortin.

— Alors, demanda-t-elle après qu'il lui eut fait la bise, ça se passe comment dans ton squat?

— M'en parle pas, dit Fortin. Ces branleurs se foutent de ma gueule, de la gueule des habitants des maisons voisines, de celle du maire et du préfet. Et on laisse faire. Ah, je te le dis, tout fout le camp!

Avant qu'il ne se lance dans une diatribe désabusée quant au devenir de notre pauvre société, elle demanda:

— Passepoil est là?

— Je pense, oui.

— Il faut que je le voie. Si le patron me demande, je suis chez lui.

— D'accord, fit Fortin en dépliant *l'Équipe* pour prendre des nouvelles du genou de Ribery, un genou à quatre millions d'euros par an tout de même!

Bien entendu, le lieutenant Albert Passepoil était scotché devant ses écrans.

Il salua Mary avec empressement. Celle-ci posa devant lui le sachet contenant les mégots qu'elle avait ramassés autour de la *Villa des Quatre Vents*.

— Qu'est-ce que c'est? demanda Passepoil.

— Des mégots, comme tu peux le voir.

Passepoil considéra les feues cigarettes avec étonnement.

— Qu'est-ce que j'en fais?

— Tu vas me les garder précieusement car il se pourrait que j'aie à les comparer à d'autres mégots. Mais celui-là, dit-elle en montrant le filtre orné de motifs orientaux, je voudrais bien que tu puisses en définir la marque.

— D'accord, dit Passepoil, je vais dérouler le papier

du filtre, le scanner et ainsi j'aurai le motif tout entier.

— Fais ce qu'il faut, dit-elle, je te fais confiance. Maintenant, je vais voir le patron.

Quand on évoquait le commissaire devant lui, il y avait toujours de la crainte dans les yeux de Passepoil. Il admirait fort Mary qui savait se rendre dans l'antre directorial sans frémir.

oOo

— Ah, vous voilà enfin !

« Plutôt frais comme accueil » se dit Mary Lester. Elle répondit, enjouée en tendant la main au commissaire Fabien :

— Bonjour patron ! Ça fait chaud au cœur d'être attendue avec tant d'impatience !

— Humph… fit Fabien en prenant la main qu'on lui tendait. Il avait beau vouloir être sévère, il ne parvenait jamais à déstabiliser sa fliquette préférée.

Il décocha la question de confiance à bout portant :

— Où en sommes-nous ?

— J'en suis encore à décrypter les relations et l'entourage de Louis Sayze.

— N'oubliez pas qu'il y a deux victimes, fit remarquer Fabien.

Elle le rassura :

— Je ne l'oublie pas. Mais il semble que la mort de mademoiselle Tilleux ne soit qu'un dommage collatéral, comme disent les militaires. Elle a eu le tort d'être au mauvais endroit au mauvais moment.

— Une victime innocente, en quelque sorte…

— Oui, une pauvre fille venue apporter du réconfort à un sexagénaire en mal d'amour.

— Contre espèces sonnantes et trébuchantes? persifla Fabien.

— Il y a tout lieu de le penser, je vous l'accorde, mais si vous trouvez que monnayer ses faveurs est une chose immorale, pour autant la coupable ne mérite pas la peine capitale.

— Assurément... reconnut Fabien le front plissé.

Elle eut envie de lui demander s'il avait, lui aussi, eu parfois recours aux services d'une *escort girl*, mais, une fois encore, elle se retint. Il ne fallait tout de même pas pousser l'insolence trop loin. Elle poursuivit:

— Cependant, la personnalité de Charlène Tilleux n'interfère pas dans le schéma qui se dessine peu à peu.

Soudain ce que Passepoil lui avait dit au sujet de cette *call-girl* lui revint en mémoire et elle murmura:

— Quoique...

Le commissaire ne releva pas ce « quoique ».

— Et quel est ce schéma?

— Il y a d'abord la personnalité extrêmement complexe de ce Louis Sayze. Un type brillant, assurément, qui passe du doctorat de biologie marine à la création d'une boîte informatique de tout premier plan.

— Et les Allemands? demanda Fabien.

C'était surtout cela qui le préoccupait. Le banquier Stoffel ne pouvait pas être impliqué dans ce double meurtre, sous peine de graves complications diplomatiques.

— On m'a bien recommandé d'éviter cet aspect du problème. Donc je ne m'en suis pas occupée. Vous avez pu craindre que j'aille me mêler de cette histoire d'espionnage industriel, ne craignez rien, je connais mes limites. Néanmoins...

Ce « néanmoins » titilla le commissaire Fabien. Il plissa le front en redoutant la suite.

— Néanmoins, poursuivit Mary - et ce n'est qu'une remarque au passage - quoi de plus commode qu'une société d'audit pour avoir accès à TOUS les documents d'une entreprise?

— Tous les documents comptables, précisa le commissaire.

Mary reconnut:

— En principe, oui. Mais un audit est aussi fait pour évaluer les perspectives d'avenir d'une industrie.

Elle fixa le commissaire, interrogative:

— Je me trompe?

— Non, dit le commissaire, intéressé.

— Donc, il faut que les agents qui procèdent à cet audit aient des vues très précises sur ce que préparent les bureaux d'étude.

Fabien concéda:

— Probablement...

— Dans ce cas, quoi de plus facile que de tirer quelques photocopies de documents secrets et de les vendre pour se constituer un joli pactole?

Le commissaire eut un geste d'impatience:

— Ça se pourrait, en effet, mais, je vous l'ai dit, cet aspect du problème n'est pas de notre ressort.

Mary fut déçue, elle avait connu le patron plus pugnace.

— Vous ne pensez pas que tout ça se tient? demanda-t-elle.

Le commentaire du commissaire fut particulièrement laconique:

— On nous a tracé nos limites, ne les franchissons pas!

Elle comprit qu'il ne fallait pas être plus catholique que le pape, et leva les bras en signe de reddition :

— D'accord patron, fermons donc la parenthèse.

Le commissaire parut satisfait. Il se perdit dans ses pensées tandis que ses doigts nerveux jouaient avec une cigarette qu'il se gardait bien d'allumer. Suite à un grave problème de santé, il avait renoncé au tabac, mais pas encore au contact avec la cigarette.

Mary lui demanda :

— Vous avez recommencé à fumer ?

— Non, assura-t-il, mais j'aime le contact de ces maudits petits cylindres de tabac...

— Vous jouez avec le feu, dit-elle.

Il parut agacé :

— Non, justement, je ne joue pas avec le feu car je n'ai pas de feu !

Elle le taquina :

— Pas le moindre petit briquet ?

— Non ! fit-il avec humeur.

Elle hocha la tête, admirative :

— Quelle volonté !

Fabien semblait se demander où elle voulait en venir.

— Je peux vous poser une question ? dit-elle enfin.

— Allez-y !

— Vous fumiez des Benson, me semble-t-il...

Fabien confirma :

— En effet.

Montrant la cigarette qu'il avait en main, il ajouta :

— Et même pour les triturer, je préfère toujours les Benson.

— En général les fumeurs restent fidèles à la même marque de cigarettes, non ?

— C'était mon cas, en effet. Chacun a son tabac

de prédilection, les adeptes de la Boyard maïs ne toucheront jamais à du tabac blond, pas plus que les amateurs de tabac noir, Gauloises ou Gitanes. Et puis il y a les sans filtres, les avec filtres, ceux qui usent du fume-cigarette…

Mary avait, elle, connu un vieux marin qui les chiquait, mais elle n'en fit pas état.

— Vous connaissez des cigarettes orientales?

Le patron fit des yeux tout ronds:

— Orientales?

— Oui, des cigarettes longues et fines dont les filtres portent des motifs ou une écriture arabe.

— Non, mais il est possible que ça existe.

Elle confirma:

— Ça existe, en effet. J'ai découvert quelques mégots portant ces inscriptions dans le périmètre de la *Villa des Quatre Vents*.

Fabien fronça les sourcils:

— Et qu'est-ce que ça vous inspire?

Elle regarda le patron d'un air ironique:

— Ça m'étonnerait que ce soit un paysan léonard qui ait semé ces mégots.

Le commissaire haussa les épaules:

— Qui sait? Un gars du coin qui aurait vécu en Orient et qui aurait pris goût au tabac turc? Pourquoi pas, ça s'est déjà vu.

— Ouais, fit-elle pensive.

Le commissaire railla:

— Si c'est tout ce que vous avez comme indice… Et à part ça?

— À part ça, une lettre anonyme reçue par la gendarmerie accuse madame Angélique Gouin d'avoir reçu Louis Sayze chez elle peu de temps avant le drame.

— Qui est cette Angélique Gouin?

— Une personne qui est mieux connue sous son nom de plume: Jeanne Albert. Ça vous dit quelque chose?

Le front de Fabien se plissa, la littérature et lui, ça faisait deux. Néanmoins il risqua:

— On en a parlé dans la presse récemment, il me semble.

— En effet.

— N'a-t-on pas évoqué ce nom pour un siège à l'Académie Française?

— Vous y êtes! Angélique Gouin, alias Jeanne Albert, est une personnalité de premier plan des lettres françaises. Accessoirement, elle est également originaire de Kerpol où elle réside depuis quelque temps.

— Quelle a été sa réaction lorsqu'on lui a parlé de cette lettre?

— Vous parlez de sa réaction face aux gendarmes?

— Bien sûr, puisque c'est eux qui l'ont reçue.

— Rien!

— Comment rien? demanda Fabien stupéfait. Elle a refusé de répondre?

— Même pas. Les gendarmes ne lui ont rien demandé. L'adjudant Autret m'a dit que cette personne était à la fois jalousée et redoutée et que ce genre de dénonciation anonyme ne menait à rien. De vous à moi, je pense qu'il craint d'affronter cette dame dont on dit qu'elle a le bras long. Donc il a ignoré cette fameuse lettre et il l'a même détruite sous mes yeux pour montrer le peu de cas qu'il en faisait. D'ailleurs, m'a-t-il dit, sa hiérarchie lui avait intimé l'ordre de ne plus s'occuper de cette affaire. Je peux vous dire qu'il n'a éprouvé aucune difficulté à se conformer strictement aux directives qu'il a reçues. Avec lui, c'est le service minimum : l'obéissance stricte aux ordres et surtout pas de zèle ni d'initiatives intempestives. Cependant, comme j'avais eu connaissance de ce courrier, je me suis présentée chez Angélique Gouin. Elle m'a reçue très aimablement.

— Et elle a nié connaître ce Louis Sayze, conclut le commissaire.

Mary le contra :

— Pas du tout ! Elle a confirmé qu'elle le connaissait de longue date, puisque c'était un copain de jeunesse qu'elle avait connu à la fac et qu'il était en effet venu lui rendre visite à Kerpol.

— Intéressant... laissa tomber Fabien.

— D'après elle, l'entrevue aurait été orageuse : Sayze entendait renouer avec elle une ancienne liaison qui remontait tout de même à quarante ans, et elle l'aurait envoyé paître.

Le commissaire eut un sourire ambigu :

— Forcément, à son âge...

— Ce n'est pas la raison qu'elle a fait valoir, dit Mary.

— Ah, car elle a fait valoir une autre raison ?

— Oui, tenez-vous bien, elle a un autre amant qui la visite tous les week-ends.

— Et il habite où, cet heureux élu ?

— À Paris !

Le visage du commissaire s'éclaira :

— D'où votre déplacement à Paris !

— Voilà...

— Et vous avez rencontré le monsieur ?

— Oui.

— Bien sous tous rapports ?

Elle acquiesça :
— Tout à fait ! Mais...
— Mais ? reprit le commissaire en redoutant la suite.
— Mais il a vingt ans de moins qu'elle !
— Nom de Dieu ! jura Fabien en tapant du poing sur son bureau, elle doit avoir un sacré tempérament, la petite dame ! Je suppose qu'elle s'est dénichée un bon petit gars pas trop futé, pas trop aidé côté femmes, mais doté de tout ce qu'il faut pour donner du bonheur aux dames mûres.

Mary le regarda avec un sourire ironique :
— Vous avez tout faux, patron ! L'amant en question est propriétaire d'une des agences de pub les plus en vue à Paris et, accessoirement, c'est un des plus beaux hommes qu'il m'ait été donné de rencontrer.

Le commissaire en resta sans voix :
— Vous m'en bouchez un coin, finit-il par dire.
— Alors, demanda-t-elle, vous trouvez toujours que mon voyage à Paris était superflu ?
— Non, reconnut Fabien, non, en effet...
— Le mieux, poursuivit Mary, c'est que cette sacrée Angélique tenait son jeune amant au courant de sa relation avec l'ancien...

Le commissaire allait de stupéfaction en stupéfaction :
— Ne me dites pas...

Mary hocha la tête affirmativement sans mot dire.
— Elle aurait couché avec Louis Sayze ?
— J'ai tout lieu de le croire, et Remoulin son jeune amant en est également persuadé.
— Comment a-t-il pris la chose ?

Elle secoua la tête de droite et de gauche :
— Pas très bien...
— Jalousie ?

— Il prétend qu'il n'était pas jaloux, mais triste et surtout déçu.

— Bon, dit Fabien, triste, jaloux, déçu, peu importe, voilà un gaillard qui avait toutes les raisons d'aller régler son compte à ce Louis Sayze!

— C'est ce que j'ai pensé, avoua Mary, sauf que…

— Sauf que quoi?

— Sauf que je ne vois pas ce brillant publicitaire courir la campagne la nuit pour aller dégommer son rival, et accessoirement la maîtresse de celui-ci, à coups de revolver… D'ailleurs, ça m'étonnerait qu'il sache par quel bout on prend cette arme…

Le commissaire n'eut pas l'air convaincu:

— Ça, c'est à voir!

— En effet, reconnut Mary, mais il ne m'a pas fait l'effet d'un virtuose de la gâchette. Or, selon les experts de la gendarmerie, les deux coups de feu ont été tirés à la volée avec une extrême précision.

Et elle ajouta:

— Par ailleurs Remoulin ne fume pas…

— Et alors?

— Je vous rappelle que j'ai trouvé des bouts de cigarettes orientales dans le périmètre du crime…

Le commissaire balaya l'argument d'un revers de bras:

— Ça ne prouve rien! Il va vous falloir cuisiner ce gaillard! Prenez Fortin et secouez-le un peu!

— Ça ne servirait à rien, patron. Bertrand Remoulin a un alibi…

Le commissaire balaya l'alibi d'un large mouvement de bras:

— Un alibi, un alibi, tout le monde peut se forger un alibi, surtout un coupable, dit le commissaire agacé. Ça se monte, un alibi, Mary, mais ça se démonte aussi, vous le savez aussi bien que moi!

— Certainement, patron, sauf que celui-là...

— Quoi celui-là?

— Celui-là est indémontable!

— Et pourquoi?

— Le soir du crime, Bertrand Remoulin dînait à *La Tour d'Argent* avec Charbonneaux.

— Charbonneaux? Voilà autre chose! Qui c'est celui-là?

— Le roi du poulet prédécoupé. Enfin, vous n'avez pas vu ses publicités à la télé?

— Ah si... Elles sont marrantes!

— Sauf pour les poulets, marmonna Mary. Et je vous signale que notre amant malheureux était assis face au ministre de l'Industrie.

— Nom de Dieu! jura de nouveau le commissaire.

— Quand je vous disais qu'il était indémontable, son alibi...

— Mais alors...

— Alors je continue... Je vous rappelle que j'ai une *grill party* cet après-midi.

— Une *grill party*?

Le commissaire paraissait tomber du ciel.

— Oui, dit Mary, certains appellent ça une incinération.

— Vous m'en direz tant!

Le commissaire Fabien secoua la tête avec réprobation:

— Une *grill party* après le poulet prédécoupé, vous avez de ces rapprochements...

— D'accord, c'est de mauvais goût, surtout dans un commissariat, concéda-t-elle.

Le commissaire fronça les sourcils :

— Allons, n'en rajoutez pas ! Ça va bien comme ça, capitaine !

Elle leva les deux mains en signe de reddition :

— D'accord... Mais ce n'est pas moi qui ai agencé le calendrier, patron.

Elle se leva :

— J'y cours, je ne voudrais pas louper la cérémonie.

— Eh... dit Fabien décontenancé.

— Oui ?

— Tenez-moi au courant !

— Bien entendu, patron, dit-elle en tirant la porte.

Chapitre 14

Mary arriva au crématorium du Vern bien en avance sur l'heure prévue pour la transformation de feu Louis Sayze en cendre et fumée.

Il valait mieux être en avance car ça se bousculait au portillon. À 13 h 30, la famille éplorée d'un dénommé Pierre Gestin se réunit dans le hall de la maison funéraire.

Les heures de crémation semblaient être rigoureusement planifiées et feu Pierre Gestin « passait » juste avant Louis Sayze.

Mary se glissa au dernier rang de l'assistance pour voir un peu comment cela allait se passer.

Le cercueil était posé devant une double porte à coulisse, au pied d'un pupitre où chacun vint à son tour apporter son témoignage sur la vie et les qualités du défunt.

Visiblement, ce Pierre Gestin avait beaucoup d'amis. Sa femme, ses enfants éplorés, ses copains de boulot, ses voisins, vinrent tour à tour, la voix étranglée par l'émotion, dire quel homme de bien le défunt avait été.

Ce n'était pourtant qu'un ouvrier charpentier d'une entreprise de la ville.

Mary fut touchée par l'empathie sincère que suscitait la disparition de ce modeste artisan.

Quand les témoignages émus furent terminés, une musique apaisante s'éleva et, tandis que l'assistance se recueillait en silence, les deux portes coulissèrent silencieusement.

Les portes du néant, pensa Mary.

Le cercueil, happé par une force invisible, passa leur seuil et elles se refermèrent tout aussi silencieusement sur le défunt qui allait retourner à la poussière, comme il est écrit.

Mary fut prise d'un incoercible tremblement. Elle sortit vivement, comme pour échapper aux forces mauvaises qui semblaient avoir happé le défunt.

Devant cet emplacement vide, qui allait tout à l'heure recevoir un autre cercueil, il y eut une sorte de flottement dans l'assemblée. Puis les personnes qui avaient assisté à la cérémonie sortirent à pas lents et se retrouvèrent dans le hall où un homme grave, vêtu de gris sombre, les dirigea vers une salle où ils pourraient encore évoquer la personnalité du défunt.

Pendant ce temps, un autre cortège arrivait, précédé de la voiture des pompes funèbres qui s'arrêta devant l'entrée du funérarium.

Deux croque-morts installèrent le cercueil sur un petit chariot, déposèrent les fleurs et couronnes sur le catafalque et transportèrent le tout à l'intérieur de l'édifice.

Tout était minuté, la planification de la « rôtissoire » paraissait sans failles.

Les voitures se vidèrent de leurs passagers et Mary, installée dans sa Citroën à quelques mètres de là, se mit à prendre des photos au téléobjectif.

La combustion de feu Louis Sayze n'avait pas attiré les foules. Il y avait trois voitures accompagnatrices et seulement une douzaine de personnes qui pénétrèrent dans la salle funèbre.

Deux femmes étaient descendues d'une BMW gris anthracite, une blonde décharnée à l'air revêche qui paraissait âgée d'une soixantaine d'années, et une élégante quadragénaire, plus petite, aux cheveux châtains coupés courts. Elles devaient bénéficier des services d'un chauffeur car, lorsqu'elles furent descendues de voiture, celle-ci s'en alla se garer sur une place de parking. Décidément, pensa Mary, tout se déplace mystérieusement par ici.

De la fumée s'échappait par la vitre ouverte, mais ce n'était pas le Malin qui tenait le volant, seulement un chauffeur qu'elle ne voyait que de profil, qui attendait en grillant une cigarette à l'intérieur du véhicule.

Ce qui intéressa Mary, c'était la plaque de cette BMW qui était immatriculée dans le 92. Elle releva soigneusement le numéro.

Enfin, elle rentra la dernière dans la salle de recueillement et resta en retrait derrière un pilier car tous ces gens devaient se connaître et ils auraient probablement été surpris de découvrir un intrus, en l'occurrence Mary Lester, dans leur maigre assistance.

Le cas de feu Louis Sayze fut plus expéditivement réglé que celui du défunt précédent. La jeune femme des pompes funèbres récita le même discours lénifiant que celui qui avait servi précédemment, mais, à la différence, personne ne vint chanter les louanges du défunt.

La même musique se fit entendre, les portes coulissèrent de la même manière et Louis Sayze partit pour l'éternité sans autre cérémonie.

Au premier rang, la blonde au visage dur avait les yeux qui brillaient et sa bouche mince ne formait plus qu'une ligne pourpre barrant un visage livide. Près d'elle, la petite dame qui l'accompagnait reniflait en essuyant quelques larmes. Les autres, femmes ou hommes, avaient les yeux secs.

Visiblement ils étaient là plus par convenance que par affection à l'égard du pauvre Louis Sayze.

Lorsque la cérémonie fut terminée, un groupe se forma sur le parvis.

On devait s'entretenir du défunt et des affaires de succession qu'il allait falloir régler. Quelques personnes, dont la blonde décharnée, allumèrent des cigarettes et Mary prit encore des photos de ce groupe.

La discussion ne dura guère que le temps de carboniser leur cylindre de tabac. Les mégots furent jetés dans une coupole sur pied et chacun regagna sa voiture.

Mary releva les numéros d'immatriculation, toutes venaient de la région parisienne.

Voilà, c'en était fini du passage de Louis Sayze en ce bas monde. Mary s'approcha du cendrier dans lequel les fumeurs avaient écrasé leurs mégots qu'elle préleva. Inutile de suivre la BMW qui emportait la blonde et sa compagne car il était probable que ces gens regagneraient directement la capitale.

Elle monta dans sa Citroën, glissa sa clé dans le Neiman, quand tout soudain, sans qu'elle ait rien vu venir, deux silhouettes massives encadrèrent sa petite voiture. Elle tressaillit. La portière du passager s'ouvrit et un individu s'installa près d'elle sans mot dire.

Du coup, la colère la prit:

— Qui est-ce qui vous permet...

L'homme mit l'index sur ses lèvres:

— Deux tons plus bas, je vous prie, nous sommes dans un lieu de recueillement.

Elle le considéra : il était âgé d'une quarantaine d'années et n'avait pas une dégaine de voyou.

— Qu'est-ce que vous venez faire dans ma voiture ? demanda-t-elle sans aménité. Je ne crois pas vous avoir invité à y pénétrer.

— Et vous, demanda l'homme, que faites-vous à l'enterrement du sieur Louis Sayze ?

Elle joua les étonnées :

— De qui ?

— Louis Sayze, répéta l'homme.

Mary dit ingénument :

— Mais il est mort depuis longtemps, Louis Seize !

— Tss... fit l'homme avec agacement, vous avez tort de jouer ce jeu-là, jeune fille !

— Ah, parce qu'on joue ? À quoi ? À l'attaque de la diligence ? Vous êtes les *outlaws* et moi...

L'intrus lui coupa la parole :

— Ta gueule !

Elle s'indigna :

— Mal élevé !

Faisant mine d'être furieuse, elle prit son porte-monnaie et le lui tendit.

— Voilà, servez-vous. C'est ça, non, la bourse ou la vie ?

L'homme repoussa le porte-monnaie et parvint à dominer son agacement.

— Vous prétendez ne pas connaître le défunt ?

Mary sourit intérieurement. On lui offrait un rôle qu'elle adorait tenir : jouer les andouilles.

— Évidemment que je le connaissais, sinon pourquoi serais-je venue à son incinération ? Pierre Gestin avait réparé le toit chez une de mes amies et nous avions sympathisé.

Le bonhomme s'agaça:

— Qu'est-ce que vous me bassinez avec votre Pierre Gestin?

Elle protesta:

— C'était un excellent charpentier.

Puis elle s'insurgea:

— Depuis quand faut-il une permission pour assister à une incinération?

L'intrus ne répondit pas, mais il parut troublé et demanda:

— Vous prétendez que vous étiez venue assister à l'incinération précédente?

— C'est ce que je me tue à vous dire!

L'homme s'impatienta:

— Vous vous moquez de moi?

Son caractère pétardier prenant le dessus, Mary faillit demander: « À votre avis? » mais elle se modéra et se contenta de demander:

— À quel titre me posez-vous ces questions? Fichez le camp ou j'appelle la Police.

— Ne vous donnez pas cette peine, dit l'homme en présentant une carte barrée de tricolore, elle est déjà là, la Police.

Elle lut: « Commissaire Flamand, DCRI[1]... »

— Les RG? s'exclama-t-elle sous le coup de la surprise.

— Ah, on arrête de jouer au con? dit-il avec une âcre satisfaction.

Et il précisa:

---

[1]. *La Direction Centrale du Renseignement Intérieur a succédé aux RG - Renseignements généraux - par sa fusion avec la DST - Direction de la Sécurité du Territoire - pour prendre le nom de DCRI depuis le 1er juillet 2008.*

— Anciennement les RG, en effet. Je vais vous demander de nous suivre…

Alors Mary sortit sa carte à son tour :

— Capitaine Lester, Police Judiciaire.

L'homme la considéra, surpris à son tour.

— Qu'est-ce que la PJ fiche sur cette affaire ? Au cas où vous ne le sauriez pas, c'est un dossier qui concerne en priorité la sécurité du territoire.

Mary rempocha sa carte :

— Vous avez dit « en priorité » car je suppose que ce qui vous intéresse au premier chef, c'est le détournement de secrets industriels.

Le commissaire Flamand s'inclina :

— On ne peut rien vous cacher.

— Après tout, les deux morts, vous vous en fichez.

— On ne s'en fiche pas, mais découvrir le meurtrier n'est pas notre priorité.

— Voilà où nos missions diffèrent, commissaire. À moi, on m'a demandé de trouver le meurtrier. Le détournement de secrets industriels est certainement plus préjudiciable au pays que la mort d'un patron de PME et de sa jeune amie, mais, d'une part je n'ai aucune expérience pour traiter ce genre de délit, d'autre part personne ne m'a demandé de m'en occuper.

— Vous ne trouverez jamais ce meurtrier, dit Flamand d'une voix douce.

Mary reconnut :

— Je ne suis pas dans les meilleures conditions pour le faire, mais je suis comme vous, commissaire, j'ai un patron, et je suis ses instructions.

L'homme se fit sarcastique :

— Et votre patron n'a pas été informé des dispositions qui avaient été prises au sujet de cette affaire ?

— Je vous répète ce que je sais, dans cette affaire il y a eu deux morts, je suis chargée de rechercher qui les a tués.

Le second flic, probablement fatigué d'être debout, s'était assis sur l'aile de la Citroën. Il devait pour le moins faire son quintal car la petite voiture s'inclina sur le côté. Mary, furieuse de cette désinvolture, ouvrit son carreau et repoussa le bonhomme :

— Faut pas vous gêner !

L'homme se retourna et se pencha vers elle.

— Quelque chose qui ne va pas ?

— Allez donc poser votre gros cul ailleurs, dit-elle avec humeur.

Le bonhomme se retourna et, sans s'émouvoir, demanda :

— C'est à moi que vous parlez ?

— Non, fit-elle, au pape !

— J'préfère, dit le flic, parce que, franchement, je n'ai pas un si gros cul que ça, pas vrai commissaire ?

Flamand jugea inutile de répondre à la question, mais il lança à son collègue :

— Tu ne connais pas la dernière, Eugène ? Cette jeune fille fait partie de la maison.

— Pas vrai ! dit le gros bonhomme en s'accoudant des deux bras au toit de la voiture.

Mary ne voyait plus que ses dents cariées et deux gros yeux de bœuf, paisibles et parfaitement inexpressifs, qui la contemplaient sans ciller.

Une cravate du genre ficelle, toute tâchée de graisse, pendait sur une chemise plus que douteuse tendue sur sa bedaine. Le bonhomme était boudiné dans un costume dans lequel, vu l'état du vêtement, il devait dormir depuis trois semaines.

— Eugène, je te présente le capitaine Lester, dit le commissaire Flamand avec une déférence affectée. Le capitaine Lester est chargée de découvrir qui a tué Sayze et sa poule.

Le gros flic se mit à rire. Il sortit une poignée de cacahuètes de sa poche et se mit à les décortiquer.

— Elle est bien bonne!

— Je ne vois pas ce qu'il y a d'anormal à rechercher un criminel quand on est flic, grinça Mary que l'attitude de ces « collègues » indisposait au plus haut point.

Puis elle ajouta, perfide:

— C'est vrai que les RG n'ont jamais été extrêmement performants dans cette discipline.[1]

— Tss! Tss! fit le gros, réprobateur, en postillonnant des débris d'arachides. Faut pas colporter des calomnies comme ça, capitaine!

Elle le défia:

— Si vous vous sentez offensé, vous pourrez toujours me faire un procès en diffamation!

Le gros flic pouffa:

— On va faire mieux que ça! J'ai vu un bistrot un peu plus loin, on va aller s'en jeter un. Moi, les incinérations, ça me donne soif.

Il regarda son collègue:

— Pas à toi, commissaire?

— Que si, soupira le commissaire Flamand. Et puis, on est trop à l'étroit pour discuter dans votre bagnole.

— Si j'avais su que vous veniez, j'aurais pris une bétaillère, dit-elle.

— Tss! fit le gros en finissant ses cacahuètes.

Il épousseta vaguement sa chemise, rota bruyam-

---

[1]. *Les Renseignements Généraux avaient la fâcheuse réputation d'être une Police politique au service du pouvoir en place.*

ment et invita Mary:

— Suivez-moi, jeune fille!

Le commissaire Flamand s'était installé plus commodément dans la DS grise.

— Allez-y, commanda-t-il pendant que son collègue sortait du parking dans une grosse Citroën noire.

Mary démarra et suivit la voiture noire. Puis elle demanda à Flamand:

— Où avez-vous pêché ce goret?

Le commissaire Flamand leva les sourcils et regarda Mary de biais:

— Je suppose que c'est du commandant Jourdain que vous parlez?

— Ah, parce qu'il est commandant?

— Tout ce qu'il y a de plus commandant! fit Flamand. Et croyez-moi, il n'a pas gagné son grade dans les bureaux en faisant des cocottes en papier. Qu'est-ce que vous croyiez?

— Avec ses provisions de cacahuètes, je pensais plutôt qu'il s'était évadé de la ménagerie d'un cirque.

Flamand pouffa:

— Quand je lui raconterai ça, il va bien rigoler!

— Vous n'êtes peut-être pas obligé... dit Mary vaguement inquiète.

On lui avait raconté pis que pendre sur ces barbouzes, ce n'était peut-être pas nécessaire de se mettre le commandant Jourdain à dos.

— Je le reconnais, avoua Flamand, le commandant Jourdain n'est pas décoratif, il ne se rase pas tous les jours, peut-être même qu'il ne se douche pas toutes les semaines, et, dans une bagnole, il pue des pieds, ce qui est très désagréable. J'ajoute à ce cruel constat qu'il n'est pas non plus étouffé par la bonne éducation.

Cependant il a une qualité qui fait oublier tout cela : c'est un excellent flic.

Mary persifla :

— Il semble en effet disposer de toutes les qualités requises pour être reçu à l'examen. Mais de quoi allons-nous nous entretenir avec votre flic d'élite ?

Visiblement, ces deux-là n'étaient pas susceptibles. Elle n'avait pas encore réussi à se les mettre à dos et pourtant, elle en connaissait d'autres qui, pour la moitié de ce qu'elle leur avait dit, seraient montés sur leurs grands chevaux et lui auraient voué une rancune éternelle.

— C'est toujours bon de causer, dit Flamand, sentencieux, ça ne peut pas nuire.

À cela il n'y avait rien à ajouter.

Ils firent un demi-kilomètre puis le clignotant de la grosse Citroën noire indiqua qu'elle allait se garer devant un petit bistrot à l'enseigne de *Chez Étienne*.

Au sortir des ateliers le troquet devait connaître une belle affluence, mais au milieu de l'après-midi, l'endroit était désert et il fallut que le commissaire tapât sur la table avec ses clés pour faire venir une femme ensommeillée à laquelle le bouffeur de cacahuètes commanda un Ricard d'une voix forte. Mary et le commissaire Flamand optèrent pour un café.

Tandis que Jourdain roulait une cigarette entre ses gros doigts malhabiles, Mary lui demanda :

— Tout à l'heure, lorsque je vous ai dit que j'étais chargée de retrouver l'assassin de monsieur Sayze et de mademoiselle Tilleux, je vous ai fait rire. Puis-je vous demander pourquoi ?

Le gros flic ricana de nouveau :

— Vous êtes depuis longtemps dans la Police, mademoiselle ?

— Pas depuis aussi longtemps que vous, monsieur Jourdain, mais si je suis capitaine, cela suppose quelques années d'expérience, non?

— Vous pouvez m'appeler Eugène, dit le gros flic avec bonhomie. Ou, si vous êtes à cheval sur le règlement, « commandant Jourdain ».

Il entreprit de malaxer quelques nouvelles arachides, ses mâchoires produisant un bruit de bétonneuse brassant une gâchée de galets, et ajouta:

— Si vous avez quelques années d'expérience, vous auriez dû vous rendre compte que cette exécution n'était pas le fait d'un amateur, mais d'un professionnel.

— Tout le laisse à penser, en effet, reconnut-elle.

— Heureux de vous l'entendre dire! fit le gros flic. Comme vous l'a dit le commissaire, il est probable qu'on ne retrouve jamais le tireur. Ce meurtre est l'archétype du contrat commandité. Ne me demandez pas par qui, je n'en sais rien.

« Non, pensa Mary, tu n'en sais rien... Et même si tu le savais, tu ne me le dirais pas... »

— Le tireur, poursuivit Jourdain, n'avait pas de lien avec ses victimes, ce qui rend l'enquête impossible.

— Pas impossible, commandant, dit Mary. Plus difficile, certes, mais pas impossible.

Jourdain la considéra avec commisération:

— Allons, capitaine, il n'y a pas de liens, pas de traces ni d'empreintes, pas de douilles...

Il regarda Mary de ses gros yeux globuleux:

— Rien, quoi!

Mary, faussement admirative, ironisa:

— Vous semblez en savoir long!

Jourdain baissa les paupières modestement d'un air de dire « je sais ce que je sais » et Flamand rajouta:

213

— Ce double crime n'est pas de ceux que vous avez l'habitude de traiter, capitaine. Il est lié à un pillage organisé de secrets technologiques dont plusieurs industries de pointe de notre pays ont déjà eu à pâtir.

— Je sais tout cela, commissaire, dit-elle. Mais mettons bien les choses au point. Je vous le redis, je n'ai pas l'intention de marcher sur vos brisées. Cependant, j'ai des ordres. Et tant que mon supérieur, le divisionnaire Fabien, ne m'aura pas donné celui de laisser tomber, je les appliquerai.

— Dommage pour vous! lança le gros flic en vidant son verre de Ricard.

Cette réflexion fit se cabrer Mary:

— Comment dois-je prendre ça, commandant, comme une menace?

Jourdain prit un air offensé:

— Une menace? J'ai menacé quelqu'un, moi?

Puis il redevint le bon pépère qui veut le bien de tout le monde:

— Une menace, non. Disons, plutôt une incitation à la prudence. On n'est jamais trop prudents dans nos métiers.

Il fixa Mary de ses gros yeux de bœuf:

— Vous êtes bien d'accord, capitaine?

Mary répondit sans conviction:

— Ouais…

Jourdain se rebrancha sur le registre grave:

— On ne joue pas avec des enfants de chœur, capitaine, le choc en retour pourrait être douloureux.

Mary regarda le gros flic et haussa les épaules: comme si elle ne savait pas qu'elle faisait un métier dangereux.

— Merci du tuyau, commandant!

Elle prit son appareil-photos :

— Puisque vous êtes là, je vais vous demander le service de m'identifier ces personnes. Car je suppose que vous connaissiez tous les gens qui ont participé à cette incinération ?

— Pas tous, avoua Flamand en se penchant pour regarder le petit écran de l'appareil numérique. Mais quand même, j'en connais quelques uns. Tenez, par exemple là, la blonde maigre, c'est Linda, la veuve de Louis Sayze.

— Et la petite brune ?

— C'est Françoise Lucas, dite Fanchon, la maîtresse en titre du même Louis Sayze.

— Dites donc, c'était un gars qui avait du tempérament ! admira Mary. Une femme, une maîtresse régulière - qui, de surcroît, ont l'air de bien s'entendre - et en plus il faisait des escapades avec des gamines... Joli coco ! Et les autres personnes ?

— Des copains, des collègues de boulot.

— J'ai assisté à la cérémonie, dit Mary, personne n'avait l'air accablé de chagrin.

Flamand haussa les épaules :

— Le chef est mort. Tout ce qui leur importe, c'est de savoir qui va prendre sa place, et l'incidence qu'aura cette succession sur leur évolution de carrière.

— Je vois... Ah, en revanche, un que je n'ai pas vu, ni pu photographier, c'est le chauffeur de ces dames. Vous le connaissez ?

Les deux flics échangèrent un regard inquiet et ce fut le commissaire Flamand qui répondit :

— Non...

Et, contre toute vraisemblance, Jourdain ajouta avec une indifférence forcée :

— Je ne savais même pas qu'elles avaient un chauffeur.

— Il faut croire qu'il y avait quelqu'un au volant, dit Mary, la voiture n'avançait pas toute seule.

— Peut-être ont-elles pris quelqu'un qui connaissait la ville pour les conduire ?

— Peut-être, concéda Mary.

Visiblement les deux hommes ne désiraient pas s'étendre sur ce sujet.

Puis Jourdain demanda avec ironie :

— C'est tout ce qu'il y a pour votre service, capitaine ?

— Pour le moment oui. Si vous voulez me contacter, vous pouvez appeler le commissariat de Quimper. On saura toujours où me joindre.

— J'y manquerai pas, assura le commandant Jourdain avec une désinvolture qui démentait ses propos.

Elle répéta :

— Surtout, n'hésitez pas à me téléphoner.

— Tenez, dit le commissaire Flamand en tendant un petit carton à Mary. Mes coordonnées avec mon adresse e-mail. Pour tout vous dire, vos photos m'intéressent. Verriez-vous un inconvénient à me les communiquer ?

— Pas du tout, mais en échange, soyez assez bon pour me donner les noms des personnes que vous connaissez, et aussi les renseignements que vous avez à leur sujet.

Elle se leva, leur tendit la main :

— Au plaisir de vous revoir, messieurs, et merci pour le café.

Quand elle fut sortie, Jourdain appela la serveuse :

— Remettez-nous ça, mademoiselle.
Il glissa à son supérieur :
— Drôlement gonflée, la souris.
Flamand lui répondit avec un drôle de sourire :
— Gonflée, oui, mais à moi, elle me plaît bien !
Jourdain grommela :
— Elle me plairait bien aussi, mais ce sont ses questions qui ne me plaisent pas.

Chapitre 15

Mary n'avait pas manqué de sentir la réticence des deux flics des RG - elle continuait d'appeler la DCRI sous son ancien nom - lorsqu'elle avait évoqué le chauffeur invisible.

Elle prit la direction de Brest, fit quelques tours et détours et retourna au crématorium.

Une idée lui avait traversé l'esprit: ce chauffeur qui était resté attendre ces dames au volant de la BMW fumait. Il se pouvait qu'il ait balancé un mégot par la fenêtre.

Lorsqu'elle y arriva, le parking était désert. C'en était fini des crémations pour la journée. Cependant, elle se rappelait parfaitement l'endroit où la grosse berline allemande avait stationné et, en examinant le bitume, elle ne tarda pas à trouver trois mégots dont les filtres étaient marqués de signes orientaux.

« Bingo! » se dit-elle une fois de plus. Elle préleva les restes de cigarettes, les déposa dans un petit sachet de plastique et inscrivit au feutre la date et l'endroit où ils avaient été prélevés.

Puis elle reprit le chemin de Kerpol et s'en fut directement sonner chez Angélique Gouin.

Une nouvelle fois le volet vitré de la porte d'entrée s'écarta, laissant apparaître un visage méfiant qui s'éclaira d'un sourire radieux en identifiant Mary Lester.

Angélique s'exclama :

— Vous ?

Ce n'était pas une exclamation de surprise, mais plutôt un cri de soulagement.

— Oui, fit Mary. Je vous dérange ?

La femme de lettres se récria :

— Pas le moins du monde, voyons !

La porte s'ouvrit sur le sombre corridor et Mary tendit la main à Angélique Gouin mais celle-ci la prit aux épaules pour l'embrasser chaleureusement.

— Quel bon vent vous amène ?

Et, avant que Mary n'ait répondu, elle enchaîna sur une invitation :

— Venez donc dans mon atelier, nous y serons plus à l'aise pour causer et d'ailleurs, j'ai du thé au chaud !

Mary eut presque l'impression d'être attendue, ou plutôt qu'Angélique Gouin redoutait une autre visite qu'elle aurait maintenant beau jeu de refuser puisque la Police était là. Curieuse, elle accepta :

— Un thé ? Pourquoi pas ? Ça ne pourra me faire que du bien car je reviens d'une cérémonie plutôt éprouvante.

Angélique Gouin la scruta du regard et ne trouva rien d'autre à répondre que « Ah ? »

Ce qu'elle appelait « son atelier » était sa superbe véranda, ou plutôt son jardin d'hiver.

Sur la table de tôle laquée, une ramette de papier bleu pâle, un stylo à plume noir et or et quelques feuillets couverts d'une écriture hachée, difficilement lisible.

Au pied de son siège, une corbeille à papier à demi pleine de feuilles rageusement froissées.

— Voyez, lança-t-elle allègrement, vous m'offrez l'occasion de faire une pause.

Mary s'enquit poliment :

— Ça avance ?

Angélique Gouin ironisa, en montrant la corbeille à papier :

— Et comment, elle ne tardera pas à être pleine !

— Il y a des jours comme ça, dit Mary évasivement.

Puis, après un temps de silence, elle ajouta :

— Je reviens de Brest où j'ai assisté à l'incinération de Louis Sayze.

Le visage d'Angélique Gouin s'assombrit.

— C'était donc aujourd'hui ? fit-elle d'une voix sourde.

Mary s'étonna :

— Vous ne le saviez pas ?

Il lui sembla que la sémillante femme de lettres venait tout soudain de prendre, comme aurait dit Fortin, un sacré paquet d'années sur les endosses. La nouvelle de l'incinération de son ami Sayze semblait avoir instillé dans ses veines un poison violent, son dos s'était voûté, elle traînait des pieds... Des rides, que Mary n'avait pas aperçues lors de ses précédentes visites, sillonnaient son visage et son cou.

Elle se traîna plus qu'elle ne marcha jusqu'à sa table de travail et se laissa tomber sur sa chaise, comme si toute la misère du monde s'était soudain abattue sur ses frêles épaules :

— Je crois plutôt que je ne voulais pas le savoir, souffla-t-elle d'une voix lasse, mais vous venez cruellement de me le rappeler...

Elle se prit la tête dans les mains et, les coudes sur les genoux, reprit rageusement :

— Je ne supporte pas ce genre de cérémonie !

Peut-être avait-elle mauvaise conscience de n'avoir pas rendu un dernier hommage à cet ami si cher.

Puis elle soupira et laissa filtrer une sorte de confession monocorde et désabusée :

— Vous êtes jeune... Vous ne vous rendez pas compte... C'est ma jeunesse qui est morte aujourd'hui !

Mary pensa que ladite jeunesse avait commencé à se faire la malle depuis déjà pas mal de temps, et que si Bertrand Remoulin avait vu son amante dans cet état, il aurait tout soudain été moins amoureux. Mais peut-être ne l'aurait-il pas regardée avec les mêmes yeux que Mary ? L'amour est aveugle, chacun sait cela, mais peut-être est-il également myope en certaines circonstances ? Et puis, l'amant de cette si singulière Angélique Gouin étant mort, que voulait-elle qu'on en fît ? On ne pouvait tout de même pas l'empailler, comme on l'aurait fait d'un chien fidèle ou d'un perroquet d'agrément pour le garder dans le salon !

Encore une fois le mauvais esprit de Mary Lester se manifestait. Elle contint le sourire que l'image d'un Louis Sayze momifié, disposé dans le couloir et reconverti en lampadaire, avait fait naître sur ses lèvres.

— Je ne pensais pas que vous seriez aussi affectée par sa disparition, dit-elle. Vous m'aviez laissé entendre que son insistance vous pesait...

Angélique Gouin ne l'entendait pas. Elle poursuivait son monologue :

— Il était si plein de vie, si drôle, si attentionné...

Décidément, pensa Mary, comme le chantait Brassens, les morts sont tous de braves types... Si elle l'en croyait, la dernière fois qu'ils s'étaient vus, il l'avait traitée de salope. Dommage qu'elle ne soit pas venue à la cérémonie, il y aurait au moins eu quelqu'un pour chanter les louanges du défunt.

Mais il n'était pas certain que cette intervention eut été du goût de la veuve Sayze et de Fanchon, la maîtresse vaguement éplorée.

« Je ne comprends rien aux femmes », avait avoué Bertrand Remoulin. Il y avait de quoi y perdre son latin, en effet! Sous ses aspects très dame comme il faut, cette Angélique Gouin avait des comportements pour le moins surprenants.

Mary troubla le silence qui s'était installé, chaque femme étant plongée dans ses réflexions:

— Savez-vous où j'étais hier, chère madame?

Angélique la gourmanda:

— Madame... Madame... Voyons, appelez-moi Angélique! Quand on me donne du « madame », j'ai l'impression d'avoir dix ans de plus.

Elle parlait maintenant d'une voix de gorge affectée, comme si elle avait joué le rôle d'une grande bourgeoise sur les planches d'un théâtre de boulevard. En fait, derrière la femme de lettres se cachait une sacrée comédienne.

Dix ans de plus, se dit Mary Lester, ça devient grave. Dix ans de plus! Ça sentait la maison de retraite à plein nez! Elle obéit docilement à cette incitation à la familiarité. Après tout, c'était pour la bonne cause, si ça devait alléger le poids des ans de cette bonne Angélique Gouin...

Elle reformula la question :
— Eh bien, savez-vous où j'étais hier, chère Angélique ?
— Non point. Mais vous allez sûrement me le dire.
— En effet. J'étais à Paris.
Angélique Gouin se récria de sa voix de gorge :
— À Paris ? Quelle drôle d'idée !
Elle continuait de jouer la comédie et Mary, impavide, continuait d'être naturelle.
— J'y ai rencontré un homme tout à fait charmant, un nommé Bertrand Remoulin...
Angélique Gouin parut ébranlée par cette révélation.
— Bertrand ? Vous êtes allée voir Bertrand ? Mais pourquoi ?
— Pour faire sa connaissance, simplement, dit Mary d'un ton badin. Et je dois dire que je n'ai pas regretté le déplacement, c'est un très bel homme doublé d'un gentleman ! Mes compliments, chère madame, vous avez bon goût.
Angélique Gouin ne regardait plus Mary avec la même bienveillance. Elle demanda d'un air méfiant :
— Que vous a-t-il raconté ?
Mary fit comme si elle n'avait pas remarqué sa réticence. Elle reprit d'un ton enjoué :
— Il a commencé par m'inviter à déjeuner dans un petit bistrot fort sympathique, au bas de son agence. *Le Pied de Porc*. C'est le nom de l'établissement. Ça vous dit quelque chose ?
Angélique Gouin hocha la tête affirmativement. On sentait sa méfiance s'accroître. Mary poursuivit, toujours sur ce ton enjoué :

— Au fait, pourquoi m'aviez vous caché qu'il avait vingt ans de moins que vous?

— Je ne vous l'ai pas caché! jeta Angélique Gouin piquée au vif. Vous ne me l'avez pas demandé! D'ailleurs, quelle importance cela a-t-il?

— En soi, aucune, concéda Mary. Cependant, votre autre amant, feu Louis Sayze avait, lui, votre âge.

— Je ne vous ai jamais dit que Louis était mon amant!

— C'est vrai, mais vous m'avez laissé entendre qu'il l'avait été.

— Pff... Il y a quarante ans de ça. Vous ne pensez pas qu'il y a prescription?

— Pour qu'il y ait prescription, il faudrait qu'il y ait eu crime. Or, à mes yeux, quand on a vingt ans, faire l'amour avec un jeune homme de son âge n'est pas un crime.

Et elle ajouta:

— Pas plus que de remettre ça quarante années plus tard, avec le même homme, d'ailleurs. Ce serait plutôt un signe de bonne santé.

Angélique Gouin eut une moue méprisante et jeta d'une voix aigre:

— Ne soyez donc pas vulgaire!

Mary protesta:

— Que voyez-vous de vulgaire dans mes propos? Vous me paraissez être en très bonne santé et je m'en réjouis.

La réponse jaillit, sèche comme un coup de feu:

— Ce ne sont pas vos propos qui me choquent, mais bien ce qu'ils sous-entendent!

Mary sourit avec indulgence:

— C'est là ce qu'on appelle un procès d'intention, chère Angélique. Ce que je ne comprends pas, c'est ce qui vous pousse à cacher une relation qui n'a rien d'infamant.

L'écrivaine toisa Mary de tout son haut et affirma, les lèvres pincées :

— C'est une affaire personnelle, mademoiselle, ça ne regarde personne !

Voilà, elle n'était plus sa « chère Mary », mais « mademoiselle ».

Mary corrigea doucement :

— Ça ne regardait personne tant que Louis Sayze vivait. Mais à partir du moment où il s'est fait assassiner, ça concerne la justice et donc la Police.

Angélique Gouin la regarda férocement :

— Vous y tenez, hein ?

Mary s'étonna

— Je tiens à quoi, selon vous ?

— À étaler cette affaire sordide sur la place publique.

— Vous vous trompez, madame Albert, vous vous trompez complètement !

— Mais si, grinça Angélique Gouin, ça vous plaît ce métier de fouille-merde !

Mary souligna sans s'énerver :

— Là, c'est vous qui devenez vulgaire, chère amie. Mais vous savez, on nous appelle rarement pour fouiller dans des pétales de rose et si merde il y a, elle n'est jamais de notre fait. Ce à quoi je tiens, c'est à découvrir qui a assassiné Louis Sayze et sa jeune maîtresse.

L'écrivaine ne l'écoutait pas :

— Vous savez bien que dans un petit pays comme celui-ci tout se sait. La rumeur...

Mary leva la main droite comme pour l'arrêter:

— Tss... Tss... Tss... On sait depuis longtemps le peu de cas que vous faites de l'opinion de vos concitoyens de Kerpol. D'ailleurs, vous ne les fréquentez guère, vous vivez retirée dans votre belle maison comme en une tour d'ivoire. Alors, ce qu'ils pensent ou ne pensent pas...

Elle eut un geste désinvolte du bras pour balancer l'opinion des Kerpolais par-dessus les moulins.

Angélique Gouin hésita un instant avant de répondre:

— Le scandale que vous évoquez date de quarante ans. J'étais jeune à cette époque, jeune et inconséquente. Maintenant...

— Voudriez-vous dire que maintenant vous seriez habitée par un désir d'honorabilité?

— Je veux vivre en paix! assura la romancière avec véhémence. Pour écrire, il me faut de la sérénité.

— Pardonnez-moi, dit Mary, mais je n'en crois rien! J'ai lu *Le Cavaleur de la Mer* que vous avez eu la bonté de m'offrir et je le dis sans flagornerie, c'est un excellent bouquin, que dis-je, un grand bouquin.

— Je vous remercie, minauda Angélique Gouin tout soudain radoucie.

— Je dirais même, insista Mary, que c'est ce que vous avez fait de mieux.

— Parce que vous en avez lu d'autres?

— En effet.

— Et ils vous ont moins plu?

— Oui, dit-elle, beaucoup moins.

— Puis-je vous demander précisément ce que vous avez lu?

— J'ai lu *Flétrissures* et *Les Portes du Néant*.

— Ces deux ouvrages ont pourtant été encensés par la critique, dit Angélique Gouin avec un brin de fatuité.

— C'est possible. Je ne mets pas en doute la compétence des critiques littéraires, ils s'y connaissent assurément mieux que moi, mais je n'y ai pas trouvé le ton, le souffle, le lyrisme du *Cavaleur de la Mer*.

Et, comme Angélique Gouin, le front plissé, ne répondait pas, elle ajouta :

— Ça ne doit pas être commode d'exister après une telle œuvre.

La femme de lettres s'en tira par une boutade :

— Je lui ai pourtant survécu pendant près d'un demi-siècle.

— Quand je disais « exister », précisa Mary, je voulais dire « exister littérairement », évidemment.

— Vos propos sont intéressants, capitaine, je ne m'attendais pas à trouver une telle capacité d'analyse de mes œuvres chez un flic.

Il y avait, dans ces propos, une ironie qui se voulait blessante. Mary ne jugea pas opportun de la relever. Elle dit d'un ton léger :

— Voyez, il y a parfois de bonnes surprises, même avec les fouille-merde.

Angélique Gouin ignora la provocation de Mary Lester ; elle voulait aller plus loin :

— À quoi attribueriez-vous cette, comment dire, cette baisse de régime en quelque sorte, dans les ouvrages qui ont suivi *Le Cavaleur de la Mer* ?

— À la colère, dit Mary. À une sainte et salutaire colère : vous avez jeté ce *Cavaleur* sur le papier alors que vous étiez en fureur... Vous n'êtes pas femme à vous contenter de velléitaires accès d'humeur, on le sent à vous lire, la tiédeur des larmes n'est pas votre fait. Vous êtes bien d'un pays de bonaces et de tempêtes. Vos chagrins ne sont pas de languissantes petites pluies silencieuses, non, ce sont des orages dévastateurs, tonitruants. Comme des éclairs les mots fusent, se bousculent, avancent en cohortes denses, rageuses, dans un fracas de fin du monde. Ce n'est pas Debussy, c'est Wagner, c'est *La chevauchée des Walkyries* plutôt que *Le Prélude à l'après-midi d'un faune*… Ce n'est pas Delly, c'est Céline en ses plus belles envolées… Ce n'est pas Watteau, c'est Delacroix… On sent derrière cette plume le souffre, le feu, la pierre à fusil et l'odeur du champ de bataille… On y sent aussi un authentique écrivain car, pour ordonnancer les mots avec tant de justesse dans ce tumulte, il faut un joli talent. D'ailleurs, en son temps, vous avez recueilli un beau bouquet de compliments pour ce fameux *Cavaleur*…

Angélique Gouin regardait Mary avec des grands yeux extasiés, les mains jointes sur le cœur :

— Mon Dieu, comme vous en parlez ! Jamais personne n'a su trouver ces mots pour parler ainsi de mon œuvre… J'en ai les larmes aux yeux, savez-vous Mary ?

— Je ne me trompe donc pas ?

Angélique Gouin haussa les épaules une nouvelle fois et, les mains toujours jointes :

— Comme vous avez su pénétrer mon cœur ! Il est vrai que cet ouvrage a recueilli bien des suffrages, mais jamais on ne m'en a parlé comme vous venez de le faire, avec cette flamboyance, ce lyrisme…

Elle paraissait si émue - à moins que ce ne fut encore une manifestation de ses dons de comédienne - qu'elle n'en trouvait plus ses mots.

« Un comble pour une femme de lettres », glissa son mauvais ange à Mary.

— Humm... fit celle-ci. Mais vous ne m'avez pas répondu à propos de la colère qui guidait alors votre plume...

— Colère, répéta pensivement Angélique Gouin. Oui, il y avait de la colère, de la fureur même, comme vous l'avez deviné.

— Je ne l'ai pas deviné, Angélique, vous me l'avez dit, contre ce Louis Sayze que vous aviez aimé si passionnément le temps des vacances, et qui vous avait laissé tomber au bout de quinze jours pour rejoindre une autre femme...

— Mais je n'ai jamais parlé de Louis dans *Le Cavaleur de la Mer*! protesta-t-elle. Jamais!

— Vous avez oublié que vous me l'avez dit, Angélique?

Angélique Gouin éleva le ton:

— J'ai parlé de mon grand-père indigne, ce tyran domestique, cet ivrogne, ce dépravé qui roulait dans les granges avec les souillons de ferme et qui faisait honte à toute la famille... D'ailleurs, les gens du coin ne s'y sont pas trompés...

Mary la ramena dans le droit chemin:

— Ta... ta... ta... Vous avez caché votre histoire d'amour sous une autre histoire, de haine, celle-là. Mais, vous le savez, l'amour et la haine sont parfois bien proches. Vous êtes trop fine mouche pour ignorer que vos romans actuels ne sont plus de la même encre... Je vous soupçonne même de vous être réfugiée ici, dans cette maison, pour tenter de retrouver les émotions d'autrefois, celles qui vous avaient poussée à vous sortir les tripes - comme on

dit vulgairement - et retrouver votre verve d'antan.
Cette fois Angélique Gouin la prit de haut. C'était incroyable comme cette femme était capable de passer de la colère à la tristesse, puis l'instant d'après elle redevenait la grande dame condescendante en demandant :

— Mais dites-moi, madame la policière, qu'est-ce qui vous a suggéré cette hypothèse pour le moins... hasardeuse ?

Pour poser cette question, il ne lui manquait que le face-à-main dont les douairières du XVIIIe siècle usaient pour toiser les manants de leur haut. Pour le reste, la bouche pincée, l'air dédaigneux et dégoûté, tout y était.

Cette pose n'affectait pas le moins du monde le capitaine Lester.

— Bertrand Remoulin, dit-elle. C'est pour cela que je suis allée le rencontrer à Paris.

Angélique Gouin, sans perdre de sa superbe, demanda trop rapidement :

— À la parfin, me direz-vous ce qu'il vous a raconté ?

Mary admira la tournure littéraire de la phrase, cette « parfin » ne devait plus être usitée depuis Voltaire.

Bien qu'elle y mît les formes, on sentait que ce que son amant avait pu confier à Mary Lester la tracassait. Mary laissa tomber :

— Nous avons conversé en bons amis.

— Vous vous faites vite de bons amis, remarqua Angélique Gouin sarcastique.

— Quand je rencontre des gens de qualité, en effet, je suis assez liante, reconnut Mary. J'ai compris que vous aviez tout fait pour rendre Bertrand Remoulin jaloux de Louis Sayze!

Angélique Gouin passa immédiatement au registre « grande dame offusquée »:

— Vraiment, vous me prêtez des intentions... des intentions...

Elle secoua rageusement la tête. Mary poursuivit, impitoyable:

— Mais tout le prouve, chère madame, tout le prouve! Vous avez détaillé jour après jour les circonstances de vos retrouvailles avec votre ancien fiancé à votre amant du moment. Bertrand me l'a raconté.

— Ah, fit Angélique Gouin acide, vous en êtes déjà à l'appeler Bertrand?

— Oui, dit Mary, avec une fausse naïveté. Quand je me trouve en tête à tête avec un homme de qualité comme ce monsieur Remoulin, je ne peux m'empêcher de l'appeler par son prénom. Ainsi, je me sens plus proche de lui.

Elle prévint l'objection qu'elle sentait venir:

— Je sais, c'est bien familier, mais rassurez-vous, je lui ai demandé la permission

— Voilà qui est bien délicat! dit Angélique Gouindépitée.

Mary s'inclina:

— Merci!

Et elle ajouta:

— Ce que je ne comprends pas, c'est la raison pour laquelle vous avez raconté à Bertrand cette nouvelle liaison avec force détails?

Cette fois Angélique Gouin se fâcha:

— Mais vous divaguez, ma fille! Je ne lui ai rien raconté de tel!

— En tout cas, c'est ce qu'il a compris, dit Mary. Et il en a souffert.

— C'est du passé, affirma la romancière d'un air pincé. Il a eu bien tort puisqu'il semble s'être consolé auprès de vous.

— Consolé est un grand mot, assura Mary. Cependant, j'ai senti qu'il était content de pouvoir se confier à une oreille compatissante. Ce fut trop bref, hélas. Je n'ai fait qu'un aller-retour à Paris et Bertrand a beaucoup de travail en ce moment.

Elle s'aperçut avec satisfaction qu'il y avait de nouveau des éclairs dans les yeux de la femme de lettres. Alors elle enfonça le clou :

— Je lui ai laissé ma carte et il a promis de me rendre visite lors de son prochain voyage en Bretagne.

Cette fois, la voix de Angélique Gouin grinçait :

— Vous ne perdez pas de temps !

— Jamais ! Vous le savez mieux que moi, on ne commande pas à ses sentiments. J'ai tout de suite éprouvé de la sympathie pour monsieur Remoulin, et comme il m'a confié que vous lui battiez froid depuis quelque temps…

— Avec quelque raison ! dit Angélique Gouin avec humeur.

— Quelque raison… Vous pouvez préciser ?

Les narines d'Angélique Gouin se pincèrent lorsqu'elle inspira fortement comme quelqu'un qui va plonger en apnée. Puis elle se lança :

— Je comptais sur lui pour le premier week-end de février, et il s'est décommandé.

— C'est la première fois qu'il vous faisait défaut ?

— Oui. Jusqu'alors, il était d'une ponctualité parfaite.

— Cela vous a fâchée?

— J'ai été très contrariée et je le lui ai dit vertement.

— Vous savez qu'il avait une obligation professionnelle ce week-end-là?

Angélique Gouin lâcha avec mépris:

— Un repas avec un misérable marchand de poulets, c'est le prétexte qu'il a osé me servir!

Mary glissa:

— Si vous voulez mon avis, en la circonstance, il a été bien inspiré de rester à Paris!

Angélique Gouin la toisa derechef:

— Ah bon... Expliquez-moi ça!

— Vous ne vous souvenez pas? C'est précisément à cette date que votre ami Louis Sayze a été assassiné.

Angélique Gouin pâlit:

— Qu'est-ce que vous sous-entendez?

— Rien. Je recueille des faits et je vois ce qui pourrait les relier. Et dans cette affaire...

— Oui...

— Dans cette affaire il y a vous, Jeanne Albert, née Angélique Gouin, revenue vivre dans sa maison d'enfance, à Kerpol, soi-disant pour fuir un ancien soupirant particulièrement collant, Louis Sayze. Et puis il y a votre amant actuel, auquel vous tenez, me semble-t-il, et je crois êtes très attachée, Bertrand Remoulin, qui vient passer les week-ends avec vous. Or il se trouve que Louis Sayze, votre ami d'autrefois, a loué une maison à quelques encablures de chez vous et qu'il vous a invitée à lui rendre visite.

— Je n'y suis jamais allée, haleta Angélique Gouin.

— On verra ça plus tard, dit Mary. En fait, tout aurait pu se passer le mieux du monde: votre jeune amant pour les week-ends, Louis Sayze sur la semaine, de quoi combler la femme la plus exigeante, non? Mais voilà, le problème est que vous avez un manuscrit à rendre à votre éditeur et qu'un livre - j'en sais quelque chose - ça ne s'écrit pas comme ça... fit-elle en claquant dans ses doigts. Il faut travailler, il faut passer de longues heures à noircir des feuilles avec une disponibilité d'esprit que vos affaires sentimentales ne vous laissaient probablement pas. Ça ne vous laissait pas non plus suffisamment disponible pour satisfaire l'inusable monsieur Sayze. Et puis, peut-être qu'un monsieur Sayze sexagénaire, un peu dégarni, un peu ventripotent, au poil grisonnant n'a plus à vos yeux les attraits de l'amour fou de vos vingt ans... Alors monsieur Sayze, qui se fait toujours des idées et qui s'ennuie dans sa grande maison, vient vous provoquer avec une jeune fille qui avait à peu près l'âge qui était le vôtre lors de votre grande histoire d'amour. Voilà que l'histoire que vous avez vécue il y a quarante ans recommence, mais encore avec une autre! Alors cette sainte fureur qui vous avait habitée lorsqu'il vous avait délaissée pour une autre femme vous reprend. Est-ce que ça stimule votre production littéraire?

Elle montra d'un mouvement de tête les feuillets chiffonnés qui s'accumulaient dans la corbeille:

— J'en doute fort. La recette ne marche qu'une fois. Mais ce que je sais en revanche, c'est qu'avec l'âge, vous avez appris non pas à maîtriser, mais à dissimuler vos pulsions. Votre vengeance va être plus subtile: vous révélez à votre jeune amant votre aventure avec Louis Sayze. Vous le faites progressivement, sans avoir l'air d'y toucher et vous lui laissez entendre que ce type vous harcèle et que vous ne savez comment vous en débarrasser. Je suppose que Louis Sayze vous a mis le marché en main : à telle date je viens en week-end à la *Villa des Quatre Vents* et, si tu ne m'accueilles pas, je saurai te remplacer.

Un éclair rusé passa dans les yeux d'Angélique Gouin qui, au lieu de se fâcher, s'extasia :

— C'est un vrai roman, votre histoire, mais j'oubliais, vous êtes une spécialiste du genre.

— Tout à fait, reconnut Mary. À ceci près : ce n'est pas MON histoire, mais bien la VÔTRE. Seulement, deux grains de sable se sont glissés dans votre ingénieuse machination : primo, Bertrand Remoulin est incapable de faire du mal à une mouche, et je m'étonne que, psychologue comme vous l'êtes, vous ne vous en soyez pas rendu compte ; secundo, il est retenu ce soir-là à Paris par une invitation à laquelle il ne peut se dérober.

Angélique Gouin tapa lentement dans ses mains, clap, clap, clap, et dit :

— Bravo ! Ça c'est du roman ou je ne m'y connais pas ! Et ensuite ?

Impavide, Mary poursuivit :

— Ensuite, c'est à vous de m'éclairer. Il paraît que les deux victimes ont été tuées quasi-simultanément par un virtuose du pistolet. Avez-vous fait appel à un pistoléro ?

— Ma bonne amie, dit Angélique Gouin, reprenez donc une tasse de cet excellent thé. Ce discours, qui ne mène à rien, a dû vous donner soif. Votre belle histoire d'amour tourne au roman noir. Vous changez de genre et il n'est pas bon de changer de genre en cours de roman. On devrait d'ailleurs instituer la concordance de genres comme on l'a fait pour la concordance des temps !

— Quand vous serez à l'Académie, vous pourrez toujours mettre cette proposition à l'ordre du jour, suggéra Mary. Encore que je doute que les auteurs de romans policiers fassent plus de cas des recommandations des immortels que les immortels n'en font des écrits des auteurs de « detective story » comme disent les Anglais. D'ailleurs, chez nous il n'y a pas d'immortels. Il faut que ça saigne, il faut de la viande froide, du macchabée à toutes les pages !

Angélique Gouin grimaça :

— Quelle horreur ! Quelle vulgarité !

— Oui, la mort peut paraître vulgaire en effet, dit Mary d'un ton léger, surtout quand elle vous surprend dans un lit en galante compagnie.

Angélique Gouin braqua son index vers Mary comme elle aurait braqué une arme de poing :

— C'est vous qui m'avez appris la mort de Louis Sayze et, croyez-le ou pas, c'est une nouvelle qui m'a cruellement affectée.

Sauf, pensa Mary, que tu ne pleures pas sur ce pauvre homme, mais sur ta jeunesse envolée, ma vieille !

Elle changea brusquement de sujet :

— Vous avez un ordinateur ? Demanda-t-elle.

La question parut surprendre Angélique Gouin. Elle hocha la tête affirmativement.

— C'est mon éditeur qui me l'a offert.

— Vous tapez vos textes directement à l'écran ?

— Non, j'en suis bien incapable. Comme vous le voyez, j'écris à l'ancienne avec un stylo à encre sur des rames de papier. Ensuite je les confie à une secrétaire qui les frappe et me les rend pour que j'y apporte les corrections qui s'imposent.

— Alors, à quoi vous sert votre ordinateur ?

— À pas grand-chose : je sais ouvrir ma boîte postale et répondre succinctement aux courriers que je reçois.

— Je vais devoir le saisir, dit Mary. Je suppose que monsieur Sayze correspondait de cette manière avec vous ?

— Oui. Et Bertrand aussi. Vous allez lire mes courriers ?

— Oui, ils peuvent vous innocenter ou vous enfoncer.

Elle sourit :

— Mais rassurez-vous, si rien ne l'impose, rien ne sera livré aux médias.

Angélique Gouin, à son tour, eut un sourire pincé :

— Dans ce cas…

Elle se leva, s'en fut ouvrir une vieille armoire bretonne et en sortit une sorte d'attaché-case.

— Voilà l'objet, dit-elle.

Elle n'avait pas refermé l'armoire :

— Si vous voulez fouiller…

— Ça sera pour une autre fois, dit Mary.

— Des fois que vous trouviez un pistolet…

— Ce n'est pas un pistolet que nous cherchons, ce serait plutôt un revolver.

Angélique Gouin s'étonna :

— Ce n'est pas la même chose ?

— Pas tout à fait, bien que leur destination reste la même : ça peut tuer !

— Quelle est donc la différence ?

— Ça vous intéresse ?

— Tout m'intéresse.

— Eh bien, dit Mary, un revolver est en général approvisionné par un barillet qui tourne et présente une cartouche nouvelle chaque fois que l'on a tiré.

C'est l'arme que vous voyez aux cow-boys lorsque vous regardez un western. Le pistolet a un chargeur dans la crosse et, à chaque coup tiré, la douille est éjectée et une nouvelle cartouche monte dans le canon.

Après un temps de réflexion, Angélique Gouin, le front plissé, demanda :

— Je ne comprends toujours pas comment vous pouvez savoir si c'est l'une ou l'autre de ces armes qui a servi.

— Sans avoir de preuve formelle, on n'a pas retrouvé, sur les lieux du crime, les douilles qui auraient été éjectées par un pistolet... En général, les assassins ne s'attardent pas à les ramasser. Mais dans le cas qui nous intéresse, il n'est pas exclu qu'un tueur de sang-froid ait pris le temps de le faire.

— Un tueur de sang-froid, répéta Angélique Gouin soucieuse, vous pensez vraiment qu'il y a un tueur de sang-froid dans la région ?

— J'ai tout lieu de croire qu'il y en a eu un à un moment donné, mais je pense également que maintenant il doit être loin.

— Vous me rassurez ! dit Angélique Gouin.

Mary, perfide, rajouta :

— Mais il pourrait revenir !

Angélique Gouin eut un mouvement de recul.

— Mon Dieu !

Se voyait-elle déjà avec une balle dans le cœur ?

Mary conclut :

— Vous voyez, si vous voulez vous lancer dans le roman policier, pour un minimum de crédibilité, il vous faudra acquérir certaines bases élémentaires... Le cas échéant, je vous adresserai à mon adjoint, le lieutenant Fortin, qui est un expert en matière d'armes.

Elle réprima un sourire en pensant à ce que pourrait produire une telle confrontation. Angélique Gouin ne s'en aperçut pas. Elle suivait son idée et elle demanda :

— Et, au cas où je le détiendrais, moi, ce revolver, vous ne craignez pas que j'aille le balancer dans un endroit où vous ne le retrouverez jamais ?

— Je ne crois pas, non, dit Mary, car si vous vous en êtes servie, c'est déjà fait.

Et elle ajouta, sibylline :

— Nous avons d'autres moyens de découvrir la vérité.

Chapitre 16

Cette brave Angélique Gouin pensait que son ordinateur, protégé par un mot de passe, serait inaccessible à Mary Lester.

Elle avait parfaitement raison, mais elle ignorait que la Mary Lester en question pouvait recourir aux bons soins d'un certain Albert Passepoil…

Donc Mary fit route sur Quimper en sortant de chez la femme de lettres.

Lorsqu'elle arriva au commissariat le patron n'était déjà plus là, mais Passepoil, qu'elle avait prévenu par téléphone, était toujours scotché devant ses écrans.

Elle avait l'impression qu'il aurait pu y passer ses jours et ses nuits si, de temps en temps, on l'avait ravitaillé.

Mais voilà, sa maman l'attendait à la maison où elle lui mijotait régulièrement de bons petits plats.

— Ah, Mary, dit-il en la voyant entrer. Son visage s'éclaira jusqu'à s'empourprer. J'ai eu les renseignements sur les Kemalpascha.

— Les quoi ? demanda Mary les yeux écarquillés par l'incompréhension.

— Vous savez, ces cigarettes orientales que vous m'avez demandé d'identifier.

— Ah oui! fit Mary. Excuse-moi, Albert, j'avais la tête ailleurs. Ces clopes s'appellent donc des Kemalpascha?

Albert Passepoil hocha affirmativement la tête.

— Ce sont des cigarettes turques... Il s'en vend très peu en Bretagne, c'est surtout dans les grandes villes et dans le bassin méditerranéen qu'elles sont appréciées.

« Je m'en serais doutée » pensa Mary.

Elle sortit la pochette contenant les mégots qu'elle avait recueillis lors de la sortie du crématorium, puis ceux qu'elle était revenue ramasser sur le parking et recommanda à Passepoil:

— Garde-moi ça bien au chaud avec les autres et note les lieux et dates de capture.

Elle lui tendit une feuille de carnet:

— Tiens, voilà les notes qui vont avec.

Puis elle regarda sa montre:

— Tu sais que ta maman t'attend?

On eût dit qu'elle s'adressait à un enfant qui se serait attardé à jouer après l'heure de rentrer à la maison.

— Oui... Oui... bredouilla Passepoil. Mais elle a l'habitude...

Il montra la sacoche que Mary tenait en main:

— Des... Des documents?

— Non. Un ordinateur portable. Je suppose qu'il est protégé par un code, mais je voudrais bien savoir ce qu'il a dans le ventre.

— Pas de problème! assura Passepoil en tendant la main pour prendre la serviette.

Mary le lui abandonna et, immédiatement, il ouvrit le porte-documents et sortit l'appareil.

— Ce n'est pas la peine que tu fasses cela tout de suite, Albert, tu es déjà suffisamment en retard

Il protesta :

— Ce n'est rien, capitaine, ce n'est rien. Avec mon système, on va être fixés sans que ça traîne !

En fait, il était devant cet ordinateur comme un gosse devant une pochette-surprise : il brûlait d'envie de l'ouvrir pour voir ce qu'il cachait.

Autant le lieutenant Passepoil était mal à l'aise dans les affaires de Police courantes, autant il retrouvait une virtuosité inouïe dès qu'on le mettait devant un clavier d'ordinateur.

Il s'affaira à établir les connexions, puis, ayant vérifié que tout allait bien, il lança la machine. Mary vit des cohortes de chiffres et symboles vaguement ésotériques défiler à toute vitesse sur son écran pendant quelques minutes, puis un mot se mit à clignoter dans un cadre vert. Elle lut : *Juloded*. C'est simple, pensa-t-elle, cette bonne Angélique a choisi pour mot de passe la profession de ses ancêtres. Astucieux ! Encore fallait-il y songer. Qui donc aujourd'hui connaît ce mot étrange ?

Passepoil entra le mot trouvé, et l'écran s'alluma.

— Et voilà le travail, dit-il fièrement.

Mary se pencha pour l'embrasser :

— Albert, tu es un vrai champion !

Le vrai champion se mit à rougir furieusement.

— Ce... Ce... Ce n'est rien... Du coup il en bégayait doublement.

Puis il demanda :

— Ce... Ce sera tout capitaine ?

Mary réfléchit et pensa que Passepoil pourrait lui éviter des recherches fastidieuses :

— À la réflexion, non, dit-elle. Pourrais-tu regrouper

les échanges de messages qui ont eu lieu entre Angélique Gouin, dont c'est l'ordinateur, et Bertrand Remoulin d'une part, et Louis Sayze d'autre part.

— Pas... pas de problème! redit Passepoil.

Vraiment, pensa Mary, ce type est épatant!

Les doigts de Passepoil voletaient sur le clavier de la petite machine, des fenêtres apparaissaient, puis disparaissaient avec une rapidité incroyable puis, au bout de quelques minutes, Passepoil se releva:

— Voilà, dit-il fièrement, il vous suffira de taper l'un ou l'autre nom pour avoir l'intégralité des échanges.

Puis il proposa:

— Vous voulez que je vous les mette sur CD?

— Bonne idée! dit Mary. Comme ça, je pourrai les consulter chez moi et l'ordinateur restera ici.

L'opération prit encore quelques minutes et quand le disque sortit, Mary assura:

— Cette fois, ce sera tout.

— À votre place, dit Passepoil, je ferais également une copie du disque dur, comme ça vous pourrez rendre la machine à son propriétaire et si vous avez besoin de renseignements complémentaires...

Et Passepoil osa faire un clin d'œil de connivence à Mary.

— Tu sais que tu es génial, toi, dit-elle. Ça va prendre du temps?

— Quelques minutes encore.

Elle mit le CD dans sa poche de blouson et dit à l'informaticien:

— Bon, je te laisse faire, je reprendrai la machine demain.

Puis elle regagna ses pénates où elle retrouva son chat, et un billet d'Amandine qui disait:

« Il y a de la soupe au frigo et j'ai également préparé une brandade de morue qu'il suffira de réchauffer. Bonne nuit, Amandine. »

Brave Amandine, brave Albert, pensa-t-elle émue. Que deviendrait-elle si on la mutait ailleurs ? Sans Fortin, sans le commissaire Fabien, sans Amandine, sans Passepoil... Elle n'osait l'imaginer.

Elle eut une pensée agacée pour ce Lilian qui lui manquait tant par moments. Par moments... Et quand il était là, elle ne tardait pas à se sentir envahie par sa présence, exaspérée par sa sollicitude de tous les instants. Il l'agaçait parce qu'il était là, qu'elle ne pouvait plus faire ce qu'elle voulait au moment où elle le désirait. Elle en conclut qu'elle n'était pas encore mûre pour vivre en couple. Puis elle s'en voulut de cette pensée car, immédiatement, à la silhouette de l'architecte, se substitua celle de Bertrand Remoulin, le séduisant publicitaire.

Elle secoua la tête : « Dans quoi es-tu encore en train de te lancer, ma pauvre Mary ? » demanda-t-elle à mi-voix.

Mizdu ne la quittait pas de son regard vert, on eût dit qu'il lisait dans ses pensées. Elle le regarda et lui lança :

— Ben oui, Lilian est loin et ce Remoulin vit à Paris... Tu crois que ça serait mieux si je changeais de jules ?

— Merouinn... fit Miz Du en bâillant, ce qui fit luire ses redoutables crocs dans l'ombre.

Elle haussa les épaules et répéta :

— « Mérouinn... » tu crois que c'est une réponse, ça ? Il doit être écrit quelque part là-haut que je n'aurai jamais que des amoureux épisodiques !

Puis elle renifla et dit, résignée :
— Bon, c'est comme ça !

Amandine avait eu la délicatesse de lui préparer le feu, elle n'eut qu'à craquer une allumette pour obtenir une belle flambée.

Le temps que son repas se réchauffe, elle s'installa au piano comme elle le faisait chaque soir en rentrant du boulot. C'était sa récréation, son truc à elle pour décompresser. Elle fit ses gammes et, quand elle eut les doigts bien déliés, elle se lança dans *Tristesse*, de Chopin, un morceau qu'elle adorait et qui, elle ne savait pourquoi, lui paraissait convenir parfaitement à cette soirée.

C'était une pièce difficile du maître polonais, il y avait encore des passages où elle hésitait, alors elle y revenait et y revenait encore.

C'était une phase qu'elle adorait. Un peu comme lorsqu'elle s'était mise à raconter ses enquêtes elle-même : il fallait lire, relire et relire encore et corriger, modifier, changer un mot, une tournure de phrase, jusqu'à ce que, lue à voix haute, la phrase sonnât comme il convenait.

Et à chaque fois elle pensait à ce vers de La Fontaine : « Cent fois sur le métier remettez votre ouvrage. »

Ce n'était jamais fini ; en musique comme en littérature, la recherche de la perfection s'apparente à la quête de la toison d'or. Car, comme lui avait dit un vieux philosophe : « la perfection est d'essence divine et nous ne sommes que de pauvres humains »…

Renonçant à approcher les interprétations de Rubinstein, de Barenboïm ou d'Horowitz, elle s'installa devant le feu pour dîner en regardant vaguement, à la télé, un débat où chaque intervenant s'ingéniait à couper la parole aux autres, ce qui rendait tout propos inaudible. Elle fit taire ces grossiers personnages d'une crispation de l'index sur la télécommande et se dirigea vers sa table de travail, devant son ordinateur.

Elle glissa le disque que Passepoil lui avait gravé et eut, *in extenso*, le contenu de la correspondance que Angélique Gouin avait entretenue avec son jeune amant, Bertrand Remoulin.

Rien d'extravagant, à vrai dire, on ne sortait pas des échanges convenus entre un homme et une femme qui, sans être des jouvenceaux, ont encore des relations amoureuses intenses.

Cependant, on sentait aussi que le temps avait fait son œuvre, emportant dans l'oubli l'ère des folles chevauchées. On restait dans le raisonnable. Ça n'était plus le *Kama Sutra*, pas encore la routine à la papa. L'intensité sourdait des mots probablement plus que des actes et il ne fallait pas négliger la dimension littéraire et la place de l'imaginaire que l'écrivain Jeanne Albert savait introduire dans cette correspondance.

Elle pensa qu'il y avait dans ces échanges, matière à un merveilleux petit recueil de littérature érotique. Si, après avoir lu ça, Bertrand restait de marbre, c'est qu'il ne brûlait pas de la même flamme amoureuse que sa maîtresse.

Qui donc avait dit qu'en amour il y en a un qui aime et l'autre qui se laisse aimer?

Bertrand, semblait-il, se laissait aimer car, lorsque Angélique Gouin avait fortement insisté pour qu'il vienne lui rendre visite au premier week-end de février, il lui avait posément exposé les raisons pour lesquelles ce ne serait pas possible.

La correspondance s'était terminée fraîchement sur des paroles de brouille et aucun message de réconciliation n'était apparu.

Autre chose qui la surprit: au tout début de leur liaison, Angélique Gouin et Bertrand Remoulin avaient échangé des analyses médicales. Dans quel but? Elle ne le voyait pas.

En revanche, les correspondances entre Angélique Gouin et Louis Sayze s'étaient révélées plus libertines. Louis Sayze n'hésitait pas à rappeler à celle qui n'était alors qu'Angélique Gouin les torrides journées qu'ils avaient passées ensemble au temps de leur belle jeunesse. Il n'hésitait pas à surenchérir aux propos déjà lestes d'Angélique et ne lésinait pas sur les évocations les plus croustillantes.

La verdeur de leurs propos surprenait chez des presque sexagénaires.

Loin d'embarrasser Angélique, ces évocations semblaient l'émoustiller. Elle y répondait sur le même ton, faisant monter la pression jusqu'à accepter un rendez-vous dans un hôtel parisien avec toutes les conséquences que cela impliquait.

Puis elle se rétractait. Ce que Mary avait pressenti se vérifiait: Angélique Gouin n'avait pas retrouvé dans le Louis Sayze du XXIe siècle son fol amant des années soixante-dix. La déception la rendait dure, cassante, méprisante.

Le pauvre Louis Sayze semblait pourtant avoir trouvé son compte à ce retour de flamme. Il y tenait, à cette amante du temps jadis, il essayait vainement de faire vibrer une corde sensible qui paraissait bien détendue, faisait valoir des arguments sans poids qu'elle repoussait avec hauteur, lui reprochant ses liaisons multiples, sa maîtresse « régulière » qu'il entretenait depuis vingt ans, sa femme, qu'il ne pouvait se résoudre à quitter…

Phénomène classique, plus elle le repoussait, plus il s'accrochait, faisant des promesses insensées qu'il savait ne jamais pouvoir tenir. Et il savait qu'elle aussi le savait. Alors il faisait le siège de la place forte, au risque de se faire détester.

Troublée et agacée, Angélique Gouin finissait par prendre la fuite et se retirait dans la maison de ses ancêtres, non sans avoir exécuté son soupirant de quelques phrases acérées. Mais Louis Sayze, tenace, la pistait littéralement et venait louer la *Villa des Quatre Vents* pour avoir l'occasion d'être dans le périmètre de sa belle.

Et ceci jusqu'au drame…

Mary, mal à l'aise, éjecta le disque. Elle avait comme un sale goût dans la bouche. Impression probablement provoquée par cette lecture d'une correspondance intime d'un couple qui se croyait seul au monde. Elle avait le sentiment d'avoir fait du voyeurisme et ça ne lui plaisait pas du tout.

Et pourtant, pour trouver le coupable de ces meurtres, il lui fallait bien appréhender la situation, il fallait bien qu'elle ait le plus possible d'éléments en main.

Songeuse, elle s'en retourna à son piano et joua de nouveau *Tristesse* tandis que les dernières braises rougeoyaient dans l'âtre.

Puis elle s'en fut se coucher, l'âme troublée.

Chapitre 17

— Bonjour patron, dit Mary Lester au commissaire Fabien en lui tendant la main.

— Bonjour Mary, répliqua-t-il en serrant cette main.

Comme d'habitude, il était impeccablement vêtu de gris, avec une chemise bleue et une cravate rouge sombre. Comme d'habitude, sa petite main nerveuse était chaude et sèche.

D'un mouvement de tête, il désigna la chaise placée devant son bureau et, docile, elle s'y posa, le dos droit, les mains sur les genoux. Fabien demanda :

— Où en sommes-nous ?

Elle adopta un ton vaguement réprobateur :

— Vous ne m'aviez pas dit que les RG étaient sur le coup !

— Les RG ?

Elle corrigea :

— Enfin, la DCRI, si vous préférez.

Fabien fronça les sourcils :

— Je ne préfère pas ! Pour tout vous dire, je n'aime jamais tant ces collègues que lorsqu'ils nous ignorent.

Puis il fixa Mary d'un œil inquisiteur :

— Qui vous a parlé de ça ?

— Un certain commissaire Flamand qui m'a coincée hier sur le parking du crématorium de Brest. Il était assisté d'un nommé Jourdain, Eugène de son prénom, et commandant de son état dans la même boutique. Un couple pittoresque...

Elle regarda le commissaire et décida de le taquiner :

— Ça ne vous dit rien ?

— Je n'ai pas eu de contact à ce sujet avec la DCRI, assura Fabien.

Il regarda Mary Lester avec inquiétude :

— Des problèmes ?

Il se souvenait encore des multiples accrochages de Mary Lester avec les envoyés de la haute administration policière.

— Non. Au début c'était un peu tendu, mais ensuite on s'est expliqués et finalement, le commissaire Flamand et son adjoint m'ont paru plutôt sympathiques.

— J'aime mieux ça, dit Fabien soulagé.

Il connaissait SA Mary Lester et savait très bien que ça aurait pu déraper.

— Que voulaient-ils ?

— Que je laisse tomber, tout simplement.

— Tout simplement... répéta Fabien songeur. Et que leur avez-vous répondu ?

— Tout simplement que vous étiez mon patron et que, comme je l'ai toujours fait, j'obéirais aux ordres que vous me donnez.

— Comme vous l'avez toujours fait, répéta le commissaire mi-figue mi-raisin. Je suis ravi de l'apprendre.

Mary préféra ignorer l'ironie du propos.

— Ils m'ont fait valoir que cette exécution était

l'œuvre d'un professionnel, et que je perdais mon temps à essayer de le retrouver.

— Qu'est-ce que vous en dites?

— On en a déjà parlé, patron. Ils ont raison, c'est sûrement l'œuvre d'un professionnel! Quant à dire qu'ils n'ont pas la moindre idée de qui ça peut être...

— Et vous avez aussi l'impression que vous allez perdre votre temps à essayer de trouver le coupable?

— Si les RG sont sur le coup, oui.

Elle eut une mimique évasive:

— Je ne sais pas si je perdrai mon temps, mais je ferai ce que vous m'ordonnerez de faire.

Et, avec un petit sourire, elle ajouta:

— Comme toujours...

Le commissaire grogna, comme chaque fois qu'il était embarrassé:

— Humph! Si c'est un crime commandité comme le pensent ces super-flics...

Il leva un œil sur Mary:

— Qu'est-ce que vous en dites?

— On en a déjà parlé, patron. Je me conformerai strictement à vos ordres.

La réponse parut agacer le commissaire. Il s'efforça au calme:

— Vous ne répondez pas à ma question, j'ai demandé « Qu'est-ce que vous en dites? ».

Encore une fois, elle ne répondit pas directement.

— Assurément, loger deux balles à la volée dans le cœur de deux individus sans même leur laisser le temps de réagir n'est pas à la portée du premier venu. Cela suppose une dextérité qu'on ne rencontre pas souvent.

— Fortin en serait capable, dit le commissaire.

— C'est probable. Je ne dirais pas qu'il est le seul à pouvoir accomplir un tel « exploit », mais pour le moment, je ne vois pas d'autres tireurs de cette envergure dans le périmètre.

Soudain inquiète, elle fixa le commissaire.

— J'espère que vous ne songez pas à inscrire Fortin sur la liste des suspects?

— Bien évidemment non!

Mary montra le plafond du doigt:

— Et en haut lieu, où en est-on?

— Vous avez lu les journaux, dit Fabien, c'est quasiment devenu une affaire d'État. Le nombre d'entreprises qui se retrouvent pillées de leurs innovations ne cesse de croître. Les relations franco-allemandes sont tendues comme jamais... Et maintenant ces deux morts... Un important financier allemand sur la sellette...

Sa bouche se plissa en une moue pessimiste:

— Ça ne sent pas bon, Mary, ça ne sent pas bon!

Elle haussa les épaules en un geste d'impuissance et demanda:

— Alors, quels sont les ordres?

Fabien poussa un feuillet devant lui:

— J'ai là une note de madame Martin-Levesque des Affaires étrangères qui me demande de poursuivre les investigations et qui me presse de vous conseiller de trouver rapidement le coupable.

— Marion Martin-Levesque, soupira Mary. Manquait plus que celle-là! Elle en a de bonnes! Tout juste si elle ne me conseille pas de « fabriquer » un coupable!

Le commissaire protesta:

— Tout de même pas...

— Humm... fit Mary, je la connais mieux que vous, patron. Pour apporter de l'eau à son moulin, elle tuerait père et mère.

— Ne répandez pas ces propos ailleurs qu'ici, conseilla le commissaire Fabien alarmé.

— Je m'en garderai bien, patron, mais, de vous à moi, le sénateur Bélier est mort fort à propos pour que son gendre puisse lui succéder à son poste de sénateur et, un mois plus tard, c'est la grand-mère de Marion, madame Helder, qui fait une chute aussi mortelle qu'opportune depuis le troisième étage de sa maison de retraite[1].

— Vous ne voulez pas dire...

— Non, je ne veux rien dire. Coïncidence, n'est-ce pas? Mais cette Marion Martin-Levesque est une louloute qui déblaye sec quand il y a un obstacle sur son chemin.

Le commissaire regardait Mary avec attention:

— Qu'avez-vous derrière la tête, capitaine Lester?

Mary réfléchit et dit:

— Supposons qu'en haut lieu...

Elle regarda intensément le commissaire à son tour et répéta:

— En très haut lieu... On ait dit que ce pillage de matière grise ne pouvait plus durer, qu'il fallait que ça cesse.

— Oui, dit Fabien prudemment, supposons.

— Supposons toujours qu'une enquête diligentée par les services spéciaux ait révélé que la plupart de ces fuites venaient de la SA GEEK et plus particulièrement de son PDG, Louis Sayze et que le fameux Louis Sayze en question qui n'était pas la moitié d'un

---

1. *Voir :* Casa del amor.

imbécile, avait pris ses précautions pour n'être jamais confondu...

— À la longue, ça ne tient pas, Mary, protesta Fabien. Vous savez bien que, quelles que soient les précautions qu'un tel individu puisse prendre, il finit toujours par se faire avoir.

— Certes, concéda-t-elle, mais au bout de combien de temps, avec la mobilisation de combien de services... Quel gâchis de temps et d'argent! Et pendant ce temps, les fuites auraient continué. Alors qu'il y avait une solution bien plus rapide et bien plus économique...

Elle leva la main droite, le poing fermé mais l'index et le majeur tendu et fit:

— Pan! Pan!

Et comme Fabien ne semblait pas vouloir comprendre la symbolique de ce geste, elle fit mine de souffler sur la fumée d'une arme de poing et de la remettre dans son étui, à sa ceinture comme on voit les cow-boys le faire au cinéma.

Elle redit:

— Pan! Pan! C'est simple comme bonjour et le problème est évacué!

Le commissaire se leva à demi:

— Vous n'y pensez pas, Mary!

Elle dit énergiquement:

— Si patron, je n'ai aucune preuve, mais j'y pense, et j'y pense même sérieusement!

— Eh bien, fit Fabien, si j'ai un conseil à vous donner, c'est de garder cela pour vous!

Elle le regarda, les yeux à demi clos:

— Vous craignez que je sois la prochaine victime?

Fabien grimaça:

— Je n'aimerais pas voir ça!
— Moi non plus, dit Mary.
Elle haussa les épaules:
— C'est manière de dire, car, si ça arrive, je ne serai plus là pour le voir.
Fabien, irrité, serra les poings:
— Vous avez de ces plaisanteries…
— Manière d'exorciser ma peur…
— Vous avez peur?
— Eh, vous trouvez qu'il y a de quoi être rassurée? D'ailleurs, le commandant Jourdain m'a mise en garde. À mots couverts, certes, mais qui sentaient pourtant la menace.
Fabien gronda:
— Que vous a-t-il dit précisément?
Le front de Mary se plissa.
— Il m'a recommandé d'être prudente.
— Ce n'est pas une menace!
— Pas encore, attendez la suite car je me souviens parfaitement de ses paroles. Je lui ai dit que j'avais des ordres et que tant que mon supérieur, le divisionnaire Fabien, ne m'aurait pas donné celui de laisser tomber, je les appliquerais. Alors il a répondu: « Dommage pour vous. » Je lui ai demandé s'il s'agissait d'une menace et il a répondu avec un drôle de sourire: « Une menace? Non! Tout au plus un avertissement, capitaine. On ne joue pas avec des enfants de chœur, le choc en retour pourrait être douloureux. »
Elle se leva:
— Ça ne sonne pas comme une menace, à votre avis?
Le commissaire émit un soupir découragé:
— Je crois que je suis dépassé, Mary. Je ne suis pas

entré dans la Police pour gérer des situations comme celle-là.

— Moi non plus, patron. Mais ces situations-là existent, on ne peut pas les ignorer, alors il faut les affronter.

— Oui mon petit, souffla Fabien d'un air si accablé que Mary ne lui tint pas rigueur, pour une fois, d'user de cette expression paternaliste, mais que faire?

— Ai-je le choix?

Fortin eût été là, il n'aurait pas manqué de commenter, mais en aparté: « Le vieux est dans le potage! », sa manière à lui d'exprimer l'embarras dans lequel se trouvait le patron.

Le commissaire fit « non » de la tête.

— Je vais donc obtempérer, patron. Je vais entrer dans leur jeu, mais si une femme avertie en vaut deux, une femme avertie avec Fortin comme paratonnerre en vaut quatre. Les désirs d'un chef de cabinet du ministère des Affaires étrangères sont des ordres, n'est-ce pas?

— Pour vous comme pour moi, soupira le commissaire.

Je vais donc continuer mon enquête, bien que je sois persuadée que les services spéciaux ont profité de l'escapade de Louis Sayze à la *Villa des Quatre Vents* pour régler le problème des fuites de matière grise à leur manière.

— Vous ne croyez donc pas à un règlement de compte entre trafiquants?

— Absolument pas!

— Pourquoi l'excluez-vous aussi catégoriquement?

— Parce que c'était un trop bon filon, patron. Les trafiquants n'avaient aucun intérêt à se couper d'une source d'information aussi sûre que celle de Louis Sayze. D'ailleurs, ne lui avaient-ils pas fait parvenir cent mille euros en espèces? S'ils avaient eu l'intention de lui régler son compte, pourquoi lui envoyer de l'argent?

— Oui, pourquoi? répéta Fabien pensif.

Elle n'aimait pas voir au commissaire cet air déprimé. Ça ne lui ressemblait pas, pis, ça ne lui allait pas.

Elle le secoua:

— Je vais avoir besoin de tout votre appui, patron.

— Vous l'avez! assura Fabien.

Elle le regarda dans les yeux:

— Je ne veux pas non plus qu'on me chicane si je dois aller ici ou là, en train ou en avion.

Fabien parut soudain inquiet:

— Vous comptez retourner à Paris?

— À Paris ou ailleurs. Là où les nécessités de l'enquête nous mèneront.

— On ne vous chicanera pas, promit Fabien.

Excellent, ses actions remontaient!

— Alors tout ira bien, dit-elle en clignant de l'œil.

Elle regagna la porte et Fabien la rappela:

— Soyez prudente, Mary.

Elle tendit le poing, le pouce en l'air:

— Comptez sur moi! Alors, j'emmène Fortin, n'est-ce pas?

— C'est dit, prenez Fortin...

Il sourit:

— J'aurais dû m'en douter, non? De vous à moi, Mary vous avez bien une piste?

Elle revint vers le bureau du patron et s'exclama:

— Une piste? S'il n'y en avait qu'une!

Le commissaire Fabien la fixait, plein d'espoir. On eût dit qu'elle lui avait transmis une part de son énergie. Elle reprit position sur la chaise qu'elle venait de quitter, reposa ses mains sur ses genoux et dit d'un air déterminé:

— Pour le moment, je n'en suis qu'au stade des constatations.

— Et qu'avez-vous constaté?

— Tout d'abord, qu'Angélique Gouin a menti. Elle connaissait parfaitement bien Louis Sayze qui avait été un de ses amours de jeunesse et qu'elle avait retrouvé récemment.

— Retrouvé?

— Oui, patron, on peut même dire qu'elle a été indirectement la cause de sa mort à la *Villa des Quatre Vents*.

Le patron, soudain alarmé demanda:

— Vous êtes sûre de ce que vous dites?

— Certaine! Mais quand je dis qu'elle a une responsabilité dans la mort de Sayze, cela concerne uniquement le lieu où le crime a été commis. Les circonstances ont fait que le ou les exécuteurs de Sayze ont mis à profit sa présence dans cette maison isolée pour lui régler son compte. Mais ils y seraient parvenus de toute façon.

— C'est madame Gouin qui vous a parlé de sa relation avec Sayze?

— Oui, mais à mots couverts.

Le commissaire ne parut pas enthousiasmé:

— C'est bien peu!

— Certes, mais je suis allée voir ce qu'il y avait derrière ces mots.

— Comment ça?

— J'ai saisi son ordinateur et Passepoil l'a fait parler. C'est édifiant!

— Ah... fit Fabien.

On abordait des techniques policières qui n'avaient pas cours de son temps et il semblait en concevoir une certaine réticence et pas mal de dépit. Là, il n'était plus le patron, et un ectoplasme, car il considérait Passepoil comme un ectoplasme, le surpassait de cent coudées. Comme tous ceux qui peinent à suivre les fabuleuses avancées des techniques, il trouvait cela navrant.

Mary poursuivit:

— Leurs retrouvailles ont été plus que chaleureuses.

— À ce point?

Mary hocha la tête affirmativement, Fabien insista:

— Au point de redevenir sa maîtresse?

— Pis que ça! Leur correspondance est plus proche du *Kama Sutra* que de *La Semaine de Suzette*.

Fabien parut stupéfait:

— Vous m'en direz tant!

Elle ajouta:

— C'est pour être proche d'Angélique Gouin que Louis Sayze a loué la *Villa des Quatre Vents*.

— Et vous pensez que ça lui aurait coûté la vie?

— Je pense qu'en habitant ce lieu isolé, Louis Sayze a pris de gros risques. Dans un hôtel, un meurtrier n'aurait pas osé tirer deux coups de feu.

— Probablement, dit Fabien, encore qu'avec un silencieux...

Il resta un instant songeur et ajouta:

— Mais ça n'aurait fait que retarder l'affaire. S'il

voulait sa peau, le meurtrier aurait attendu qu'il soit ailleurs et le résultat aurait été le même.

— Peut-être, concéda Mary. En attendant, je recueille les indices, les renseignements, j'essaye de recouper tout ça, mais ça n'est pas facile. S'il s'agit d'une affaire passionnelle, comment Angélique Gouin aurait-elle pu être impliquée dans cette fusillade? Il y a aussi l'autre amant de la dame, Bertrand Remoulin qui semble très jaloux et très affecté par la trahison de sa maîtresse. Et d'un autre côté, il y a les gendarmes qui, eux, pensent que c'est une histoire d'espionnage industriel ayant des ramifications à l'étranger.

— Avec quelques raisons, dit le commissaire. Les journaux se font chaque jour l'écho de nouvelles fuites dans les bureaux d'étude.

— Oui, dit Mary. Pour le moment c'est leur dada. Ça durera ce que ça durera et puis ils passeront à autre chose. Cette affaire de fuites dure depuis des années, et voilà tout soudain qu'on semble la découvrir.

— C'est ce double meurtre qui a déclenché les recherches.

— Ouais, soupira-t-elle pensive.

— Et le scandale du banquier allemand, ajouta Fabien, vous pourriez bien avoir raison.

— Ah! Ah! fit-elle satisfaite.

Il doucha sa satisfaction:

— Quant à prouver que c'est un règlement de comptes entre agents plus ou moins secrets...

Il eut une moue d'impuissance.

— Tout de même, voir ça chez nous!

Il n'en revenait pas, le pauvre homme.

Chapitre 18

Mary s'en retourna au bureau qu'elle partageait avec Fortin.

Le grand - on l'appelait ainsi parce qu'il dépassait les autres flics d'une tête, mais il portait, lorsque Mary avait fait sa connaissance, un autre surnom : on disait alors « le petit Fortin » et cette expression se référait à sa jeunesse plus qu'à sa taille - le grand donc était dans le couloir et entretenait une discussion animée avec deux autres lieutenants qui disparurent dès qu'ils virent Mary Lester arriver.

— Qu'est-ce qui leur prend? demanda-t-elle surprise par une attitude qui n'était pas habituelle.

Fortin haussa ses épaules massives :

— Est-ce que je sais?

— Tu devrais, dit-elle sentencieusement, tu es de la Police, non?

Fortin secoua la tête et rentra dans le bureau :

— Ce que tu es c... par moments!

Elle contre-attaqua :

— Et toi tu es mal embouché ce matin! Qu'est-ce que je t'ai fait?

— Mais rien! dit Fortin, seulement les gars n'aiment pas être chambrés par une nana, voilà!

— Je les ai chambrés, moi, ceux-là ?
— À ce qu'il paraît.
— De quoi se plaignent-ils ?
— En gros, que tu les fais passer pour des c...s auprès du vieux.

Elle haussa les épaules :
— Ils n'ont pas besoin de moi pour passer pour des c...s. Ils y arrivent très bien tout seuls.
— Ils disent aussi que tu fayotes auprès de lui pour avoir des enquêtes intéressantes et te faire mousser.

Elle ôta son blouson, l'accrocha à la patère métallique fixée dans la porte.
— Rien que ça ? Qui sont ces deux branques ? Je ne les ai même pas vus. Il me semble avoir reconnu Boulin.
— Oui, dit Fortin, et l'autre c'était Jeanbu.
— Ah, fit-elle d'un air entendu, la paire vedette !
— Voilà, dit Fortin, tu recommences !
— Je recommence quoi ?
— Tu recommences à les charrier !
— Qu'est-ce que ça peut faire, ils ne sont pas là !
— Tss ! fit Fortin réprobateur. Tout se sait dans ce commissariat !
— Ouais, en tout cas le sens de l'humour leur fait cruellement défaut. C'est vrai que la matière n'a pas un gros coefficient au concours d'entrée à l'école de Police.
— Et elle continue ! fit Fortin en levant les yeux au plafond.
— Ça va, fit-elle, laisse tomber ces minables. Sur quoi sont-ils en ce moment ?
— Les petits dealers autour des écoles.
— Ils en ont serré ?

— Pas encore.

— Le contraire m'eût étonnée, fit-elle. Et toi, où en es-tu avec tes squatteurs?

— Où veux-tu que j'en sois? Le maire, le préfet font des effets de menton, mais dès qu'on bouscule un peu ces merdeux, les associations sortent les pancartes. Et les élus comme les administratifs regardent ailleurs et cherchent un corniaud pour lui refiler la patate chaude. Et devine qui est le corniaud de service...

Comme Mary ne répondait pas, il se tapota la poitrine de l'index:

— C'est bibi!

Et il jeta, hargneux:

— Y en a marre!

Elle le regarda:

— Tu veux que ça change?

— Et comment! dit Fortin.

— Tu veux qu'on refile la patate chaude...

Elle fit mine de réfléchir:

— Disons... à Boulin et Jeanbu?

Fortin haussa les épaules:

— J'aimerais bien!

— Ils réclament un boulot à leur portée, la surveillance de deux douzaines de marginaux devrait être dans leurs cordes, non?

Fortin eut une moue de doute:

— Le patron ne voudra jamais!

— On parie?

Fortin la regarda, plein d'espoir. Elle lui demanda:

— Tu veux venir faire un tour à Paris?

Après un temps de silence dû à sa stupéfaction, le grand répéta stupidement:

— À Paris?
— Ouais?
— Mais quand?
— Là, tout de suite...

Nouveau silence éberlué de Fortin.

— Mais... il faut que je prévienne Madeleine!

Madeleine était la femme de Fortin, une petite blonde sans grande personnalité - jugement sans concession de Mary Lester - devant laquelle le grand filait doux.

— Bien entendu. Je plaisantais, ça peut attendre un peu. On dit demain matin?

— Ben d'accord!

Il s'inquiéta:

— Le patron...

— C'est clair de ce côté.

— Où en es-tu de ton enquête?

— Figure-toi que je me suis heurtée aux RG.

— Sans blague!

Elle corrigea:

— Enfin, je voulais dire à la DCRI, puisque c'est comme ça qu'on les appelle maintenant.

— Et alors?

— Alors rien! Je suis probablement tombée sur deux « gentils », ou qui faisaient les gentils, mais si je vais poser des questions à Paris, je risque d'avoir des méchants sur le dos.

— C'est pour cela que tu m'invites à t'accompagner?

— Évidemment, si ça avait été un rendez-vous amoureux, j'aurais pu me débrouiller toute seule!

— Pff! fit Fortin dégoûté, faut toujours que tu déconnes!

— Alors, tu viens ou tu ne viens pas?

Fortin haussa ses larges épaules :

— C'te question…

— Mais avant, il faut que j'aille revoir madame Angélique Gouin à Kerpol.

— Tu veux que je t'accompagne ?

— Ça ne sera pas nécessaire. Je dois juste lui rendre son ordinateur et lui demander quelques précisions.

oOo

Une nouvelle fois elle prit la « route du nord », comme elle disait. Avant de quitter Quimper, elle avait prévenu Angélique Gouin de sa visite et cette nouvelle avait paru réjouir la femme de lettres de façon excessive. Elle avait minaudé :

— Oh, ma chère Mary, je suis toujours si contente de vous voir !

« D'autant, soliloqua Mary Lester, que je lui ramène son ordinateur. Et elle est fichue de penser que je n'ai pas pu entrer dans son système, faute de mot de passe. »

En effet, Angélique Gouin reçut son portable avec détachement :

— Vous auriez pu le garder encore, savez-vous ? Je m'en sers si peu !

Ma parole, elle se fout de ma g… se dit Mary Lester. Et elle n'aimait pas du tout qu'on se foute de sa g…, même si c'était une future académicienne qui le faisait.

— Vous correspondiez quand même quotidiennement avec vos amants, dit Mary sévèrement. Enfin, comme l'un d'entre eux est mort et l'autre fâché, je veux bien croire que votre activité épistolaire va s'en trouver allégée.

Le visage d'Angélique Gouin se rassombrit :

— Comment savez-vous cela ? demanda-t-elle.

Mary tapota la mallette contenant l'ordinateur :

— Tout est là-dedans !

Et comme Angélique Gouin la considérait sans mot dire, interdite, elle ajouta :

— Vous ne vous imaginiez tout de même pas que j'avais emporté cette machine pour lui faire prendre l'air ? Non, je l'ai emportée pour consulter son contenu.

— Même les courriers ?

— Surtout les courriers !

— Et vous les avez lus ?

— Évidemment !

L'écrivaine s'emporta :

— Vous n'aviez pas le droit ! Une correspondance c'est privé, c'est personnel ! Vous êtes d'une rare indiscrétion !

— Je vous rappelle, dit Mary d'une voix glaciale, que quand on enquête sur la mort de deux personnes lâchement assassinées, la discrétion n'est pas de mise. Par ailleurs, vous m'avez bien confié cet ordinateur de votre plein gré ?

— Oui, car je savais que mon courrier était protégé par un mot de passe !

Mary dit, sarcastique :

— En fait vous m'avez confié cette machine en espérant que je ne pourrais pas accéder à son contenu. Erreur, madame Gouin ! La Police a accès à tout !

— Mais alors, ça sert à quoi un mot de passe ? bredouilla la bonne dame qui ne paraissait pas être très au fait des progrès de l'informatique.

— À décourager les curieux ordinaires. Mais les flics ne sont pas des curieux ordinaires.

— Vous mentez, dit Angélique Gouin en la regardant comme si elle était le diable. Vous mentez et vous prêchez le faux pour savoir le vrai.

— Le vrai... répéta Mary. Le vrai mot de passe, c'est *Juloded. Juloded*, le nom de la profession qu'exerçaient vos ancêtres. C'est élémentaire, ma chère Angélique.

Angélique Gouin changea de couleur:

— Vous... Vous...

— Je l'ai trouvé, oui, coupa Mary. Et je vous assure que ça m'a pris dix minutes, tout au plus.

— Mais alors...

— Alors, je sais tout de vos relations avec Bertrand Remoulin et feu Louis Sayze.

Visiblement, Angélique Gouin n'appréciait pas cette incursion dans sa vie privée. Mary la rassura:

— Ne vous inquiétez pas, je ne ferai pas état des détails techniques...

— Peut-être pourrez-vous vous-même en profiter, glissa perfidement Angélique Gouin.

Mary répliqua cruellement:

— Dans une vingtaine d'années, je ne dis pas. Pour le moment, ne vous faites pas de souci pour ma libido. Tout va bien.

— Je m'en réjouis, dit aigrement l'écrivaine, avec une mimique qui prouvait le contraire.

Mary évacua le sujet:

— À ce propos, j'aimerais que vous m'expliquiez la raison pour laquelle vous avez échangé des bulletins de santé, Remoulin et vous.

Angélique Gouin rougit de confusion.

— C'est que... Au début... Vous savez, avant notre liaison, Bertrand a eu de nombreuses relations...

Mary faillit lui répondre lestement que ça l'aurait étonnée qu'un beau mec comme Bertrand fut resté puceau après vingt et quelques années de vie parisienne. Elle se retint et dit plus sobrement:

— Je le sais, il m'en a parlé, dit Mary impitoyable.

Angélique Gouin demanda en plissant les yeux:

— Il vous a aussi parlé de ses relations avec les garçons?

Il sembla à Mary qu'un glaçon descendait dans son dos et qu'un abîme s'ouvrait sous ses pieds. Elle coassa:

— Vous voulez dire...

— Qu'il est bisexuel? compléta Angélique Gouin avec une joie mauvaise. Mais oui, et il ne s'en cache pas, tout Paris est au courant.

Il y eut un temps de silence. Mary, la voix toujours étranglée, demanda:

— Et ça ne vous gêne pas?

Angélique Gouin eut un geste d'indifférence:

— Pourquoi voudriez-vous que ça me gêne? Mais Bertrand ayant eu de nombreuses relations - avec des hommes comme avec des femmes, là n'est pas la question - je voulais m'assurer qu'il...

Elle hésita, puis se tut.

Mary termina sa phrase brutalement:

— Vous vouliez vous assurer qu'il n'avait pas le Sida?

— Exactement, dit Angélique Gouin en baissant la tête. Je ne voulais pas que notre relation soit entachée par cette menace. D'ailleurs, je lui ai, moi aussi, fourni une analyse de sang.

— J'ai vu ça, oui.

Elle laissa passer un temps de silence et rajouta:

— J'ai également vu que vous n'aviez pas jugé utile de prendre cette même précaution avec Louis Sayze.

— Ce n'était pas pareil! assura Angélique Gouin en se tordant les mains. Louis... Louis était marié...

Mary pouffa:

— Et qu'est-ce que ça empêche? Qui vous dit que sa femme ne court pas le guilledou dans ces mêmes milieux libertins sans se préoccuper de ce qui peut lui arriver? Elle pourrait le lui avoir refilé, le Sida ou quelqu'autre saloperie! Et sa maîtresse? Et les *call-girls* qu'il emmenait en week-end à Kerpol ou ailleurs? Elles avaient leur certificat de bonne santé sous le bras, elles aussi?

Elle était tellement furieuse des insinuations de l'écrivaine qu'elle jeta plus qu'elle ne posa l'attaché-case qui contenait l'ordinateur sur la table.

— Tenez, je vous le rends! Et il est inutile d'aller le balancer à la mer pour cacher vos turpitudes, il y a des doubles de tous vos courriers dans les ordinateurs de vos amants.

Angélique Gouin se cabra:

— Mes turpitudes? Qui êtes-vous pour me juger?

— Je me garderai bien de porter quelque jugement que ce soit sur votre vie, assura Mary, cependant, je dois trouver l'auteur de deux crimes...

— Si vous espérez le trouver chez moi...

— Je le trouverai, où qu'il se cache. Je n'en ai pas encore fini avec vous. S'il y a d'autres correspondances en corrélation avec l'affaire qui me préoccupe, je saurai les trouver également. À plus tard, madame!

Elle sortit au pas de charge et claqua la porte derrière elle.

— Pff... fit-elle en retrouvant sa voiture, ça fait du bien!

Elle inspira fort l'air salé qui venait de la mer, claqua également sa portière et démarra énergiquement, en faisant crisser le gravier.

Sa déception était immense, cependant elle se demanda ce qu'il y avait de vrai dans les propos de Angélique Gouin . La romancière était assez perverse pour balancer une fausse information afin de se venger de Mary.

Allons, il convenait de ne pas s'emballer, de ne pas se laisser manipuler. Les choses finiraient bien par se décanter et la vérité apparaîtrait alors.

Chapitre 19

Finalement, Mary avait choisi de prendre sa voiture pour retourner à la capitale. D'autant qu'elle disposait, en la personne du lieutenant Fortin, d'un chauffeur de qualité.

— Dis donc, avait dit le grand en se glissant derrière le volant, elle est vachement chouette ta nouvelle caisse!

De fait, dans cette DS si bien nommée, on n'avait pas l'impression de rouler sur du bitume, mais bien de flotter sur un nuage. De surcroît, l'insonorisation avait été particulièrement soignée et, dans ce modèle, écouter de la musique était un grand plaisir.

— Si tu me disais un peu ce qu'on va faire là-bas? demanda Fortin.

— Trois choses, dit-elle. D'abord, je dois rencontrer de nouveau Bertrand Remoulin, ensuite je désire prendre contact avec la société anonyme GEEK, dont Louis Sayze était le patron, et enfin, aller rendre une petite visite à la veuve de ce monsieur.

— Tu crois qu'on fera ça dans la journée?

— S'il faut deux jours, on les prendra! J'ai rendez-vous pour déjeuner avec Bertrand Remoulin au *Pied de Porc*, un fameux bistrot, j'aime autant te le dire.

Fortin apprécia :
— Ça, c'est une bonne nouvelle !
— Mais attention, dit-elle, on ne se connaît pas ! Je vais opérer le publicitaire tout en mangeant...
— Et moi ? s'inquiéta Fortin.
— Toi, tu ne me quittes pas des yeux.
— Tu crains quelque chose ?
— Oui mon grand ! On m'a fait comprendre que je ferais mieux de laisser tomber cette affaire. Il y a du lourd sur le coup. Mais tu me connais, je ne vais pas me dégonfler.

Fortin, troublé, hocha la tête. Elle ajouta :
— Il se peut que des individus louches, me croyant seule, essayent de m'intimider.
— Des flics ?
— Des flics, des truands, des barbouzes, on n'a que l'embarras du choix.
— Et qu'est-ce que je fais dans ces cas-là ?
— Comme d'habitude : si ça va trop loin, tu interviens.
— J'interviens... Comment ?
— À toi de voir. Tu es le spécialiste du combat rapproché, non ?

Et, comme il paraissait franchement ennuyé, elle rajouta :
— Faut bien que tu justifies ta paye ! Cependant je pense qu'il n'y aura rien à craindre au *Pied de Porc*. Bertrand Remoulin est sympa et ce n'est pas un type violent. D'ailleurs, je ne vais l'interroger que pour éclairer ma lanterne.

En disant cela, elle ne pouvait s'empêcher de ressentir une sorte de rancune envers le publicitaire. Si ce qu'Angélique Gouin avait dit était vrai...

Fortin la sortit de ses sombres pensées :

— Donc, on va directement au restaurant ?

— Ouais, c'est rue Héricard, dans le XVe. Tu peux entrer l'adresse sur le GPS si tu veux.

— Tu rigoles, dit le grand. La rue Héricard, je vois bien où c'est !

Et, comme Mary le regardait, stupéfaite, il précisa :

— J'ai fait mon service militaire dans la Marine, mais à Paris. J'étais le chauffeur d'un amiral, alors, je connais les rues de Paris presque aussi bien que celles de Quimper.

— Sauf qu'il y en a tout de même un peu plus, fit remarquer Mary en pensant que c'était drôlement pratique d'avoir un tel chauffeur.

— Autant que je m'en souvienne, ajouta Fortin, le parking le plus proche est le parking Unesco.

— Parfait, dit-elle en regardant sa montre.

La circulation se densifiait à l'approche de la capitale ce qui ne semblait pas troubler le moins du monde le lieutenant Fortin.

— À l'époque, dit-il, j'avais une copine dont le père était chauffeur de taxi. Il voulait que j'épouse sa fille et que je lui succède.

— Et ça n'a pas marché ? demanda Mary.

Fortin secoua la tête :

— Non. La fille était gentille, mais je ne me voyais pas passer ma vie dans les embouteillages.

— Tu ne t'en tires pas mal, pourtant, admira Mary.

Fortin rigola :

— Tu as vu, je n'ai pas perdu la main.

— Tu as préféré devenir flic ?

Le grand haussa les épaules :

— Il fallait bien que je fasse quelque chose. L'amiral voulait me faire rempiler car il m'aimait bien comme chauffeur.

— Et tu n'as pas voulu?

— Non. Il était près de la quille et, après lui, je ne sais pas ce que je serais devenu dans la Marine. C'est lui qui m'a poussé à préparer le concours pour entrer dans la Police nationale. Il m'a bien aidé...

Il eut un autre sourire:

— Et ensuite c'est lui encore qui m'a pistonné pour que je sois nommé à Quimper.

Il regardait les magasins et soudain, il actionna son clignotant de droite et mit en route ses *warning*.

— Nous y voilà!

De l'autre côté de la rue, Mary reconnut *Le Pied de Porc* où elle avait déjeuné avec Bertrand Remoulin.

Elle dit à Fortin:

— Je descends là. Toi, tu vas garer la voiture et tu reviens. À partir de maintenant, on ne se connaît plus.

Derrière la voiture garée en double file, ça s'impatientait. Elle descendit prestement et Fortin poursuivit sa route.

Elle s'installa à la terrasse du *Pied de Porc* et commanda un café et un croissant. Puis elle forma un numéro sur son portable et demanda à être mise en rapport avec monsieur Remoulin en précisant: « de la part de Mary Lester. »

Après quelques instants d'attente, elle entendit la voix de Remoulin:

— Vous êtes arrivée?

— Oui, dit-elle, je prends mon café à la terrasse du *Pied de Porc*... J'ai préféré ne pas aller chez vous, je suppose que vous êtes occupé.

— Toujours! soupira Remoulin.

— Plaignez-vous! dit-elle amicalement. Il vaut mieux avoir trop de boulot que de ne pas en avoir du tout, non?

— De ce côté-là, il semble que je ne sois pas près d'être au chômage.

— Moi non plus. On dirait que nous sommes sur des vecteurs d'activité en plein développement, mon cher. C'est bien comme ça qu'on dit dans votre jargon?

Elle l'entendit rire:

— Tout à fait! Je pourrais presque vous embaucher, vous semblez avoir le sens de la formule.

Elle rit à son tour:

— Pour vivre à Paris? Merci, c'est trop loin de la mer!

— Ça, c'est vrai, reconnut le publicitaire. Bon, je vous rejoins d'ici un quart d'heure vingt minutes.

— Parfait, dit-elle en raccrochant.

Un pâle soleil éclairait la rue mais le temps restait frais. Après ces heures passées dans le tiède confort de sa voiture, Mary frissonna et remonta le col de son blouson. Puis elle dégusta son café en avalant son croissant car elle commençait à avoir faim.

Elle vit Fortin arriver et s'installer à l'autre bout de la terrasse. Lui aussi commanda un café et des croissants. Puis il déplia *l'Équipe*, son journal favori, pour prendre les nouvelles du monde sportif.

À midi les trottoirs se remplirent soudainement d'une foule pressée d'aller se sustenter.

Bertrand Remoulin arrivait à grandes enjambées. Il serra chaleureusement la main de Mary en lui disant avec un grand sourire:

— Ce que je suis heureux de vous voir!

Elle le taquina :

— Ce n'est pas souvent que la Police est reçue de la sorte !

— C'est que j'ai un cœur pur, dit le publicitaire avec une emphase affectée. Pourquoi aurais-je peur de la Police ?

— N'est-ce pas vous qui faites l'apologie du poulet congelé et découpé ?

— Ouais, mais ces poulets n'ont pas de képis !

— Ceux des commissariats non plus, mon cher. Désormais, ils ont des casquettes. Vous voyez, personne n'est exempt de reproches.

— Reproches tendancieux, fit remarquer Remoulin.

— Certes, mais les honnêtes gens ont toujours peur de la Police, ce sont les crapules qui lui font des bras d'honneur.

— Ah… fit-il décontenancé, qu'avez-vous à me reprocher ?

— Rien pour le moment, reconnut-elle, mais pour la suite de mon enquête, il fallait que j'éclaircisse certains points.

— Vous n'êtes tout de même pas venue à Paris rien que pour ça ?

— Non, reconnut-elle. Je dois rencontrer d'autres personnes. Mais, je crois qu'il est temps de passer à table avant qu'il n'y ait plus de place.

Remoulin la rassura :

— Il y a toujours de la place pour moi.

En effet, le patron, toujours affable, les mena à la petite table qu'ils avaient déjà occupée.

— Aujourd'hui, dit-il, j'ai un petit salé aux lentilles en plat du jour.

— Parfait! dit Mary.
— En entrée, rajouta le patron...
Mary l'interrompit:
— Je prendrai plutôt le plat du jour en direct, avec un dessert ensuite.
— Parfait madame, dit le mastroquet en notant gravement la commande sur un petit carnet.
Il se tourna vers Remoulin:
— Et monsieur Bertrand?
— Pareil pour moi, Fernand. Et je vous laisse choisir le vin...
— Parfait monsieur... Un apéritif?
Mary fit un signe de dénégation:
— Pas pour moi, merci. Un verre de vin fera parfaitement l'affaire.
Le patron s'en fut derrière son comptoir et revint, portant une bouteille comme s'il eût porté le Saint Sacrement.
— Chiroubles, souffla-t-il comme s'il était dans un sanctuaire.
Et il ajouta avec un clin d'œil complice:
— Vous m'en donnerez des nouvelles!
Puis il procéda cérémonieusement au débouchage du flacon et versa précautionneusement un fond de verre à Bertrand. Celui-ci prit le pied du verre entre le pouce et l'index et fit délicatement tourner le liquide en l'examinant attentivement; puis il le huma sobrement, le mit en bouche et le fit tourner autour de sa langue comme un dégustateur. Enfin, il rendit son verdict:
— Excellent, mon cher Fernand, excellent! Il est perlant, franc et gouleyant avec un parfum... J'hésite entre la fraise et la framboise...

— Fraise des bois? suggéra le cher Fernand, la trogne illuminée par un large sourire.

— Fraise des bois! s'exclama Remoulin (on eût dit qu'il venait de découvrir l'Amérique). Je me disais aussi!

Il posa le verre pour qu'on le remplisse:

— Je savais qu'en vous laissant le choix je ne serais pas déçu...

Le visage plissé du cher Fernand s'épanouit d'un sourire ravi et il emplit les deux verres. Puis il posa la bouteille sur la table en glissant:

— C'est toujours un plaisir de servir un connaisseur comme vous, monsieur Bertrand.

Lorsque le patron se fut éloigné, Mary admira:

— Je ne savais pas que vous aviez de telles connaissances en œnologie... Je suis impressionnée!

Bertrand se mit à rire:

— Pour tout vous dire, je ne m'y connais pas plus que vous, mais Fernand, qui est un amoureux du vin, est très flatté quand on entre dans son jeu.

Et il ajouta:

— Ça ne coûte pas cher de faire plaisir à un ami qui vous garde une si bonne table!

Mary rit à son tour:

— Et en plus, vous êtes très psychologue...

— C'est nécessaire dans mon métier, dit Remoulin, il faut donner aux gens ce qu'ils attendent de vous.

Mary admira:

— Belle formule!

Remoulin hocha la tête et demanda:

— Et vous, capitaine, qu'attendez-vous de moi?

— Quelques précisions, sans plus, mon cher Bertrand. Et vous m'obligeriez en laissant, au moins le temps de ce repas, les grades au vestiaire.

— D'accord Mary. Mais la question subsiste: qu'attendez-vous de moi?

Elle réfléchit un instant avant de dire:

— Au cours de cette enquête, j'ai été amenée à saisir l'ordinateur d'Angélique Gouin.

— Dans quel but? demanda le publicitaire intrigué.

— Dans le but de lui montrer que je n'étais pas dupe des sornettes qu'elle me racontait.

— Je vois…

En réalité il ne voyait rien car il demanda:

— Et alors?

— En matière de Police, madame Gouin retarde au moins d'un demi-siècle. Elle en est encore à Agatha Christie et à Maigret, voire à Sherlock Holmes.

Elle regarda le publicitaire en souriant:

— C'est une erreur que vous ne commettriez pas, je suppose…

Remoulin se défaussa:

— Je ne suis pas au fait des dernières techniques policières.

— Certes, mais vous n'ignorez cependant pas que tout ce qui passe par un ordinateur laisse des traces.

Comme il ne disait rien, elle poursuivit:

— J'ai dû, pour me faire une idée de ce qu'elle souhaitait me dissimuler, reconstituer ses échanges de correspondance.

— Nous avons en effet beaucoup correspondu par mail, reconnut le publicitaire avec un sourire contraint. Vous avez tout reconstitué?

— Oui, dit Mary, les dates en font foi.

— Mais alors… Vous avez aussi reconstitué ses échanges avec Louis Sayze?

— Tout à fait.

Et, comme il la regardait curieusement, elle précisa :

— Ne comptez pas sur moi pour vous en divulguer la teneur. Personne n'en saura rien. Pas plus que je ne ferai jamais état de ce qui a été échangé entre Angélique Gouin et vous…

— Est-ce que Angélique sait…

— Est-ce qu'elle sait que je sais ? Bien sûr ! D'ailleurs, c'est à ce propos que je voulais entendre votre version des faits. Vous avez, au début de votre relation, échangé une sorte de bulletin de santé, en fait des analyses sanguines. Angélique Gouin m'a dit qu'elle se méfiait des maladies sexuellement transmissibles et qu'elle avait exigé cette garantie, arguant qu'à l'époque vous papillonniez beaucoup, comme vous l'avez d'ailleurs reconnu devant moi.

— C'est vrai, avoua Bertrand, cette précaution m'avait parue être justifiée, de sa part, comme de la mienne. Mais par la suite, quand nous avons établi une liaison régulière, je me suis tenu à cette seule relation ce qui, vous le savez, n'a pas été son cas. D'ailleurs, si vous avez lu les échanges de correspondance entre Angélique et Louis, vous avez dû être édifiée.

Elle n'osa pas lui parler de ses prétendues relations avec des garçons et affirma :

— Je vous l'ai dit, je ne ferai pas de commentaires à ce propos.

— Vous n'avez pas besoin d'en faire, dit Bertrand amer, Angélique s'en est chargée. Je crois vous l'avoir déjà dit, elle m'a fait part de cette liaison et a même reconnu avoir couché avec Louis Sayze, ce qui m'a totalement refroidi.

— Pourquoi cela ?

— Figurez-vous que j'ai fait ma petite enquête, moi aussi. Ce Louis Sayze n'était pas seulement un habile homme d'affaires, c'était aussi un redoutable coureur de jupons.

— À son âge ? s'étonna Mary.

— À son âge, oui. Il semble même que l'andropause menaçante ait déclenché chez lui une sorte de frénésie sexuelle...

— D'où son attirance envers les jeunes femmes ?

— Pas seulement, dit Bertrand, les jeunes, les moins jeunes... Voyez, Angélique Gouin... Pour tout vous dire, j'avais chargé un détective privé de m'informer sur le personnage. Un type qui en avait vu, pourtant, mais il m'a dit, mi-admiratif, mi-apitoyé : « On mettrait une jupe à un épagneul, ce type courrait derrière, à quatre pattes ! »

Mary sourit :

— En remuant la queue ?

Bertrand eut un sourire contraint :

— Les épagneuls n'ont pas de queue, capitaine Lester...

— Autant pour moi, dit Mary. Pardonnez cette grivoiserie, mais je trouvais l'image amusante.

— Pas moi, fit Bertrand soudain très sombre. Alors, quand elle a reconnu avoir « craqué » pour ce type, je n'ai plus voulu avoir de relations avec elle.

— D'où votre fâcherie ?

— Oui. D'où surtout mon absence à sa convocation, il n'y a pas d'autre mot pour décrire le ton dont elle a usé en cette circonstance. La réception de Charbonneaux est arrivée à point nommé pour me fournir un prétexte.

— Vous étiez vexé ou vous craigniez pour votre santé?

— Les deux mon capitaine. Elle a prétendu que Louis avait usé d'un préservatif.

— Ça se peut, non?

— Elle a prétendu aussi qu'elle avait cédé à une pulsion…

— Ça se peut aussi.

— Certes, mais quand vous cédez à une pulsion, vous prenez le temps de mettre un préservatif?

Mary sourit.

— Moi, non.

Remoulin se rendit soudain compte de l'incongruité qu'il venait de prononcer. Il rougit et bredouilla :

— Évidemment, je dis une bêtise…

Mary le rassura :

— Ne vous inquiétez pas, j'ai parfaitement saisi le sens de vos paroles.

— Je voulais dire que, soit elle a cédé à une pulsion, ce que je peux comprendre, soit elle a exigé que Sayze use d'un préservatif et là, il n'est plus question de pulsion, mais d'acte délibéré, soigneusement calculé. Une chose est sûre, la confiance que j'avais en elle n'existe plus.

— D'où votre désamour.

— Voilà !

— Donc, si je comprends bien, vous n'avez pas l'intention de retourner à Kerpol de si tôt.

— J'y retournerai certainement, dit le publicitaire, car je me suis attaché à ce sacré pays. Mais je ne retournerai pas chez Angélique. Je suppose qu'il y a là-bas d'excellents hôtels?

— Bien sûr, dit Mary. En tout cas, vous avez mes coordonnées, ne manquez pas de m'aviser - si toutefois vous voulez qu'on en reparle - lorsque vous ferez le déplacement. Maintenant, il va falloir que je vous quitte, j'ai d'autres personnes à voir…

Une nouvelle fois, le publicitaire prit l'addition à son compte.

Mary le remercia :

— Quand vous serez chez nous, en Bretagne, c'est moi qui vous inviterai.

Chapitre 20

— Putain, la turne! s'exclama le lieutenant Fortin en sifflant admirativement entre ses dents lorsque la DS 3 passa devant la maison de Louis Sayze sise avenue du Castellet à Meudon.

Pour une turne, elle en jetait un peu, la demeure de feu Louis Sayze! Un hectare de parc dans une ville où le moindre mètre carré de terrain se négociait en milliers d'euros… Un parc cerné de hauts murs de pierre clos par une grille de fer forgé qui devait faire son poids et par laquelle on apercevait une somptueuse maison bourgeoise qui s'apparentait plus à un petit château qu'à un pavillon de banlieue.

Des allées ratissées, sans la moindre feuille morte, un gazon taillé aux ciseaux à broder, des arbres centenaires, tout ceci dénotait un train de vie assez fantastique.

— Dis donc, il ne se mouche pas du coude, le gazier! dit à mi-voix le lieutenant à Mary.

Le sentant impressionné par cette opulence, elle ricana :

— L'argent des riches ne fait pas le bonheur des pauvres.

Mary le regarda, éberluée :

— Où est-ce que tu as pêché ça?

— C'est pas vrai? demanda Fortin. Ce sont toujours des fauchés qui me balancent ce genre de connerie. Pff!

Mary constata:

— En tout cas, pour le propriétaire des lieux, c'est vérifié: il est mort!

— Ouais, acquiesça Fortin, mort de chez mort! On ne peut pas être plus mort, avec une balle dans le corps!

— C'est mademoiselle Boulle[1] qui t'a donné des cours particuliers pour faire rimer les mots? le taquina Mary.

— Non, dit Fortin assez fier de lui, c'est venu comme ça.

Et il y alla de son commentaire:

— Ça doit vraiment faire ch... r de crever quand on a tant de pognon.

— Surtout que pour avoir tant de pognon, comme tu dis, il a dû falloir en faire des saloperies! Mais il n'a pas dû se sentir partir, il a été ajusté aux petits oignons.

Fortin s'inquiétait:

— Tu veux vraiment y aller?

— Et comment, que je vais y aller! Tu ne penses tout de même pas qu'on s'est tapé toute cette route pour des clopinettes?

— Bof... dit Fortin en lui jetant un coup d'œil en biais, des clopinettes mon œil! Tu t'es bien rincé la dalle avec ton marchand de publicité!

— Et tu penses que je ne serais venue ici que pour me rincer la dalle?

---

1. *Voir :* Le 3e œil du professeur Margerie.

Fortin ne répondit que par une mimique qui indiquait qu'avec elle on pouvait s'attendre à tout. La voiture s'était arrêtée à une centaine de mètres de l'imposante grille. Mary en descendit après avoir recommandé à Fortin:

— Je vais demander à voir madame veuve Sayze. De deux choses l'une: ou on m'ouvre et tu attends que je sorte, ou on ne m'ouvre pas.

— Ben ouais, fit Fortin. Ou on t'ouvre ou on ne t'ouvre pas.

— Voilà, tu as compris!

Il haussa les épaules, agacé:

— Et après?

— Après, je reviendrai vers la voiture. Toi, tu regarderas si quelqu'un me suit.

— Tu crois que quelqu'un va te suivre?

— Ce n'est pas exclu.

— Dans ce cas, qu'est-ce que je fais?

— Un, tu photographies le suiveur, mon appareil est là... Deux, tu le suis. Dans tous les cas, je vais prendre un taxi et me faire conduire au siège de la SA GEEK.

— Tu sais où ça se perche?

— Dans le XIIIe, avenue d'Italie.

— Vu, dit le grand sobrement. Ce sont les burlingues du macchabée?

— Comme tu dis!

— Qu'est-ce que tu vas foutre là-bas?

— Les inquiéter un peu, du moins je l'espère.

— Tu crois que...

— Ne t'inquiète pas, grand, je ne craindrai rien tant que tu seras là.

oOo

Elle s'approcha de la grille qui comportait un système de caméra vidéo et sonna. Après une minute d'attente, elle entendit une voix déformée par le micro:
— Oui?

Elle montra sa carte à la caméra:
— Capitaine Lester, Police judiciaire. Je souhaiterais parler à madame Sayze...

La voix résonna, bizarre:
— Un instant, je vous prie.

Elle attendit patiemment, puis des pas firent crisser le gravier. Un homme apparut au bout de l'allée. Il s'arrêta derrière les barreaux de la grille, le regard soupçonneux:
— C'est à quel sujet?

— Je crois vous l'avoir dit: je souhaite m'entretenir avec madame Sayze.

— Madame ne reçoit pas, dit l'homme sur un ton définitif.

« Toi, pensa Mary, si tu n'as pas été militaire, je veux bien être changée en dame de charité. »

Sans être immense, il devait frôler le mètre quatre-vingt et de larges épaules tendaient son costume de bonne coupe. Des yeux de chat luisaient entre des paupières à demi closes, son crâne semblait passé au papier de verre et une balafre livide barrait la partie droite de son visage, de l'oreille au coin d'une bouche aux lèvres minces. Un petit fil souple quasiment invisible pendait de son oreille droite.

Comme aurait dit Fortin, une gueule patibulaire, mais presque.

— Vous ne m'avez pas compris, dit Mary très calme. Je ne suis pas venue pour vous vendre un aspirateur ou une encyclopédie.

Elle articula :

— Je suis le capitaine Lester, de la Police judiciaire, et j'enquête sur un double meurtre...

Mary tapota de l'index sur son oreille droite :

— Votre appareil ne doit pas bien marcher, vous ne m'avez pas entendue.

— Je vous ai parfaitement entendue, dit l'homme sans se départir de son calme glacé, mais madame Sayze a déjà reçu ces messieurs de la Police, et elle leur a donné tous les éclaircissements qu'ils souhaitaient entendre.

Elle hocha la tête, comme pour prendre bonne note de cette déclaration.

— C'est vous qui le dites, fit-elle en appuyant fermement sur la sonnette et en y maintenant son doigt. L'homme, surpris, fit un pas en avant comme pour prévenir son geste, mais la grille l'en empêchait.

Une voix agacée sortit du haut-parleur :

— Qu'est-ce que c'est encore ? Goran, qu'est-ce qui se passe ?

— Cette personne insiste, dit l'homme.

Cette fois on dut lui parler dans l'oreillette car Mary n'entendit rien. Cependant l'homme, après avoir écouté dit : « Bien Madame... »

Puis il appuya sur un bouton encastré dans le mur et le portillon s'ouvrit avec un claquement sec.

— Si vous voulez bien me suivre, dit-il d'une voix froide.

Mary passa la petite porte réservée aux piétons qui se referma derrière elle avec un bruit de mécanique bien huilée. Le petit château apparut et le majordome ouvrit une porte située dans une tour d'angle.

— S'il vous plaît...

Ce monsieur était très poli, mais pas chaleureux pour deux sous. Ses invitations sonnaient comme des ordres. On sentait le petit chef qui n'aime pas qu'on le contrarie, surtout quand c'est une jeune femme qui s'en charge. Il ouvrit une autre porte qui donnait sur le hall de la maison. Il y flottait une curieuse odeur de tabac que Mary n'arriva pas à identifier. Elle reconnut la veuve Sayze qui l'attendait les bras croisés dans une attitude qui trahissait son exaspération.

— Que me voulez-vous? demanda-t-elle sans aménité.

Elle était longue, sèche et elle toisait Mary avec morgue. Celle-ci pensa qu'on n'aurait jamais pu croire qu'elle avait été, en ses vertes années, une pulpeuse créature dont la simple vue faisait chavirer les sens des hommes et les poussait à s'entrebattre comme des bêtes.

— C'est au sujet de la mort tragique de votre mari, madame...

Un soupir excédé fusa de ses lèvres minces.

— Je m'en doute! J'ai dit tout ce que je savais au commissaire Flamand... Il ne vous en a pas tenue informée?

— C'est que nous n'appartenons pas au même service.

La femme alluma nerveusement une cigarette blonde à bout de liège, tira deux bouffées et fit quelques pas dans le hall pour venir près d'un haut cendrier sur pied.

— Tsss! Si c'est pour rejouer la guerre des Polices, allez donc faire ça ailleurs.

— Il ne s'agit pas de cela, dit Mary, glaciale.

Et comme l'autre la regardait, dans une pose de

star, appuyée de l'épaule contre l'embrasure d'une porte, les bras croisés et sa cigarette à la main, elle précisa :

— Ces meurtres ne doivent pas rester impunis. Mon patron m'a donc ordonné de mener une enquête de mon côté.

— Et qui est votre patron ?

— Le commissaire divisionnaire Fabien, du commissariat de Quimper.

— Du commissariat de Quimper! répéta madame Sayze avec mépris comme elle aurait dit « Trifouillis les Oies ». On est sauvés! Tant qu'à faire, pourquoi pas les gendarmes à cheval ?

— Ou le garde-champêtre! suggéra Mary.

La ruralité n'avait pas bonne presse dans ce castelet.

— Trêve de plaisanteries, dit la dame furieuse.

— D'accord, dit Mary. D'ailleurs, il n'y a plus de gardes-champêtres - encore un petit métier qui disparaît - et la gendarmerie a été dessaisie...

— C'est ce qu'il me semblait aussi.

— Il vous semblait bien, madame. Alors, je ne peux plus compter que sur moi...

Madame Sayze marchait nerveusement de long en large dans son beau vestibule pavé de marbre blanc. Le majordome se tenait immobile, mais attentif, dans le renfoncement de la porte.

Madame Sayze s'arrêta brusquement :

— Eh bien, allez-y, posez vos questions!

— Euh oui... dit Mary.

Elle avait décidé de jouer les nunuches. Elle sortit un carnet de sa poche et demanda :

— Où étiez-vous le jeudi 3 février vers 10 heures du soir?

La femme échangea un regard inquiet avec le majordome qui se tenait aussi impassible qu'une statue.

— Où j'étais ? Mais ici, je suppose !

Mary nota.

— Et le cinq ? poursuivit-elle.

— Le cinq quoi ?

— Le cinq février.

— Eh bien, chez moi, toujours !

Mary nota.

— Et le sept ?

Madame Sayze parut frappée par une décharge électrique.

— Le sept ? Le jour où Louis a été assassiné ?

— La nuit, précisa Mary.

— Oui, enfin… Mais vous n'allez pas me dire que vous me soupçonnez…

Elle serra ses mains l'une contre l'autre :

— Mon Dieu, c'est monstrueux !

— Oui, dit Mary en hochant douloureusement la tête, monstrueux est le mot qui convient. Et cette pauvre fille…

La bouche de la blonde se tordit, elle faillit cracher une insanité, mais elle se contint. Le majordome la regardait, inquiet.

— Je vous demande ça, dit Mary, car une grosse voiture sombre de marque allemande a été repérée aux alentours de la *Villa des Quatre Vents* les jours que je vous ai indiqués. Or, il semble que vous possédiez une voiture de ce type et le témoin qui l'a vue, à plusieurs reprises, a noté qu'elle était immatriculée quatre-vingt-douze.

— Qu'est-ce que ça prouve ? cracha la blonde sexagénaire. Vous comptez visiter tous les propriétaires de grosses voitures allemandes des Hauts-de-Seine? Vous allez avoir du boulot.

— C'est pour cela qu'on me paye, dit Mary paisiblement.

— Eh bien, ce n'était pas moi, affirma hargneusement madame Sayze.

— J'ai pris note de vos affirmations, madame, dit Mary en ramassant son carnet.

— Et qu'allez-vous faire maintenant?

— J'ai quelques questions à poser aux collaborateurs de votre mari. Je vais donc me rendre...

Elle consulta son calepin,

— Avenue d'Italie où se trouve, je crois, le siège de sa société.

— Je ne sais pas ce que vous pourrez découvrir là-bas, dit la veuve.

— Moi non plus, dit Mary. Mais je cherche... C'est loin l'avenue d'Italie?

— Encore assez. Pourquoi?

— Je vais prendre un taxi, je ne voudrais pas manquer mon train.

— Vous êtes venue de Quimper uniquement pour me poser ces questions? Demanda madame Sayze, incrédule.

Mary prit son air le plus niais:

— Ben oui... Sans quoi j'aurais été obligée de vous convoquer à Quimper.

— Et vous êtes toute seule?

— Oui.

— Je croyais que, normalement, les policiers allaient toujours par deux.

— Normalement oui. Mais vous savez ce que c'est: restriction des crédits. Mon patron a jugé que pour poser ces questions de routine, je pouvais très bien me débrouiller toute seule.

— Et vous en êtes où de l'enquête?

— Je procède aux vérifications d'usage. Hier j'ai vu madame Angélique Gouin, une vieille amie de votre mari. Ah, elle est bien peinée, elle aussi...

Il s'en fallait de peu pour qu'on entende les dents de la veuve grincer à l'évocation de sa rivale.

Mary continuait comme si de rien n'était.

— Et puis demain, je vais faire la tournée des hôtels des alentours de Roscoff pour savoir si des gens circulant dans une grosse berline allemande de couleur foncée ont été hébergés chez eux dans la première semaine de février. C'est un travail de fourmi, je le sais, mais parfois ça finit par payer.

Elle s'inclina:

— Je vous remercie de m'avoir reçue madame, permettez-moi, en ces circonstances, de vous présenter mes condoléances.

Le visage de la blonde était secoué de tics nerveux. Elle pensait si fort que Mary devinait ce à quoi elle pensait, et ça n'était pas agréable pour elle. Ça tenait en peu de mots: « Si tu savais où tu peux te les mettre tes condoléances, espèce de Bécassine! »

Le majordome, toujours impassible mais le visage sombre, la précéda jusqu'à la porte et elle traversa le parc sur ses pas. Sans un mot il déclencha l'ouverture de la petite porte donnant sur la rue et s'écarta pour la laisser passer. Il ne lui rendit pas le salut courtois qu'elle lui adressa mais poussa la porte métallique dont le loquet s'enclencha automatiquement.

Elle se retourna et demanda tout naturellement:

— Dites-moi, Goran, vous chaussez bien du 43?

Le garde du corps parut frappé par la foudre. Le visage crispé, il se retourna et regarda Mary avec une expression telle qu'elle se félicita qu'il y eut entre eux les solides barreaux d'acier de la porte.

Comme il ne répondait pas, Mary lui tourna le dos et suivit le trottoir tranquillement sans jeter un regard à sa voiture dans laquelle Fortin s'abritait derrière son journal.

Le lieutenant feignait de lire des articles qu'il connaissait déjà. Il était très attentif au passage de Mary et il surveillait également la porte piétonne par laquelle elle était sortie de la propriété.

Elle n'avait pas fait vingt mètres qu'une silhouette sombre sortait sur ses talons et prenait son sillage. Du coup, la vigilance du lieutenant redoubla. Il avait reconnu le garde qui était venu ouvrir la porte. Il le saisit de l'appareil-photos de Mary, abaissa la vitre de la voiture côté trottoir et, lorsque le majordome fut dans son collimateur, appuya sur le déclencheur.

Puis, il sortit de la voiture et entreprit de suivre le suiveur, le nez au vent, jouant parfaitement les touristes.

Mary arrêta un taxi et le bonhomme resta sur le trottoir, regardant la voiture de place s'éloigner. Il fit alors demi-tour et regagna en hâte le petit château de sa patronne. Fortin, lui, monta dans la DS 3 et fila vers l'avenue d'Italie.

FIN du tome 1

Inscrivez-vous gratuitement,
et sans aucun engagement de votre part,
à notre bulletin d'information
en nous retournant le coupon ci-contre.

Vous serez informé(e) des parutions en exclusivité,
pourrez bénéficier d'offres spéciales,
recevoir des cadeaux, etc.

Chaque nouvel inscrit recevra
une petite surprise Mary Lester…

Rejoignez-nous vite !

Et n'hésitez pas à proposer l'inscription
à vos parents et amis…

Je désire m'abonner gratuitement
au bulletin d'information des Éditions du Palémon :
je serai informé(e) des parutions
des Enquêtes de Mary Lester et autres ouvrages,
ainsi que de l'actualité et des offres Palémon.

Nom : ....
....
Prénom : ....
....
Adresse : ....
....
....
Code Postal : ....
Ville : ....

Pour encore plus d'offres et d'infos,
indiquez votre adresse e-mail :

E-mail : ....@......................

Bon à compléter ou à recopier
et à retourner par courrier à l'adresse suivante :

ÉDITIONS DU PALÉMON
ZA de Troyalac'h
10 rue André Michelin
29170 SAINT-ÉVARZEC

Retrouvez les Enquêtes de Mary Lester
et tous les ouvrages des Éditions du Palémon sur :

www.palemon.fr

ÉDITIONS DU PALÉMON
ZA de Troyalac'h - 10 rue André Michelin
29170 SAINT-ÉVARZEC
Dépôt légal 2ᵉ trimestre 2012.

ISBN : 978-2-916248-28-8

Achevé d'imprimer sur Roto-Page
par l'Imprimerie Floch à Mayenne (82131)
Imprimé en France